GISBERT HAEFS

Das Doppelgrab in der Provence

Buch

Baltasar Matzbach, wortgewaltiger Universaldilettant und Freizeitdetektiv, erhält aus der Provence den Hilferuf von seinem Freund, dem Journalisten William Bronner: Er könne zwar am Telefon nicht mehr verraten, aber jemand sei hinter ihm her; Matzbach solle an den Mond von St. Remigius denken und den dritten Schlupfhafen der Johannisbeere. Außerdem bitte er um ein würdiges Begräbnis. Nach solcherart kryptischen Andeutungen macht sich Baltasar in Erwartung eines Abenteuers und in Begleitung der reizenden Ariane auf den Weg nach Les Baux. Dort erfährt er vom Verschwinden seines Freundes. Bronner scheint eine archäologische Entdeckung gemacht zu haben, für die sich etliche Leute interessieren. Und zwar sehr. Baltasar und Ariane bekommen dies rasch zu spüren, denn bei der Suche nach dem verschollenen Freund werden auf sie mehrere Attentate verübt, ihr Hotelzimmer wird durchwühlt und der Aufenthalt überhaupt recht ungemütlich gemacht. Dabei hatte Matzbach doch sein *I-Ging*-Zeichen verheißen »Aufbruch nach Süden bringt Heil« ...

Autor

Gisbert Haefs, 1950 in Wachtendonk/Niederrhein geboren, lebt und schreibt in Bad Godesberg. Als Übersetzer bzw. Herausgeber u. a. für die neuen Werkausgaben von Ambrose Bierce, Rudyard Kipling und Jorge Luis Borges zuständig, als Autor haftbar für Romane und Erzählungen. Einem großen Publikum wurde er durch seine historischen Romane bekannt.

Vom selben Autor bei Goldmann:

Die Schattenschneise. Roman (5046) · Mord am Millionenhügel. Roman (5613) · Matzbachs Nabel. Roman (42453) · Und oben sitzt ein Rabe. Roman (44281) · Ein Schmusemord. Roman (Manhattan, 54091) · Kein Freibier für Matzbach. Roman (5977) · Mörder und Marder. Roman (44412) · Auf der Grenze. Stories (5944)

Als gebundene Ausgabe:
Der Raja. Roman (btb, 75033)

Gisbert Haefs

Das Doppelgrab in der Provence

Ein
Baltasar-Matzbach-Roman

GOLDMANN

Umwelthinweis:
Alle bedruckten Materialien dieses Taschenbuches sind chlorfrei und umweltschonend.

Neuveröffentlichung 9/99

Umschlaggestaltung: Design Team München
Umschlagmotiv: Nikolaus Heidelbach
Satz: deutsch-türkischer fotosatz, Berlin
Druck: Elsnerdruck, Berlin
Verlagsnummer: 44351
Herstellung: Sebastian Strohmaier
Made in Germany
ISBN 3-442-44351-2

3 5 7 9 10 8 6 4 2

I

»Was soll das eigentlich werden? Willst du zum Zirkus?« Ariane Binder warf Baltasar mißbilligende und skeptische Blicke zu. Matzbach hatte die Lehne des Beifahrersitzes zurückgeklappt, damit der Gurt über seinem Embonpoint nicht so stramm saß; in dieser fürstlichen Haltung schleuderte er ein ums andere Mal drei abgegriffene Münzen in die Luft. Es gelang ihm jedoch selten, sie mit dem Buch aufzufangen, das er in der linken Hand hielt.

»Weib«, sagte er grob, »davon verstehst du nichts. Fahr weiter dahin und stör nicht mein Orakel.«

Ariane steuerte Matzbachs alten Haifisch durch einen sonnigen Novembernachmittag, wie er auf französischen Landstraßen noch anzutreffen ist. Seit sie den Volant übernommen hatte, war es ihr vergönnt gewesen, zunächst Baltasars Schnarchen zu lauschen, danach den Duft seiner Zigarre zu genießen und nun diesem jonglierenden Gezappel beizuwohnen.

»Wieso Orakel?«

»Hast du noch nie vom *Buch der Wandlungen* vernommen?« fragte Baltasar, während er sich nach einer Münze bückte, die irgendwo in der Nähe seiner Füße liegen mußte.

»Willst du dich ändern? In deinem hohen Alter?«

Baltasar richtete sich ächzend auf und befestigte den Gurt. Dann warf er die Münzen abermals in die Höhe. Wäre nicht in diesem Augenblick ein hektischer Lkw, nach Norden strebend, ihnen entgegengekommen, und hätte Ariane nicht mit dem Ausweichmanöver gewartet, bis sie sicher war, daß Baltasar genau jetzt werfen würde, dann hätte er die nicht mehr konvertiblen Zahlungsmittel vielleicht mit dem Buch erwischt.

»Hoppla«, knurrte er, als er den Gurt wieder löste und den Boden erneut absuchte. Ariane lächelte über seinen feisten Nacken hinweg.

»Das Greisentum«, seufzte er mit von der Anstrengung geschwollenen Lippen, »hat mich noch nicht so sicher im Griff, wie du zu meinen scheinst. Zwar bin ich nicht mehr nur fettundvierzig, aber vierundvierzig auch noch nicht.« Nachdenklich setzte er, mit einem Blick auf die vorbeihuschende Flora des Straßenrandes, hinzu: »Übrigens möchte ich nicht wissen, was du sagen würdest, wenn ich diese diffizile Operation hier im Wagen mit Schafgarbenstengeln betriebe. Man braucht dazu neunundvierzig, aus denen man dauernd kleine Haufen machen muß.«

»Mach bitte keine Haufen, Dickerchen. Es ist zwar dein Auto, aber …« Sie rümpfte die Nase.

Baltasar befand sie keiner Antwort für würdig. Er warf erneut, und diesmal hatte er Glück. Er sortierte die Münzen und malte etwas auf einen Zettel. Dann knurrte er: »Und zum letzten Mal.« Ariane wartete, bis er zum Werfen angesetzt hatte, dann nahm sie jäh den Fuß vom Gaspedal.

»Entschuldige bitte«, sagte sie scheinheilig, während Baltasar unter unziemlichen Reden versuchte, seine Hand unter den Sitz zu stecken, wo er mindestens eine Münze vermutete. »Ich bin da wohl abgerutscht. – Bestimmt sind drei Münzen besser als neunundvierzig Schafgarbenstengel, aber wozu das Ganze überhaupt?«

Matzbach setzte sich wieder zurecht. Schnell warf er die aufgesammelten Münzen erneut, fing sie mit dem Buch auf, addierte und notierte die letzte Linie.

»Dies hier«, sagte er, wobei er das Buch emporhielt, »ist das alte chinesische Weisheits- und Orakelbuch *I Ging*. Zweisprachige Engländer, die des Deutschen mächtig sind, nennen es bisweilen auch *I Went.* Snobs wie ich, die sich auf ihre nichtvorhandenen Chinesischkenntnisse etwas einbilden, sagen *I Dsching.*«

Ariane nickte. »Sehr interessant. Und weiter?«

»Angeblich hat ein Kaiser der Vorzeit herausgefunden, daß die Heiligen Schildkröten auf ihrem Panzer verschiedene ganze und geteilte Linien haben, aus denen sich die Zukunft lesen läßt. Angeblich hat Konfuzius die ganze Chose in der heute bekannten Form schriftlich niedergelegt. Das Ding besteht aus vierundsechzig Hexagrammen.«

»Was für Hexen?«

»Oh, ob der Unbildung des gemeinen abendländischen Weibchens. Hexagramme. Bild- oder Schriftzeichen aus sechs Teilen. Es sind die vierundsechzig möglichen Kombinationen aus jeweils sechs unterbrochenen und/oder durchgezogenen Linien. So etwa.« Er hielt das Blatt hoch, auf dem er gemalt hatte.

war dort zu lesen. Ariane, mit dem Verkehr nicht überbeschäftigt, nahm es zur Kenntnis.

»Aha. Und was willst du damit?«

»Langsam. Also, diese vierundsechzig zusammengesetzten Zeichen bestehen wieder aus einzelnen Unterzeichen und so weiter. Jede Linie hat bestimmte Bedeutungen, je nachdem, in welcher Zusammenstellung sie auftaucht. Leibniz, nicht der mit den Keksen, war der Meinung, es handle sich um ein binäres Zahlensystem.«

»Du nimmst doch sonst zum Rechnen deine Finger.«

»Pah. Außerdem gibt es Linien, die sich aus unterbrochenen in durchgezogene verwandeln können und umgekehrt. Es gibt also viel mehr als nur vierundsechzig Möglichkeiten. In diesen Zeichen stecken alle alten chinesischen Ratschläge für den Beginn einer Unternehmung. Das ist kein Orakel, das auf die Frage ›Was wird sein?‹ antwortet. Es antwortet auf die Frage ›Was soll ich tun?‹«

»Und was soll ich tun?«

»Den Mund halten und zuhören. Dieses Zeichen, das ich durch mehrfaches Werfen alter chinesischer Münzen trotz deiner komischen Fahrerei habe ermitteln können, ist, Moment …«

Er schlug das Buch auf, blätterte eine Weile.

Dann: »Hah, Nummer sechsundvierzig. Schong.«

»Schöng.«

»Willst du wohl … Übrigens ist das von unten nach oben zu lesen.«

»Wie liest man Schong von unten nach oben?«

»Das Zeichen, o zaubriges Weib, nicht das Wort.«

Ariane lachte. Baltasar blickte sie von der Seite an, grinsend. Die beginnende Versilberung ihres kurzen Blondhaars und die durch das Lachen animierten Fältchen erhöhten, wie er fand, Arianes antiquarischen Wert.

»Und was ist nun mit Schong von unten?«

Baltasar hielt das Buch hoch und las deklamierend: »›Schong. Das Empordringen. Das Empordringen hat erhabenes Gelingen.‹ Das heißt: Etwas Weiches und Natürliches, etwas Holz, wächst unaufhaltsam empor. Verschluck deinen Kommentar; der Wagen ist zu eng.«

Ariane grinste und sagte nichts. Baltasar fuhr fort.

»Weiter. ›Man muß den großen Mann sehen.‹ Ahem. Ich denke, das bezieht sich zunächst einmal auf mich. Vielleicht aber auch auf jemanden, dem wir im Lauf unseres Unterfangens begegnen werden. Was mich ein wenig stutzig macht, ist die Auslegung im Buch, die sagt, die Ursache des Gelingens, die wohl mit dem großen Mann zusammenhängt, sei transzendent.«

Ariane nickte. »Welcher Sekte willst du beitreten?«

»Keiner. ›Fürchte dich nicht!‹ Du nicht, und ich auch nicht. Es kann nichts schiefgehen. Und die letzte Maßgabe des Urteils sagt: ›Aufbruch nach Süden bringt Heil‹.«

Nachdenklich klappte er das Buch zu. Ariane schüttelte den Kopf.

»Das paßt ja. Von Bonn in die Provence. Witzig. Und was versprichst du dir von dem ganzen Kram?«

Baltasar schlug das Buch wieder auf. »Nicht viel«, gab er zu. »Es heißt auch noch: ›Diese aus dem Unsichtbaren stammende Gunst der Verhältnisse muß man aber durch Arbeit ausnutzen.‹ Und außerdem: ›Die Anhäufung des Kleinen, der stetige, unmerkliche Fortschritt und so weiter.‹« Er klappte endgültig das Buch zu und warf es auf die Rückbank.

»Das Sichanhäufen nach oben heißt Empordringen«, knurrte er.

Ariane gähnte. »Schon wieder Haufen«, sagte sie mißbilligend.

Baltasar runzelte die Stirn. »Was mich ein wenig ärgert«, murmelte er, »ist, daß es förderlich sein soll, unablässig beharrlich zu sein. So steht es da auch geschrieben. Ich sehe schon, diese Reise wird mit harter Arbeit verbunden sein, und nicht Genie, sondern Beharrlichkeit soll zum Erfolg führen. Wie öde, oh, wie anstrengend.«

»Seit wann bist du denn unter die Weissager und Orakelgläubigen gegangen?«

Er richtete sich auf und entnahm dem Handschuhfach eine seiner stinkenden schwarzen Zigarren.

»Der Glaube an meinen schieren Verstand ist mir wie jeder Glaube zu irrational. Ein wenig Unterstützung durch nicht von Überzeugung und Vorurteil abhängende Zufälle ist hilfreich. Du weißt ja, die unwahrscheinlichen Zufälle sind immer mit mir.«

»Glaubst du.«

»Weiß ich.«

»Na, bei deinem ermordeten Anwalt hat dir der Zufall aber bisher nicht besonders geholfen.«*

»Deswegen, o Holde, fahren wir ja auch jetzt gen Süden und stürzen uns in ein anderes Abenteuer.«

»Mal sehen, ob es eins wird. Ich bin mehr für Urlaub und Erholung.«

Baltasar zündete sein stinkendes Monstrum an. Paffend kommentierte er: »Absurder Wunsch. Und dann auch noch um diese Jahreszeit.«

Die Fahrt hatte gegen zwölf Uhr begonnen. Unter Zertrümmerung sämtlicher Geschwindigkeitsregeln hatte Matzbach seine Kiste innerhalb von drei Stunden von Bonn nach Thionville gejagt, dort einen neuen Kurs über Landstraßen Richtung Dijon an- und das Steuer an Ariane abgegeben. Bevor er auf das Münzorakel verfiel, hatte er Ariane in Umrissen über die Person von William Bronner informiert. Dieser, ein achtundvierzigjähriger Journalist mit Spürnase, war vor mehreren Wochen nach Südfrankreich aufgebrochen, um dort eine Story aufzutun. Er hatte sich sehr vage ausgedrückt, etwa so: »Also, weißt du, Dicker, da unten gibt's ja nicht nur Wein und Lavendel. Die Mafia in Marseille, Wagenschieber, abgehalfterte Fremdenlegionäre, korsische Banditen auf dem Weg nach Paris – auf den Spuren des größten korsischen Banditen –, jede Menge prominenter Interviewopfer, ein verrückter phantastischer Schriftsteller, und außerdem Frauen in und ohne Hülle und Fülle.« Wörtlich hatte er gesagt: »Nackte Weiber bis zum Abwinken«, aber als Baltasar Ariane diese und andere Informationen zukommen ließ, ereilte ihn einer seiner seltenen Anfälle von Herzenstakt. – Dann hatte Bronner einige Tage lang versucht, Matzbach zu erreichen, und ihm schließlich ein Telegramm geschickt, das dem Dicken am frühen Dienstag kurz nach Mitternacht (gegen sie-

* Vgl. *Und oben sitzt ein Rabe,* Goldmann-Krimi Nr. »5628

ben Uhr) telefonisch durchgegeben worden war: »hilfe stop assassinen stop sofort kommen les baux stop anrufen hotel xy stop william.«

Natürlich versetzten die »Assassinen« Matzbach in lodernde Begeisterung; außerdem versprach dieser Lockruf Abenteuer in der Ferne, während er mit seinem heimischen Doppelmord nicht weiterkam. Allerdings brachte das Telefonat kaum weitere Aufschlüsse; Bronner sagte, er könne am Telefon nicht deutlicher sprechen, jemand (dritte Person Plural) sei hinter ihm her; Matzbach solle an den Mond von Sankt Remigius denken sowie an den Schlupfhafen der dritten Johannisbeere. Außerdem bitte er, Bronner, ihn, Matzbach, um ein würdiges Begräbnis.

Also hatte Baltasar in windiger Eile seine nächstfälligen Kolumnen *Fragen Sie Frau Griseldis* (von einer führenden Illustrierten nicht ganz schlecht bezahlt) fertiggestellt, Ariane Binder aus ihrem Büro, der Presseabteilung eines Industrieverbandes, herausgerissen und alles andere stehen- und liegenlassen.

»Trotzdem«, sagte Ariane nachdenklich, »wüßte ich gern, seit wann du diese irrationalen Anfälle hast.« Sie schaltete das Licht ein, denn auch auf französischen Landstraßen sinkt novembers die Sonne früh.

Baltasar inhalierte tief, hustete und stieß eine gewaltige Wolke aus. Ariane kurbelte das Fenster herunter.

»Nie und immer, Teuerste«, sagte Matzbach erhellend. »Wie ich sagte – oder war es Shakespeare? –, gibt es mehr Dinge zwischen Bonn und Lex Baux, als Eure Rationalität sich träumen läßt, Horatia. Dabei fällt mir auf, daß der Alte da ja ein Wortspiel im Namen eingebaut hat. Horatio, ratio, hm, muß ich bedenken.«

Ariane nickte. »Du könntest ja mal wieder ein Buch über eines deiner abseitigen Themen schreiben.«

»Wohl wahr. Wird Zeit. – Also, um das klarzustellen, und damit du mich nicht für einen verkappten Gläubigen hältst: Wie du wissen solltest, leide ich weder an irgendeiner Überzeugung noch an der Sehnsucht nach einer solchen. Ich bin aber immer bereit, mich überraschen zu lassen. Im Gegensatz zu den meisten unserer Mitmenschen suche ich nicht die Wahrheit. Ich suche erstaunliche Geschichten. Und wenn mir jemand einen Schamanen in Trance zeigt, der sich in die Luft erhebt, heißt das für mich nicht, daß Schamanen fliegen können, sondern daß ich *einen* Schamanen gesehen habe, der geflogen ist.«

Ariane warf ein: »Ich sehe nicht, wieso das so anders sein soll.«

»Oh, das macht schon was aus, ob man wunderliche Dinge mit Genuß zur Kenntnis nimmt oder gleich eine Ideologie daraus macht. Ich kann mir vorstellen, daß ein Schwarm von Lämmergeiern, die nach der Opferung eines Gefangenen dem Priester von links entgegenkommen oder von rechts, daß diese Geierlämmlein etwas Gutes oder Böses verheißen, das sich dann auch ereignet. Ich glaube nur nicht, daß die Geier das wissen, und auch nicht, daß sie von Göttern geschickt worden sind. Ich finde es nur möglich und lustig.«

»Und dein Orakelbuch?«

»Das ist so ähnlich. Das *I Ging* sagt ja nicht: Egal, was du tust, morgen wird das und das passieren, sondern, so ist die Auslegung, es sagt dir, wenn du eine bestimmte Frage im Kopf hast, welchen Weg du am besten einschlagen sollst. Das einzig Magische dabei ist das Münzenwerfen oder das Schafgarbenhäufeln. Der Rest ist Philosophie.«

Ariane wiegte zweifelnd den Kopf. »Du bist mir ein komischer Agnostiker«, meinte sie. »Entweder du glaubst dran oder du glaubst nicht dran. Ich finde, du solltest dich da entscheiden.«

Matzbach kicherte. »Immer will jemand, daß ich mich entscheide. Ich bin als guter Skeptiker nicht fähig, Wunderliches für unmöglich zu halten.«

Aufgebracht hupte Ariane die Dämmerung an. »Entsetzlich,

du mit deinen Paradoxa. Wie hältst du es denn mit dem lieben Gott?«

Baltasar grinste. »Ich glaube, du bist wirklich urlaubsreif, sonst würdest du dich nicht so aufregen. Was Zeus, Jehova und Quetzalcoatl angeht – ob ich an ihre Existenz oder an ihre Nichtexistenz glaube, beides sind gewaltige Glaubensakte, die meine Kräfte übersteigen. Ich *glaube* eben einfach nicht, meine Liebe; ich lasse mich überraschen.«

»Und dein Orakelbuch?«

Er seufzte. »Du frißt dich daran fest, Ariane, wie? Das ist doch ganz einfach. Die alten Chinesen, wer immer es auch war, haben die Möglichkeiten des menschlichen Handelns und Versagens ganz grob in vierundsechzig Aspekte aufgespalten, mit Varianten und Zufallsspielen und Fremdeinflüssen und allem. Außerdem stehen viele schöne und treffende Sätze in dem Buch, die hilfreich und weise sind, egal, ob man Orakelfragen stellt oder nur denken will. Hinzu kommt eine simple Rechnung. Die Wahrscheinlichkeit, daß ein Buch recht hat, an dem Generationen kluger Männer gearbeitet haben, ist unendlich viel größer als die, daß ausgerechnet ich unter vier Milliarden recht habe.«

Ariane holte tief Luft und stieß diese dann nach kurzem Anhalten klagend aus. »Aber du hast doch eben so getan, als ob du das Dings da, diesen Schong-Spruch, ernst nimmst.«

Baltasar nickte und lächelte sie von der Seite an. »Habe ich«, gab er zu. »Das liegt einfach daran, daß das Buch bisher immer die Wahrheit gesagt hat, wenn ich es interviewt habe.«

»Also glaubst du doch dran?«

»Nein, ich bin nur überrascht. Angenehm überrascht.«

»Du bist unmöglich. Ich geb's auf.«

Sie schwiegen. Ariane fuhr konzentriert, um sich von der Irritation abzulenken, die Matzbach wieder einmal ausgelöst hatte. Der Dicke mit dem schwarzen Kraushaar neben ihr rekelte sich, fläzte sich in seinem Sitz und grunzte leise. Die Spitze seiner abnehmenden Zigarre glomm heller als die Armaturenbeleuchtung. Seit mehr als einem Jahr waren sie einander, wie Baltasar es ausdrückte, »in wonniglicher Gefährtenschaft zugetan«, aber die Hoffnung, ihn je zu begreifen, hatte sie aufgegeben. Wahrscheinlich, dachte sie, ist es im Grunde sehr einfach. Sie waren beide Jahrgang '39; Baltasar, der sechs Fuß und einige Zoll maß, mußte sich ducken, wenn er zu ihr aufschauen wollte; außerdem wog er ziemlich genau das Doppelte. Sie bildete sich ein, der Wagen liege rechts tiefer, aber das mußte Einbildung sein, denn die Hydraulik des alten Pallas war an Matzbachs Gewicht gewöhnt. Als Baltasar wieder an der Zigarre zog, sah Ariane aus den Augenwinkeln im Licht einer Laterne, die sie passierten, wie sich der Aschekegel widerstrebend löste und nach kurzem Sturzflug auf Matzbachs vormals weißer Leinenhose zerschellte. Eine feiste, haarige Pranke kam aus der Dunkelheit und wischte das Häuflein von den Beinkleidern. Dazu erklang ein leises, in seiner Gleichgültigkeit erhabenes »Häh«. Im unwirklichen Glimmen des Stumpens sah Baltasar dämonisch aus. Die Geheimratsecken im krausen Schopf deuteten an, daß jederzeit Hörner sprießen könnten. Die Runzeln der hohen Stirn ließen auf schwärzliche Pläne schließen, die im Hinterland der kleinen grauen Zellen ausgeheckt werden mochten. Ariane wußte, daß die grauen Augen menschlich und sogar liebevoll blicken konnten. Die gerade Nase, der volle Mund mit den Falten des Schelmentums und das durch machtvolle Wangen und dicken Hals beeinträchtigte Cäsarenkinn hatten bei den obwaltenden Lichtverhältnissen allen Charme verloren, falls es solchen gab, und wirkten mit dem glühenden Obelisken in der Mitte wie ein drohender Vulkan. Ariane seufzte in die laterale Dunkelheit.

»Welcher Teufel«, sagte sie halblaut und anklagend, »hat mich geritten, daß ich mich mit einem solchen Monstrum einlasse?«

Baltasar nahm die Zigarre aus dem Mund, kurbelte das Fenster herunter und warf das heimatlose Stück Brasilien nach Frankreich hinein.

»Ich«, sagte er, während er das Fenster wieder schloß, »bin nicht das, was du sagst und denkst. Ich bin ein possierliches Getüm.«

»Schon recht.« Es klang resignierend, aber dann wandte sie ihm plötzlich ihr Gesicht zu und lächelte. Baltasar musterte die ebenmäßigen, fast vornehmen Züge, das Grübchen im Kinn und die lachenden Augen, die auf einmal grünes Feuer zu sprühen schienen; dann streckte er seine Hand aus und kraulte das kurze Haar hinter Arianes rechtem Ohr.

»Was«, sagte er sanft, »hältst du davon, wieder auf die Straße zu sehen?«

Danach, mit einer kleinen Pause, murmelte er: »Weißt du eigentlich, was ich an dir so besonders schätze?«

»Du wirst es mir bestimmt gleich sagen.«

»Deine Ohrläppchen.«

Sie kicherte. »Wieso ausgerechnet meine Ohrläppchen?«

»Na ja, sie sind nicht angewachsen. Wenn sie angewachsen wären, hätte ich ein Vorurteil revidieren müssen.«

»So, du hast also doch Vorurteile?«

»Nur im Zusammenhang mit Ohrläppchen.«

»Was für ein Vorurteil denn?«

Er zupfte an dem wohlgeformten Objekt seiner obskuren Rede. »Menschen mit angewachsenen Ohrläppchen haben einen schlechten Charakter. Du hingegen bist so durch und durch ersprießlich, daß selbst angewachsene Lappen dich nimmer verdürben. Ich hätte also eine Ausnahme machen müssen, und du weißt, wie sehr ich es hasse, wenn man meine Bequemlichkeit in seelischen Aufruhr verwandelt.«

Danach führte er einen seiner wurstförmigen Finger an den Mund, schmatzte etwas darauf, was man bei Nebel und steifem Nordwester als Kuß auslegen konnte, und beförderte diese akustische Illusion mit Hilfe des Fingers hinter Arianes Ohr. Er kraulte ihren Nacken und geriet dabei in den Kragen ihrer Bluse.

»Alle Götter des Olymps«, sagte er erstaunt. »Hast du da einen harten Einnäher drin.«

»Was meinst du? Ach, das Ding. Die sind nun mal hart. Deine angeblichen Hemden, haben die so was nicht?«

Abwehrend spreizte er die Finger. »Die erwähnten erlauchten Personen, die griechische Berge behausen, seien dagegen. Ich schneid' so was immer sofort raus. Erstens kratzt es.«

Ariane wartete; dann fragte sie: »Und zweitens?«

»Zweitens lege ich Wert darauf, daß man mich, wenn ich im Verlaufe eines epochalen Abenteuers umgebrungen werden sollte, durch die Macht meines Astralleibes identifiziert, nicht durch so banale Dinge wie Hosenknöpfe oder Schneiderautogramme.«

Irgendwie klang es ernst, obwohl Matzbach die Unterstellung, er sei ernsthaft, schon häufig mit Empörung ernsthaft zurückgewiesen hatte. Ariane drückte den Zünder und bat: »Mach mir eine Zigarette an, ja? – Danke. – Was heißt das denn nun wieder, umgebrungen werden? Rechnest du damit, daß in der Provence etwas passiert?«

Baltasar verschränkte die Hände hinter dem Kopf, wobei er um ein Haar die Kopfstützen herausgerissen hätte.

»Irgendwas wird schon passieren. Vielleicht regnet es oder so. Jedenfalls ist Bronner ein abgebrühter Bursche, und diese *coole* Angst, die ihm im Nacken saß, als er mit mir telefoniert hat, ist, schätze ich, sehr nahe an einer Panik.«

»Irgendwie sind wir vorhin vom Thema abgekommen. Erzähl mir noch was von Bronner.«

»Wie gesagt: ein ausgeschlafenes Kerlchen. Er hat noch nie davor Angst gehabt, seine Nase in heiße Sachen zu stecken. Übrigens auch in heiße Höschen; er geht so ungefähr auf alles los, was in groben Umrissen von der männlichen Anatomie abweicht.«

Ariane pfiff leise. »Klingt ja toll. James Bond persönlich, wie? Aber sag mal, was ist das mit den Assassinen, dem Mond von Sankt Remigius und dieser komischen Johannisbeere?«

Matzbach runzelte die Stirn. »Was die beiden letzteren Punkte angeht, so habe ich meine Verdächte. Ich werde dir das alles auseinandersetzen, wenn wir da unten sind, vorher glaubst du mir ja doch nicht.«

Ariane grinste. »Wie du meinst. Aber diese Assassinen. Das ist doch auf englisch und französisch ›Mörder‹, oder?«

Baltasar verschränkte die Arme vor der Brust und hakte den linken Daumen unter den Sicherheitsgurt. »Hm hm«, machte er gedankenvoll. »Das ist schon richtig. Aber ich habe mich mal mit Bronner über die guten alten Zeiten im Mittleren Osten, die Etymologie und andere feine Dinge unterhalten. Daher weiß ich, daß er weiß, daß Assassinen eigentlich ›Haschischim‹, die Haschischkonsumenten, sind.«

Ariane reichte ihm den Rest ihrer Zigarette. »Machst du sie mal aus? – Danke. – Wieso Haschisch, und wieso wird aus dem Haschischverbraucher ein Mörder?«

»Das ist eine hübsche Geschichte. Es gab mal einen finsteren Gesellen, der später als ›Der Alte vom Berge‹ zitiert wurde. Dieser Mensch fand, es gebe viele unausstehliche Leute, und man müsse dagegen etwas tun. Als er so in seiner Bergfestung Alamut hockte, kam ihm ein Gedanke. Er schnappte sich in den umliegenden Landen kräftige junge Männer, schleppte sie in seine Festung und warf sie in ein fieses Verlies. Nachdem sie da ein paar Tage bei Wasser und Knäckebrot zugebracht hatten, mischte er ihnen Drogen in ihre Diät. Sie schliefen ein. Als sie aber wieder wach wurden, waren sie *high* und nicht mehr im Verlies, sondern in einem paradiesischen Garten, mit Milch und Honig und *girls, girls, girls,* genauso, wie der Koran das Paradies beschreibt. Da konnten sie sich ein paar Tage lang austoben. Dann kriegten sie wieder ihren Schuß, und wenn sie dann erwachten, lagen sie im vertrauten Verlies und vergossen bittere

Zähren. Der Alte ließ sie da eine Weile rumliegen; anschließend, wenn sie so richtig schön *down* waren, gab er ihnen den Auftrag, irgendwen umzubringen. Er hatte genug Kandidaten auf der Liste. Wenn sie, sagte er den armen Jungs, den Emir von Samarkand oder den Kreuzfahrer Kasimir den Bogenbeinigen umnieteten, würden sie wohl von deren Leibgarde abgemurkst werden, aber sofort wieder in dem Paradies erwachen, in dem sie vor kurzem noch den diversen menschlichen Lüsten oblegen hätten. Also zogen sie frohlockend in den Tod, und gegen Mörder, die keinen Wert darauf legen, nach der Tat mit heiler Haut zu entkommen, gibt es kaum eine Abwehrchance.«

Ariane nickte beeindruckt. »Freundlicher Mensch, der Alte vom Berge«, sagte sie. »Und hat er es weit damit gebracht?«

»O ja. Er und seine Nachfolger haben ungefähr hundertfünfzig Jahre lang zwischen Kairo und Kabul alles umgelegt beziehungsweise umlegen lassen, was ihnen nicht in den Kram paßte. Hübsche Terrortruppe und gut organisiert. Die Kreuzfahrer hatten manchmal auch mit ihnen zu tun, und weil sie mit dem Haschischwort nichts anfangen konnten, haben sie ein ähnlich klingendes Wort genommen und mit der Profession der Leute, dem Meuchelmord, verbunden. Wie du siehst, ist der gemeine europäische Assassine ein touristisches Mißverständnis; ich bin immer dafür gewesen, daß man anständig die Fremdsprache lernt, wenn man in ein anderes Land reist. Aber welcher Kreuzfahrer konnte schon Arabisch?«

»Wie ist die Geschichte dann ausgegangen?«

»Blutig; wie sonst? Wie gesagt, der ganze Mittlere Osten zitterte vor der Bande. Als dann, so um zwölfhundertsechzig, die Mongolen die ganze Gegend einkassierten, hat der damalige Herr der Festung Alamut wohl den Fehler gemacht, einen mongolischen Würdenträger umlegen zu lassen. Dessen Kumpels haben die Festung dann ein paar Jahre belagert; sie hatten ja Zeit. Am Schluß haben sie die ganze Sippe über die Klinge springen lassen. Marco Polo erzählt davon ganz nett.«

Ariane seufzte. »So, jetzt weiß ich es. Was hat denn nun aber Bronner mit den Assassinen zu tun?«

Baltasar nickte. »Eine weise Frage. Ich weiß es nicht. Vielleicht ist er über Drogenhändler gestolpert oder über eine orientalische Meuchelmörderschaft in der Provence. Wer weiß?«

»Und du willst mir nichts über Sankt Remigius und diesen Schlupfhafen der Johannisbeere erzählen?«

Nun war Matzbach mit Seufzen an der Reihe. »Ungeduldiges Weib«, sagte er. »Ich denke mir folgendes. Als er mich aus Les Baux angerufen hat, meinte er, jemand sei hinter ihm her, und er könne nicht frei sprechen. Also konnte er wohl auch keine Namen nennen. Ich habe durch kurzes Nachdenken ermittelt, daß nahe Les Baux der Ort Saint-Rémy liegt; vermutlich meint er den. Und da gibt es sicher irgendwas Mondartiges, ein Bauwerk oder so, wo er was für mich hinterlegt hat. Und Créme de Cassis, was, wie du wissen solltest, Hauptbestandteil des Leibtrunks des alten Bürgermeisters von Dijon ist, ist ein Johannisbeerschnaps.«

»Wieso sollte ich das wissen?«

»Der Kanonikus Kir, nach dem das Getränk benannt ist, hat es wohl auch erfunden. Der war Dings in Dijon. Also, denke ich mir, hat Bronner wohl die Stadt Cassis am Mittelmeer im Kopf gehabt. In der Nähe gibt es *calanques,* so eine Art lokaler Fjorde, und *calanque* ist der Schlupfhafen! Was das Ganze soll, weiß ich nicht, aber es bringt mich auf eine Idee. Ich hätte jetzt gern bald einen Kir. Wir sollten, meine ich, ein kleines Hotel bei Nuits-Saint-Georges ansteuern. Ich kenne das, man äst dort vorzüglich. Und was hülfe es dem Menschen, der da in der Provence entweder lebt und bibbert oder tot ist und dies nicht mehr tut, wenn wir dort entkräftet und übermüdet ankämen, unfähig zu den elementaren Hilfeleistungen?«

Er erging sich in genauen Fahrtanweisungen und kam dann auf die Speisekarte zu sprechen, wobei er insbesondere die hausgemachten Pasteten aus jenem Stoff erwähnte, der vordem unter dem irreführenden Namen Krammetsvöglein Europa durchflattert hatte. »Damit man sieht, daß wirklich nichts in den Töpfchen ist, was nicht hineingehört, sind die Pastetchen obenauf mit den Füßchen der köstlichen Verblichenen garniert.«

Ariane schüttelte sich kurz, lauschte dann aber mit knurrendem Magen den weiteren Ausführungen von Baltasar, der liebevoll auf den in einer Sauce aus Sahne und Estragon mit einem winzigen Tupfer Senfs hingerichteten Hecht verwies. »Dazu«, sagte er, und er schnalzte mit der Zunge, »ein Schlückchen Aligote, und danach *un rôti de boeuf* zur Unterstützung der einen oder anderen Flasche Gevrey-Chambertin. Oder derlei. Übrigens macht man dort auch köstliche Apfelküchlein zurecht, die sich vorzüglich als Dessert eignen ...«

Matzbachs verwegene Verfressenheit ist eine seiner Eigenschaften; wie zu Zeus Sein Donner und zu Jehovah Sein Zorn gehört zu Baltasar Sein Wanst. Immerhin kann er es sich seit vielen Jahren leisten, Hecht zu essen und zum folgenden Fleischgang einen Grand Cru zu trinken. Er wuchs nach dem Verscheiden seiner Eltern bei Verwandten auf und studierte später Philosophie und Atomphysik. Dabei erfand er etwas für ein Betatron, so kompliziert, daß er es selbst schon längst nicht mehr erklären kann, aber das Patent wird international verwendet und wirft einiges ab; anschließend wandte Matzbach sich der Musik zu und komponierte ein bißchen, darunter einen vollendet schwachsinnigen Schlager, der noch immer läuft und zwei- bis dreimal pro Jahr neu aufgenommen wird, und so schickt die GEMA ihm zweimal jährlich einen freundlichen Scheck. Ein Hauptgewinn im Lotto sorgte um 1962 dafür, daß Baltasar aus dem Gröbsten heraus war. Er investierte klug und ergab sich der sinnlosen Bildung, wobei er von den exakten zu den diffusen Gebieten überging; so stammt aus seiner Feder ein in Fachkreisen geschätztes Werk über *Monotheistische Strömungen des in-*

selkeltischen Druidentums. Einige Jahre hielt er sich an der bretonischen Nordküste auf, bevor die touristische Völkerwanderung sie verwüstete, und weilte dort als Mäzen und Manager junger Künstler, Veruntreuer von frühen Touristinnen und Privatdozent für Okkultismus. Dabei verfaßte er zwei weitere Standardwerke: *Schamanistische Einflüsse in die Analekten des Konfuzius* und *Sexualpathologische Aspekte der Psychokinese.* Und tat zahllose weitere unsinnige Dinge, die ausnahmslos zu Gold wurden (er habe, behauptet er, in dieser Beziehung etwas durchaus Eselhaftes an sich). Seit Jahren verdient er sich ein regelmäßiges Zubrot mit seinem Kummerkasten *Fragen Sie Frau Griseldis;* außerdem droht irgendwann einmal die Veröffentlichung seines geheimen Hauptwerks *Der Leichnam in der Weltliteratur.* (Die Mutmaßung, seine detektivischen Aktivitäten seien nur ein Vorwand dafür oder umgekehrt, ist nicht von der Hand zu weisen.)

Gegen 19.30 Uhr erreichten sie ihr Etappenziel. Während Matzbach rittlings auf seinem Koffer saß und grübelte, was ihm an der Tapete der Kemenate mißfiel, inspizierte Ariane den sanitären Trakt der Fürstensuite. Von der Erkundung zurückgekehrt begann sie, ihren Koffer auszupacken. Baltasar hüpfte derweil unter den Strahlen der Dusche umher und sang Landsknechtslieder; danach begab er sich mit einer meditativen Zigarre in die Horizontale und dachte an nichts bzw. Nichts. Als Ariane tropfnaß und gutgelaunt aus dem Bad kam, winkte er sie mit der Zigarre herbei. Sie setzte sich auf den Bettrand, wobei sie sich abtrocknete.

»Was wollt Ihr, Gebieter?« fragte sie.

Baltasar legte ihr eine Fingerspitze auf die – gerümpft besonders entzückende – Stupsnase, die Arianes Gesicht vor der ansonsten unvermeidlichen Etikettierung »aristokratisch« bewahrte, und sondierte die grünen Augen. »Die Frage erhebt sich«, erklärte er, »ob wir hinterher viel oder vorher wenig essen. Die Beweglichkeit des Leibes, du weißt es, wird durch die Nahrungsaufnahme langfristig gefördert und kurzfristig behindert.«

Ariane kicherte und warf das Handtuch. »Wie war das noch gleich«, sagte sie. »Mit diesem *I Ging,* meine ich.«

Baltasar deutete auf einen wirren Stapel Kleidung, Bücher und sonstiger Reiseutensilien. »Ich weiß nicht, was du meinst, aber sieh immerhin nach.«

Sie fahndete nach dem Buch und entdeckte es unter der zerknautschten Leinenhose. Nach längerem Blättern fand sie, was sie suchte.

»Schong«, sagte sie lächelnd, »Kommentar zur Entscheidung. ›Das Weiche dringt mit der Zeit empor. Sanft und hingebend.‹ Aha, oho. ›Das Feste ist in der Mitte und findet Entsprechung, darum erlangt es großes Gelingen.‹ Ist es denn wahr? ›Man muß den großen Mann sehen.‹ Die Anweisungen sind eindeutig.«

Sie klappte das Buch zu, legte es auf den Nachttisch und beraubte Baltasar seiner Zigarre, die sie einen Moment nachdenklich musterte, ehe sie sie in den Aschenbecher warf.

Gegen halb elf wurden sie zum Abschluß eines bemerkenswerten Mahles mit Kaffee und Vieux Marc versehen. Baltasar war ganz Grandseigneur und gab Ariane Feuer für ihr dünnes Zigarillo. Dann sah er auf ihre schlanken Finger, die mit dem Stiel des Weinglases spielten, in dem noch ein Rest roter Köstlichkeit kreiselte. Mit der anderen Hand und dem Zigarillo deutete sie auf seine Stirn.

»Das war wirklich köstlich, Dicker«, sagte sie, »ein gutes Lokal.«

Baltasar nickte und stieß eine mächtige Rauchwolke aus. Sie erklomm wabernd und wankend höhere Luftschichten und verging an den dunklen Eichenbalken der Decke. Von den etwa zwanzig Tischen des gemütlichen Speiseraums waren nur noch drei besetzt. Baltasar lehnte sich in seinem Stuhl zurück, bis dieser knirschte, legte die Zigarre in den Aschenbecher und türmte auf der karierten Tischdecke Brotkrümel auf. Er schnüffelte an dem Marc, wickelte ein Zuckerstückchen aus und berührte damit sanft die Oberfläche der bräunlichen Flüssigkeit. Ariane sah interessiert zu, wie der Zucker sich langsam vollsog und verfärbte.

»Das nennt man *faire le canard*«, sagte Matzbach. Er leckte sich die dicken Lippen. »Wie der Erpel den Kopf in den Pfuhl steckt und dabei mit dem Schwänzchen wackelt, so macht es der Zucker. Die beste Möglichkeit, das Aroma eines guten Schnapses zu testen.«

Er steckte sich den Zucker in den Mund und schmatzte hingerissen. »Ah, gut«, sagte er dann genießerisch. »Wenn sich das auf der Zunge auflöst, das entspricht dem Wackeln. Übrigens ist der Marc besser als jeder mir bekannte Entenpfuhl.«

Er nahm einen Schluck und spülte mit schwarzem Kaffee nach.

Ariane hütete sich, den Zuckertest nachzuahmen. Sie rührte in ihrem Kaffee und musterte Baltasar, der mit der Zigarre zwischen den Zähnen auf seinem Stuhl eher lag als saß und die Hände über dem Bauch gefaltet hatte.

»Sag mal«, forderte sie ihn auf, »*apropos canard*. Mein Französisch ist ja ganz gut, schon allein wegen unserer Handelsbeziehungen, aber ich würde mir nicht zutrauen, in Frankreich Detektiv zu spielen. Reicht deins dazu aus?«

Matzbach nahm die Zigarre aus dem Mund und blickte vorwurfsvoll. »*Mais bien sûr, Madame*«, sagte er. »Du vergißt: Ich habe ein paar Jahre in der Bretagne zugebracht. Ich bin zwar ein bißchen aus der Übung, aber das wird sich in ein paar Tagen geben. Warte ab, bis ich beginne, mit dem hiesigen Idiom so entstellend zu verfahren wie mit meiner Muttersprache, und deines Wunderns wird keinerlei Ende mehr sein.«

Sie lächelte. »Meines Wunderns über dich ist ohnehin kein Ende. Ich bin aber nicht böse, wenn sich alles da unten in Luft auflöst, die Geschichte erfunden ist und wir wirklich nichts als ein bißchen Urlaub machen.«

Baltasar zuckte mit den Achseln. »Deine Wünsche in allen Ehren«, sagte er, »aber ich glaube nicht daran.«

»Na gut, du kennst Bronner schließlich. Ich muß dir wohl glauben, wenn du sagst, daß er nicht so schnell in Panik gerät und in einer echten Klemme sein muß, wenn er dich alarmiert. Wieso ruft er denn ausgerechnet dich an? Warum geht er nicht zur Gendarmerie oder läßt den Bundesgrenzschutz einfliegen?«

»Die GSG 9 ist für die Provence nicht zuständig. Außerdem sind wir alte Freunde. Er hat mir vor Jahren diese Geschichte mit der *Frau Griseldis* besorgt, als ich mich gerade entsetzlich gelangweilt habe. Ich schulde ihm mindestens einen Gefallen. Und dann weiß er natürlich, daß ich ein cleveres Kerlchen bin und auch ohne langen Löffel keine Angst habe, mit dem Teufel zu dinieren.«

»Was ist das denn nun schon wieder?«

»Englisches Sprichwort. *He who sups with the Devil must have a long spoon.* Ich esse eigentlich mit jedem.«

»Und alles, was sich nicht wehrt oder nicht schnell genug laufen kann.«

Baltasar nickte gnädig. »Trampel nur ruhig auf mir herum. Es ficht mich nicht an, nicht die Bohne.«

Nachdenklich sagte Ariane: »Dieser Bronner muß ja, nach allem, was du erzählst, ein ziemlich übler Chauvi sein.«

»Das kann schon hinkommen. Für den täglichen Umgang in geregelten Verhältnissen sind Softies natürlich angenehmer, aber sie sind nicht gerade dazu geeignet, Imperien zu errichten oder zu demolieren. Und wie du weißt, sammle ich ja Geschichten. Chauvis sind unterhaltsamer.«

Ariane nickte. »Von dir habe ich nichts anderes erwartet. Du bist doch auch so einer.«

Matzbach grinste. »Das ist das erste nette Wort, das du heute zu mir sagst.«

»Ich hatte das eigentlich anders gemeint.«

»Das macht überhaupt nichts. Wichtig ist, daß der Adressat weiß, was er selbst davon hält.«

»Daß ich den großen Mann gesehen habe, heißt nicht, daß du dich für das Zentrum des Universums halten mußt.«

»Ich bin einer der gewichtigsten Teile der Peripherie, wie du wissen solltest.«

Mit solchen und ähnlichen fröhlichen Gesprächen verbrachten sie noch eine Weile, ehe sie das treppauf harrende Nachtlager erstrebten, wo sich jeder – getreu dem Satz, daß man nicht vor dem Buch den Abend lobe – in seine jeweilige Reiselektüre vertiefte.

2

Spät am folgenden Nachmittag erreichten sie Les Baux. Die bizarren weißgrauen Felsen des Tals zeigten, befand Matzbach, vermöge des Sonnenuntergangs eine wegen ihrer Schroffheit gegenüber weitgereisten Gästen angemessene Schamröte. Das von Bronner benannte Hotel in der Alten Stadt war aus der Entfernung ebenso wenig sichtbar wie die anderen Gebäude, die aus dem Stein des Berges gebaut waren, der sie trug.

»In der Hauptreisezeit«, dozierte Baltasar, »findet sich hier kein Parkplatz, dafür jedoch ein Parkwächter. Beides bleibt uns erspart.«

Ariane nickte müde. »Ich weiß«, sagte sie, »ich bin hier schon mal gewesen. Du brauchst nicht so zu tun, als ob du das Dorf eigenhändig für mich gebaut hättest.«

Im Hotel angekommen, verlangte Matzbach ein Doppelzimmer (mit Bad) über dem Abgrund. Brav füllte er den Meldezettel aus.

»Ah, Monsieur Mazbak«, sagte der junge Hotelier, »Sie haben gestern früh angerufen und mit Monsieur Bronner gesprochen, nicht wahr? Ich hoffe, Sie hatten bei aller Eile eine angenehme Reise.«

Baltasar stützte sich auf den Empfangstisch. »Wir hatten«, sagte er. »Aber wo steckt Bronner?«

Achselzucken. »Ich weiß nicht, Monsieur. Er ist sofort nach Ihrem ersten Anruf gegangen. Er war nervös.«

Baltasar nickte. »So klang es am Telefon. Aber sagen Sie, zwischen meinem ersten und meinem zweiten Anruf lagen doch nur ein paar Minuten. Ist da in der kurzen Zeit noch etwas passiert?«

Der Hotelier runzelte die Stirn. »Ich glaube nicht. Ich weiß es aber nicht mit Gewißheit. Ich war kurz in die Küche gegangen, während Monsieur Bronner noch mit Ihnen sprach. Als ich zurückkam, lag nur dieser Zettel hier, und Monsieur Bronner war fort.«

Er reichte Matzbach einen Zettel. Auf französisch war dort zu lesen: »Ich muß abreisen. Bitte verwahren Sie mein Gepäck. Sollte ein Monsieur Matzbach aus Deutschland kommen, bevor ich mich wieder melde, händigen Sie ihm bitte meine Sachen und diesen Zettel aus. Er wird die Rechnung begleichen, falls beiliegende Summe nicht ausreicht. Bronner, Nummer zwei.« Darunter, auf deutsch: »Dicker, denk an den Mond und die Beeren, und mach von Marseille aus einen Rundflug! Kümmer Dich um meinen Kadaver! William.«

Baltasar steckte kopfschüttelnd den Zettel ein. »Also muß er es verdammt eilig gehabt haben. Wie war das mit der Rechnung?«

»Oh, keine Besorgnis deswegen!« Der junge Mann öffnete eine Schublade, der er ein ausgefülltes Rechnungsformular entnahm. Mit einer Briefklammer waren einige Geldscheine daran befestigt.

»*Voilà*«, sagte er. »Die Rechnung lautet auf zweihundertfünfzig Francs. Monsieur Bronner war so freundlich, drei Scheine à hundert Francs zu hinterlassen. Darf ich Ihnen den Rest aushändigen?«

Dann zögerte er und zog das Geld zurück. »Vielleicht«, schlug er vor, »sollten Sie mir Ihren Ausweis zeigen, Monsieur? Ich weiß ja nur, daß Sie auf die Anmeldung geschrieben haben, wer Sie sind. Das Gepäck, Sie verstehen ...«

Er ließ den Rest offen. Matzbach schob ihm seinen Personalausweis über den Tisch. Der junge Mann schrieb sorgfältig alle wesentlichen Angaben einschließlich der Nummer auf, die Matzbach auf den Meldezettel zu übertragen natürlich hoheitsvoll unterlassen hatte. Danach führte er sie in einen Abstellraum, in dem sich Bronners Gepäck befand: zwei mittelgroße Koffer.

Matzbach räusperte sich und packte die Griffe. »Ich wäre Ihnen verbunden«, sagte er, »wenn Sie unser Gepäck vom Empfang auf unser Zimmer brächten. Den Rest von den dreihundert Francs könnten Sie in Form von zwei großen Café Créme auch nach oben bringen lassen – einverstanden, Ariane? – und den Überschuß bitte einer Ihnen genehmen Verwendung zuführen.«

Der junge Mann grinste, bedankte sich und äußerte lobende Worte über Baltasars makelloses Französisch.

Ariane machte sich ein wenig frisch, während Matzbach sich eine Zigarre anzündete, einen Schlürfer an seinem Kaffee tat und begann, Bronners Koffer zu untersuchen. Abgesehen von einem mit vielen Fragezeichen versehenen lateinischen Text in Fotokopie enthielten beide Koffer nichts, was Baltasar besonders interessiert hätte. Schließlich fand er unter schmutziger Wäsche noch eine Klarsichthülle in DIN-A4-Format, die Hotelrechnungen, Tankzettel, Quittungen über Autobahngebühren und Restaurantbelege ausspie, als Matzbach sie über dem Bett leerte.

Ariane warf ihm fragende Blicke zu, während sie ihre Kleidungsstücke in einem vermutlich antiken Schrank verstaute. Dann stellte sie sich, mit der Kaffeetasse in der Hand, hinter Baltasars gebeugten Rücken und versuchte herauszufinden, welche Sorte Zettel er da sortierte. Da sie aus seiner gefurchten Nackenmuskulatur las, daß er momentan nicht ansprechbar war, stellte sie bald die Tasse wieder ab und öffnete die Tür zur kleinen Terrasse. Baltasar fluchte, als der Abendwind ihm die Zettel durcheinanderbrachte; Ariane zog die Tür schnell hinter sich zu und trat an die Brüstung.

Unter ihr lag, in der fortschreitenden Dämmerung nicht mehr genau auszumachen, das Tal mit einigen neueren Gebäuden und zahllosen alten Felsen. Nebelschwaden, die sich immer mehr verdichteten, raubten ihr nach kurzer Zeit den Blick vollends. Obwohl sie in der feuchten Kälte des Abends zu frösteln begann, konnte sie sich doch nicht von dem grandiosen Schauspiel losreißen. Aus der weitläufigen, ovalen Terrine des Tals stieg Dampf empor, leckte sich die senkrechten Felswände zum Hotel herauf und überspülte bald die Terrasse. Der Zackenrand jenseits des Tales wies den halbhellen Himmel ab. Schließlich sah Ariane kaum noch die eigenen Hände; bibbernd und klamm vor Kälte kam sie zurück ins Zimmer.

Baltasar hatte seine Sortiererei beendet und blickte ihr nachdenklich entgegen.

»Toll«, sagte sie halblaut.

»Ich stimme dir zu«, sagte er zerstreut. »Obwohl ich annehme, du meinst den Nebel. Ich dagegen meine die Papiere.«

Sie hockte sich neben ihn auf das Bett, leerte ihre Kaffeetasse, stellte sie auf den Boden und blickte auf das Häuflein Belege und Schmierzettel.

»Irgendwas gefunden?«

Baltasar lehnte sich gegen die ortsübliche Kopfkissenwurst. »Na ja. Wie man's nimmt. Ich weiß ungefähr, wo er sich in der letzten Zeit aufgehalten hat.«

»Und? Kannst du daraus was machen?«

»Hem, hum, brrr. Ein wenig.«

Er fischte ein größeres, rautiertes Stück Papier aus dem Stapel und wedelte damit.

»Ich glaube, seine Anreise braucht uns nicht weiter zu interessieren. Hotelrechnungen aus Mulhouse, Bourg-en-Bresse und so. Interessant wird es ab dem fünfzehnten Oktober. Zuerst war er zwei Tage hier, danach eine kurze Zeit in Draguignan in einem dortigen Hotel beziehungsweise außerhalb des Orts. Dann war er acht Tage in Cassis, merke auf, und hat dort unter anderem, wie Quittungen beweisen, hervorragend gefressen und zwei Fahrten mit einem Küstenboot gemacht. Zwischendurch muß er in Marseille gewesen sein und hat dort mit einer kleinen Maschine einen Rundflug über die Provence und Camargue absolviert.«

»Fliegt er selbst?«

»Glaub' ich nicht, weiß es aber nicht genau. Er hat mir zwar nie über das Fliegen oder die Angst davor berichtet, aber wer kennt schon die Abgründe des menschlichen Herzens?«

Er räusperte sich. Ariane nickte ernsthaft. »Schön dahergesagt, Dicker. Und? Was liest du aus all dem?«

Baltasar kratzte sich den Kopf. »Waschen«, schlug Ariane vor. Er ignorierte den Einwurf.

»Was ich lese ist, daß er hier, da und dort gewesen ist. Das werden wir in den nächsten Tagen zu klären haben. Viel interessanter ist vorläufig dieser lateinische Wisch.«

Er wedelte mit einem weiteren Blatt. Ariane streckte die Hand aus, nahm das Blatt und warf einige Blicke darauf. Es handelte sich offensichtlich um die Fotokopie eines Typoskripts, versehen mit zahlreichen Auslassungspunkten und Fragezeichen im Text sowie weiteren Fragezeichen und zum Teil unlesbaren Kommentaren in einer kryptischen Handschrift.

Ariane gab ihm das Blatt zurück. »Mein Schullatein«, sagte sie, »ist verrostet. Ich verstehe nicht viel mehr als ein paar geläufige Wörter.«

Baltasar legte das Blatt weg.

»Meiner ersten Kurzlektüre nach«, sagte er herablassend, »ist das ein merkwürdigerweise auf latein abgefaßtes antirömisches Pamphlet eines karthagischen Händlers, der kurz über sein Leben, seine Irrfahrten und seine Reichtümer berichtet, die er irgendwo vergraben hat. Vermutlich hier in der Nähe.«

Ariane lächelte. »Rücksichtsvoll von diesem Karthager, daß er die Sache in einer dir verständlichen Sprache aufgezeichnet hat.«

Baltasar nickte. »Sehr. Aber das ist nicht alles. Er hat, wie er ausführt, seine Reichtümer an vier verschiedenen Orten zu ungefähr gleichen Teilen verbuddelt, dazu an weiteren drei Orten lateinische, griechische und phönizische Varianten seines Testaments hinterlassen. Besonders rücksichtsvoll finde ich, daß er, wer immer die Sache entdeckt hat, die lateinische Version aufgegabelt hat. Mein Phönizisch ist, ehrlich gesagt, sehr lückenhaft, besonders die karthagischen Besonderheiten ...« Er grinste.

Ein Geräusch wie ferner Donner scholl durch das Zimmer. Ariane blickte auf ihre Armbanduhr.

»Du mußt, schätze ich, noch etwa eine halbe Stunde warten, bis es was zu essen gibt«, sagte sie. »Was hältst du von einem kleinen Nebelspaziergang bis dahin?«

Baltasar spitzte seinen Mund zu einer voluminösen Schippe. »Bei Nebel und Dunkelheit«, gab er zu bedenken, »würden sich die wenigsten Frauen zu einer Wanderung mit mir aufraffen. Weißt du, was du da tust?«

Ariane zeigte freundlich ihre Zähne. »Ich kenne dich ja. Dir ist das da draußen viel zu ungemütlich, außerdem hast du Hunger. Was soll mir also passieren?«

Baltasar stand ächzend auf und stieg in seine umfängliche Cordjacke, in der manche Kleinfamilie hätte wohnen können. »Nun denn, ach ja«, murmelte er. Er faltete das lateinische Karthagerpapier und seinen Zettel mit Bronners Hoteldaten zusammen, steckte alles in eine der geräumigen Innentaschen und bewegte den Kopf auffordernd in Richtung Tür.

Als sie das Hotel verließen, war der Empfang unbesetzt. Baltasar steckte also auch den Zimmerschlüssel ein. Leise klickend trat er auf die Straße hinaus. Ariane hängte sich bei ihm ein. Sie wanderten eine Weile durch die engen Gassen und blieben hin und wieder stehen, um in die erleuchteten Fenster von Töpfereien, Souvenirläden, Kunstateliers und Webstuben zu schauen. Der Nebel, den einige Laternen noch dichter erscheinen ließen, schloß die Welt aus.

Schweigend schlenderten sie durch die Gassen, entlang an Wänden aus den graubeigen Steinen des Bergs. Feuchtigkeit hatte die Kopfsteine schlüpfrig gemacht. Am oberen Ende des Dorfes angekommen, fanden sie den Eingang zur Ruinenstadt versperrt; ein etwa hüfthohes Gitter lief zwischen den gegenüberliegenden Häusern quer über die enge Straße. Neben der breiten Tür des rechten Hauses hing ein mehrsprachiges Hinweisschild auf die Öffnungszeiten und Eintrittspreise. Schnaufend flankte Matzbach aus dem Stand über das Gitter und reichte Ariane eine helfende Hand. Sie strichen eine Weile durch die Mauerreste unmittelbar oberhalb des Pförtnerhauses und gelangten schließlich ans südliche Ende des Plateaus. Außerhalb der Mauern und Ruinen wurde der Nebel dünner.

»Ich habe so ein ungutes Gefühl«, murmelte Ariane, als sie an den Rand des Felsens traten. Die Wände fielen senkrecht zur fruchtbaren Ebene hinunter, die sich bis zur Rhône, zur Camargue und zum Meer erstreckte. Dort war die Luft klar und nebelfrei; in der kühlen klaren Nacht suchte Matzbach stumm die Korrespondenz zwischen den Sternen und den vereinzelten Lichtern der Gehöfte und Dörfer zu enträtseln.

Ariane wandte sich um und blickte zurück zu den Ruinen. »Das ist eine Geisterstadt«, sagte sie, »neben einem Geistertal, in dem jemand einen Geisternebel veranstaltet.« Sie schüttelte sich.

Baltasar betrachtete sie besorgt. »Fehlt dir was?«

Sie legte eine Hand auf seine Schulter. »Mach dir nichts draus«, sagte sie, gewollt schnippisch, »ein kleiner Anfall von Empfindsamkeit. Geht gleich vorbei.«

Sie sah wieder auf die Ebene hinaus. Matzbach hatte zwar keine düsteren Empfindungen, aber ihn faszinierte der brodelnde Nebel zwischen den letzten Ruinen, der oberhalb des Orts vom Nachtwind erfaßt, durchsucht und zerfetzt wurde. Als Baltasar sich umwandte und neben Ariane trat, nahm er aus den Augenwinkeln eine undeutliche Bewegung wahr. Er blickte erneut zurück und ergriff dabei Arianes Arm.

»Was ist?«

Als er nicht antwortete, trat sie einen Schritt vom Rand des Plateaus zurück und drehte sich dann um.

Drei Personen kamen schnell und zielstrebig auf sie zu, vermutlich Männer. Sie hatten Mäntel an, und als sie nahe genug waren, sah Ariane, daß sie Masken trugen, Nylonstrümpfe, die nur kleine Schlitze für die Augen, Nasen und Münder offenließen.

Baltasar ging ihnen entgegen. Mit der linken Hand zog er Ariane mit sich, die rechte hatte er in seine Jackentasche gesteckt. Ariane begriff, daß er von dem Felsrand und den ungemütlichen senkrechten Wänden nicht sehr angetan war.

»Bonsoir, Messieurs«, sagte Matzbach ohne besondere Betonung. Er ließ Ariane los, die mit einem Blick zurück feststellte, daß etwa zehn Meter zwischen ihr und dem Abgrund waren.

Die drei sinisteren Figuren blieben stehen; es schien, als seien sie unschlüssig. Zwei von ihnen waren etwa gleich gebaut, ungefähr ein Meter achtzig, schlank bis drahtig, soweit sich das unter den Mänteln erraten ließ. Der Dritte war ein wenig kleiner, wohl auch korpulenter; er stand in der Mitte. Er zog die rechte Hand aus seiner Manteltasche; mit einem trockenen Schnalzen sprang die Klinge des Schnappmessers heraus. Der rechte der beiden Schlanken trat zur Seite und gleichzeitig vor; er näherte sich Ariane mit leeren Händen und halberhobenen Armen.

»Ich beklage den Verfall der gerühmten provencalischen Gastlichkeit«, erklärte Baltasar in hochmütigem Französisch.

»Das ist nicht die Art, eine Konferenz unter Freunden abzuhalten. Wollen Sie bitte zurücktreten?«

Dabei zog er die rechte Hand aus der Tasche und richtete eine Pistole auf den Mittleren. Der Linke, der ebenfalls einen Schritt zur Seite gemacht hatte und vortreten wollte, blieb stehen. Die Gruppe verharrte einen Moment wie gefroren. Dann sprang der Rechte auf Ariane los. Matzbachs Pistole bellte; der Messerbesitzer duckte sich und griff Matzbach an, der Linke zog ebenfalls ein Messer und schleuderte es auf den Dicken. Gleichzeitig bückte Ariane sich nach einem Stein.

Mit einem unterdrückten Schrei kippte der Rechte um und hielt sich die Hüfte; das geworfene Messer des Linken blieb mit einem dumpfen Schlag dort stecken, wo man Baltasars Herz vermutete; es folgten mehrere Ächzlaute, deren Reihenfolge unbestimmbar und irrelevant war. Arianes Stein traf den Messerwerfer mit einem Klatschen ins Gesicht; der Mann riß die Hände hoch und wankte. Matzbach ließ die Pistole fallen, die er nicht mehr halten konnte, da das Messer des Kleineren ihm über die Finger der rechten Hand gefahren war; mit der linken packte er das rechte Handgelenk seines Gegners, dem er gleichzeitig mit der ganzen Pracht seiner mehr als zwei Zentner auf den Fuß trat. Der Mundschlitz des Nylonstrumpfs öffnete sich zu einem Jaulen. Mit der linken Hand versuchte der Mann, das über Matzbachs Herz in der Jacke steckende Wurfmesser seines Kollegen zu erreichen. Baltasar ignorierte die Schmerzen seiner blutenden Rechten und nahm sie zu Hilfe, um die Messerhand auszuschalten.

Ariane starrte mit Entsetzen auf die Szene; gerade noch rechtzeitig bemerkte sie, daß der angeschossene Mann zu Baltasars Pistole kroch. Sie stürzte sich ebenfalls darauf. Der Mann erwischte sie am Fußgelenk und hielt sie fest. Sie schlug lang hin und war einen Moment benommen; dann gelang es ihr, mit einer wischenden Armbewegung die Pistole wegzuschieben. Die Waffe schepperte über den Fels und verschwand in einer Senke.

Der verwundete Mann packte Arianes Arm und drehte ihn langsam um. Sie versuchte, nicht zu schreien; als sie das Gefühl hatte, der Arm müsse brechen, hörte sie ein trockenes Knacken und einen Aufschrei, der ihren Gegner für Sekundenbruchteile ablenkte. Es gelang ihr, sich loszureißen und sich herumzuwerfen. Dabei traf sie den hinter ihr Knienden mit dem Fuß an der verletzten Hüfte. Stöhnend sackte er auf seine heile Seite und hielt sich die Wunde.

Ariane keuchte; sie blickte zu den anderen hinüber. Matzbach beseitigte das Schnappmesser, das sein Gegner hatte fallen lassen, mit einem Fußtritt. Der Maskierte stand da. Aus dem offenen Mundschlitz kam kein Ton; der Mann starrte auf seine rechte Hand, die einen absurden Winkel mit dem Unterarm bildete. Der Dritte nahm die Hände von seinem blutüberströmten Gesicht, vor dem nur noch Nylonfetzen hingen. Baltasar schob seinen kampfunfähigen Gegner von sich und versetzte ihm mit der Linken eine schallende Ohrfeige, die ihn zu Boden schleuderte; dann wandte er sich dem Dritten zu, trat dabei in eine Bodenspalte und knickte fluchend um.

Der Geohrfeigte rappelte sich mühsam auf, hielt sich das gebrochene Handgelenk und starrte aus schmalen Augenschlitzen auf den zeternden Matzbach, der auf dem Boden saß und versuchte, seinen Fuß aus der Spalte zu ziehen. Dann zischte er seinen Kumpanen etwas zu und sagte halblaut »wir sehen uns noch«. Der Angeschossene hielt die Hand auf seine Hüfte gepreßt und humpelte zu den beiden anderen. Er stützte sich auf die Schulter des Dritten. Alle drei musterten Matzbach und Ariane noch einen Moment lang, als wollten sie vielleicht noch einen Versuch unternehmen; dann zogen sie sich langsam zurück in Richtung Ruinen und Dorf.

Als Nebel und Dunkelheit sie verschluckt hatten, kam Baltasar endlich mit Arianes Hilfe aus dem Spalt frei. Ariane war vom Sturz und dem Handgemenge verkratzt und zerzaust; ihr Arm schmerzte. Matzbach hockte auf dem Boden, übergoß seinen

Fuß und den Felsspalt mit Redensarten des gröbsten Unflats und verfluchte seine blutende Hand. Ariane wickelte ihr seidenes Kopftuch, das sie in der Manteltasche getragen hatte, darum.

»Dreiundzwanzigtausend Geier«, äußerte Matzbach wütend, »alle erreichbaren kleineren Dämonen, ein riesiger Dunghaufen sowie mehrere Nattern! Der Blitz«, setzte er düster hinzu, »soll diese Halunken sämtlich beim Scheißen erschlagen! Alle Zähne soll man ihnen ausbrechen, bis auf einen, und der soll ewig eitern.«

Ariane klopfte ihm auf die Schulter. »Mach's halblang«, sagte sie. »Hauptsache, du lebst noch.«

Baltasar stand auf. Er verzog das Gesicht, als er den Fuß belastete. »Das ist eine Minimalforderung, mit der ich mich nicht zufriedengeben kann«, sagte er verärgert.

Mit seiner unverletzten Hand berührte er kurz und relativ sanft Arianes Wange.

»Ich danke dir für den hilfreichen Beistand, Weib«, murmelte er. »Ich hoffe, man hat dir nichts Übles zuleide getan.«

Ariane seufzte. »Nicht genug damit«, beklagte sie sich bei der Nachtluft, »daß man in deiner Gesellschaft seines Lebens nicht mehr sicher ist, nein, hinterher auch noch dein Geschwätz anhören zu müssen!«

Dann starrte sie mit großen und immer größer werdenden Augen auf die Jackenpartie über Baltasars Herz; dort steckte noch immer das Messer.

»Was ...« Sie streckte die Hand aus.

Baltasar grunzte, schnalzte mit der Zunge, legte die linke Hand um den Griff des Messers und zog es mit einem Ruck heraus.

»Was? Ein Messer«, sagte er.

»Ja, aber ...«

Grimmigen Antlitzes öffnete Baltasar die Jacke. Es war ihm unmöglich, mit der linken Hand die linke Innentasche zu erreichen. Auf seine Aufforderung hin griff Ariane zu und förderte ein ledergebundenes Notizheft zutage, das durchstochen war; außerdem ein ledernes Zigarrenetui, dessen Vorderseite einen Schlitz aufwies. Die Rückseite war heil.

Sie öffnete es. Es enthielt zwei schwarze Zigarren, wie Baltasar sie normalerweise rauchte, und eine helle. Die helle war von der Messerspitze erwischt worden. Baltasar nahm sie, betrachtete sie mißmutig und warf sie fort.

»Ausgerechnet«, sagte er trübe. »Leistet man sich einmal den Luxus namens *Montecristo* ... Diese eine kostet so viel wie ein ganzes Kästchen meiner üblichen Brasil. Und ausgerechnet diese eine muß das schwarze Schwein mit seinem Küchenmesser perforieren.«

Ariane lächelte wider ihren Willen. »In diesem Fall war das offenbar ein überlebenswichtiger Luxus«, gab sie zu bedenken. Dann begannen ihre Knie zu zittern, und sie ließ sich auf einen Stein nieder.

Als sie eine halbe Stunde später zum Hotel zurückkamen, hatte sich der Abendnebel fast völlig verzogen. Baltasar, der nach langem Suchen seine Pistole gefunden hatte und sie leger in der linken Hand hielt, spähte auf dem Heimweg in alle Ecken.

»Na ja, vorläufig sind sie weg«, sagte er, als sie die Hoteltür hinter sich schlossen. Der Hotelier stand am Empfangstisch und blickte ihnen lächelnd entgegen.

»Ah, Madame, Monsieur. Haben Ihre Freunde Sie gefunden?« Dann bemerkte er Arianes derangiertes Aussehen und die blutige Seide um Matzbachs rechte Hand und stand auf.

»*Mon dieu,* was ist passiert? Sind Sie gestürzt?«

Baltasar schüttelte den Kopf und steckte ostentativ seine Pistole ein.

»Nein, *mon ami,* wir hatten ein Gespräch mit ein paar Galgenstricken.«

»*Des voyous? Ici? Ah, mais ...*« Er zögerte. »Waren es vielleicht drei Männer?«

Baltasar nickte überrascht. Ariane fragte: »Wieso? Woher wissen Sie das?«

»Nun, drei Männer waren hier, vielleicht vor einer Stunde. Sie haben gesagt, sie hätten eine wichtige Nachricht für Monsieur Mazbak von Monsieur Bronner. Da ich nicht wußte, daß Sie nicht im Haus waren, habe ich sie zu Ihrem Zimmer geschickt. Sie sind nach ungefähr zehn Minuten wieder heruntergekommen, haben sich verabschiedet und sind gegangen.«

Ariane verzog das Gesicht. »Dann sollten wir wohl mal nachsehen«, sagte sie.

Zu dritt stiegen sie die enge Treppe empor, die zum ersten Stock und zu ihrem Zimmer führte. Die Tür war angelehnt, drinnen brannte Licht. Das Schloß, Baujahr vermutlich 1840, war mühelos gesprengt worden.

Das Zimmer sah pittoresk aus. Ariane seufzte, Baltasar klickte mit der Zunge, und der Hotelier schüttelte den Kopf.

»Ich hoffe sehr«, sagte er, »daß nichts fehlt. Aber es sieht nicht gut aus ...«

Baltasar hob seine umwickelte Hand. »Sagen Sie«, fragte er, »haben Sie die notwendigen Utensilien? Verbandszeug, vielleicht ein wenig Jod?«

Der junge Mann verschwand. Als er mit einem Verbandskasten wieder auftauchte, hatten Baltasar – soweit er eingreifen konnte – und Ariane die gröbste Unordnung beseitigt.

»Alles, was fehlt«, setzte Matzbach dem Hotelier auseinander, »sind ein paar Papiere, glaube ich.«

Dann stand er auf und hinkte ins Bad, wo er mit Hilfe der Zähne den luxuriösen Seidenverband entfernte und die Hand mit lauwarmem Wasser wusch. Anschließend dienten ihm die Zähne in zusammengekniffenem Zustand zu einem anderen Behuf: Ariane pinselte Jod auf die Schnittwunde, die sich unweit des Handrückens über die vier Finger zog. Danach umhüllte der hilfsbereite Hotelier die rötlich glimmende Pfote elegant und unfachmännisch mit Mull.

Baltasar dankte ihm und Ariane in ausgesucht höflichen Sentenzen. Dann bat er: »Monsieur, seien Sie so gut, die zuständige *Gendarmerie* oder *Police Judiciaire* zu benachrichtigen, daß hier Mordbuben in der Gegend herumlaufen, die außerdem die Türen von Hotelzimmern aufbrechen und fremder Leute Eigentum entwenden. Wir werden alsbald hinunterkommen und einen kleinen Mundvoll zu uns nehmen.«

Der Hotelier nickte. »Ich werde sofort anrufen«, sagte er. »Es kann aber eine Weile dauern, bis jemand kommt. Machen Sie beide mir bitte das Vergnügen, wenn Sie unten sind, einen Aperitif mit mir zu nehmen. Auf den Schreck.«

Ariane musterte Baltasar kritisch, als der junge Mann das Zimmer verlassen hatte. »Wirst du am Ende vernünftig«, fragte sie, »oder was willst du mit der Polizei anstellen?«

Baltasar betrachtete versonnen seine vornehm weiße Hand. »Ah, man sollte immer die örtlichen Behörden informieren«, sagte er wegwerfend. »Was fehlt uns denn eigentlich, abgesehen von Bronners Papieren?«

Ariane zuckte mit den Achseln. »Ich glaube, nichts, soweit ich das bis jetzt habe feststellen können.« Sie deutete mit dem Kinn auf ihren Mantel, den sie über eine Stuhllehne gehängt hatte. »Ich hatte alles – Ausweise, Schecks und so – in meinem Mantel. Stell dir vor, ich hätte statt solider Innentaschen ein Handtäschchen dabeigehabt.«

»Und stell dir vor«, sagte Baltasar dumpf, »ich hätte nicht Bronners Hoteldaten abgeschrieben und zusammen mit diesem karthagischen Wisch eingesteckt. Die Quittungen sind ja sämtlich verschwunden.« Nachdenklich setzte er hinzu: »Wat lernt uns dat? Die Jungs haben was mit Bronner zu tun. Ich fürchte, ich behalte mal wieder recht.«

Ariane runzelte die Stirn und verzog sich ins Bad. Während sie sich auszog und wusch, ließ sie die Tür offen, so daß die unaufschiebbare Konversation weiter abgehalten werden konnte.

»Ich hoffe, wir kommen jetzt dazu, Urlaub zu machen.«

»Aktivurlaub, denke ich wohl, mein Täubchen.«

»Wieso Aktivurlaub? Willst du etwa Sport treiben oder im Mittelmeer schnorcheln, oder was?«

»Keineswegs, Euer Liebden. Was schert mich Schnorchel oder Meer? Ich trage weit besseres Verlangen, denn nicht zur Erholung reiste ich her, sondern um Mörder zu fangen.«

»Laß den armen Heine in Frieden. Hast du immer noch nicht die Nase voll?«

»Von Heinrich Heine? Nimmer nicht.«

»Unsinn. Ich meine von deiner Kriminalistik und dem verschwundenen Bronner.«

»Ah, wie könnte ich? Jetzt, da wir wissen, daß ich mit meinen düsteren Vermutungen richtiglag ...«

»Ja, eben.«

»Wieso eben?«

»Mann, du nervst mich! Um ein Haar wären wir heute abend beide umgebracht worden. Ich finde, da hört die Spielerei auf. Das ist was für die Polizei, nicht für feiste Hobbydetektive.«

»Wie du gehört hast, habe ich darum gebeten, die Polizei zu alarmieren.«

»Heißt das, daß du die Finger aus der Sache lassen willst?«

»Die Finger meiner Rechten sind bandagiert.«

»Ahhhh!!! Ich meine das ernst.«

»Was willst du konkret wissen, Gespielin des Nachtwinds?«

Ariane seufzte und ohrfeigte stellvertretend den Heißwasserhahn. »Ich will wissen, ob du dich jetzt endlich dazu bequemst, die Sache der Polizei zu überlassen, oder ob du weiter darin herumwühlen willst!«

Das Bett ächzte bedrohlich, als Baltasar eine andere Position einnahm, ohne seine innere Haltung zu verändern. »Liebste Ariane, ein Freund hat mich gebeten, für ein anständiges Begräbnis zu sorgen. Das werde ich tun. Ich werde gleich der Polizei alles erzählen, was ich weiß. Danach bin ich bereit, bis zum Ende mit den Behörden zu kooperieren.«

Wütend und mit einem Handtuch bewaffnet erschien Ariane in der Badezimmertür. »Du willst also weitermachen?«

Baltasar musterte sie ausdruckslos. »Ja, natürlich, was hast du denn gedacht?«

Ariane ließ sich auf der Bettkante nieder. »Offenbar gibt es nur zwei Möglichkeiten. Entweder ich mache einfach mit, als wäre nichts geschehen, oder wir trennen uns, wie?«

Baltasar hob die linke Augenbraue. »Wenn du es so zuspitzen willst – ja.« Dann ließ er die Braue wieder sinken. Halblaut sagte er: »Wir haben uns ja schon mehrfach über dieses oder ein ähnliches Thema unterhalten. Wir sind zusammen, weil es uns Vergnügen bereitet, aber niemand ist gefesselt. Ich genieße jederzeit deine Nähe, du holde Fürstin meines Gemüts, aber ich bin kein Monarchist. Was also deine Lehensherrschaft über mein Seelenleben angeht, so erstreckt sich der Feudalismus nicht auf alle Gebiete meines Kosmos. Ich habe einem Freund etwas versprochen. Stell dir vor, du hättest mich um Hilfe gebeten. Außerdem interessiert mich die Sache. Ich bin zwar nicht scharf auf Dolche, aber sie werden mich nicht hindern. Ich schlage dir einen Kompromiß vor.«

»Als Kompromißler kenne ich dich gar nicht. Ich bin gespannt.«

»Wir suchen ein schönes Hotel, in dem du dich eine Weile entspannst, während ich weitermache. Wenn die Sache beendet ist, hole ich dich da wieder ab.«

Ariane zündete sich eine Zigarette an. Sie inhalierte tief und dachte nach. Schließlich schüttelte sie den Kopf. »Das ist zwar gut gemeint, aber du übersiehst etwas. Die haben mich mit dir zusammen gesehen. Mindestens einer von ihnen hat Grund, mir böse zu sein wegen des scharfkantigen Steins. Wie soll ich sicher sein, daß sie nicht über mich herfallen, wenn ich irgendwo einen Spaziergang mache?«

Baltasar nickte bedächtig. »Das stimmt natürlich.«

Er sagte nichts weiter. Ariane brach nach etwa einer Minute das Schweigen. »Außerdem frage ich mich«, meinte sie halblaut, »weshalb die Gentlemen Masken trugen, wenn sie uns doch ohnehin umbringen wollten.«

»Wahrscheinlich wollten sie nur Papiere. Ich nehme an, sie hätten uns niedergeschlagen und gefilzt, wenn wir uns nicht gewehrt hätten.«

»Beim nächsten Mal werden sie also gründlicher vorgehen, oder?«

Baltasar stieß einen Knurrlaut aus, der alles und nichts bedeuten konnte.

»Oder meinst du, sie lassen uns in Ruhe?«

»Das glaube ich nicht. Was immer Bronner getan, gefunden oder angestellt hat, es muß wichtig genug sein, daß eine Expedition nach Les Baux geschickt wird, die Spuren beseitigen, Unterlagen beschlagnahmen und Zeugen einschüchtern soll. Und wenn das so wichtig ist, dann werden sie nicht mit einem Versuch aufhören. Von Rache und ähnlichen simplen Sentiments gar nicht zu reden.«

Ariane drückte ihre Zigarette aus und stand auf. Sie ging zum Schrank und suchte aus den mühsam wieder eingeräumten Beständen Wäsche, eine Bluse und einen Rock. Während sie sich anzog, sagte sie bitter: »Es bleibt mir also gar nichts anderes übrig, als entweder sofortige Abreise nach Übersee zu verlangen oder mitzumachen, wie?«

»So sieht es aus, mein Herz.«

»Laß mich mit deinen inneren Organen zufrieden! – Willst du Modesty Blaise aus mir machen?«

Matzbach kicherte und musterte sie mit einem mehrdeutigen Grinsen. »Deine körperlichen Vorzüge in allen Ehren«, sagte er dann höflich, »aber intellektuell bist du dieser zweifelhaften Dame so weit überlegen, daß es eine Frechheit wäre, dich solchermaßen zu unterfordern.«

Kurze Zeit später klopfte der Hotelier. Bei ihm war ein Angestellter des Hotels, der einen Werkzeugkasten trug. Als dritter Mann erschien mit ihnen ein müder Gendarmerieoffizier, der den Zustand der Tür und des Zimmers musterte, unverständliche Silben murmelte und ein paar Notizen in ein Büchlein kritzelte. Dann erteilte er die Erlaubnis zur Reparatur.

Der Hotelier bat sie an die Bar. Dort kredenzte er ihnen herben Kräutervermouth mit Eis und legte ihnen die Speisekarte vor. Matzbach bestand darauf, den Gendarmerieoffizier, der einen hungrigen Eindruck nicht verhehlen konnte, zum Essen einzuladen. Der Hotelier ließ einen Tisch am Fenster über dem jetzt schwarzen und nebelfreien Abgrund decken. Der Speiseraum war kaum besetzt: lediglich zwei weitere Tische mit insgesamt fünf Personen.

Mit Vorbedacht forderte Baltasar den Hotelier auf, sich zu ihnen zu setzen; er wollte eventuell wichtige Informationen, die dieser dem Gendarmen geben könnte, ebenfalls hören. Der Offizier zwinkerte. Die Tränensäcke unter seinen müden Augen wurden fast übergangslos zu tiefen Falten, die Mund und Nase einkerbten und zwischen denen das gepflegte Menjou-Bärtchen sich verlor. Der Hotelier gehörte zu den bedauernswerten Männern, die sich zweimal täglich rasieren müssen; da er die zweite Rasur bisher nicht vorgenommen hatte, wirkte er neben dem korrekten Offizier und sogar neben dem nicht eben akkuraten Matzbach ein wenig deplaciert. Während er auf seiner erloschenen *mais* kaute und zwischendurch an einem Cognac nippte, lauschte er mit offensichtlicher Faszination Matzbachs Berichterstattung. Baltasar ließ sich auch durch einen Teller mit grünem Salat und heißen Geflügellebern nicht vom Reden abhalten; Ariane hatte Mühe, sein vollmundiges Französisch zu verstehen, dem die eine oder andere Silbe durch Kauen und Schlucken abhanden geriet.

Am Schluß seines *Salmis de canard sauvage* wischte Matzbach sich den Mund mit einer karierten Serviette und sah dem

Offizier zu, wie dieser aus den Resten seiner Lammkoteletts eine Pyramide baute. Ariane bewältigte den letzten Bissen Entrecôte und lehnte sich gesättigt und nicht mehr so empört zurück. Der Hotelier übernahm den Käsetransport. Während Matzbach schmatzend Ziegenkäse in einen anderen Aggregatzustand versetzte, erging er sich in Betrachtungen über die gespenstische Poesie des Auftauchens dreier Finsterlinge aus Nebel und Ruinen und ihres Verschwindens in nämlicher Kulisse, wiewohl dann hinkend. Kichernd beschaffte der Hotelier Kaffee und Armagnac. Der Offizier rührte in seiner Tasse, bis die Zuckerstückchen sich aufgelöst hatten; schließlich zündete er sich eine Zigarette an und musterte den Dicken aus schmalen Augen.

»Lassen wir mal Ihre Poesie beiseite, Monsieur. Ich bin im Moment, da ich gut gegessen habe, wofür ich Ihnen danke, gewissermaßen außer Dienst. Deshalb wollen wir darüber hinwegsehen, daß es ungesetzlich ist, dauernd mit einer geladenen Pistole herumzulaufen.«

Ariane lachte. Erfreut. »Sagen Sie ihm ruhig, daß er die Finger aus der Sache lassen soll«, meinte sie.

Der Offizier grinste. »Madame, ich denke, daß Ihr Begleiter zu der Sorte Mensch gehört, die nicht durch vernünftige Einwände von Vorsätzen abzubringen ist.«

Baltasar ließ eine mächtige Wolke Zigarrenrauchs aufsteigen. »Mich beschäftigen im Moment ganz andere Fragen«, tat er kund. »Wer hinter der Sache steckt, läßt sich nicht sagen. Das Messer, das ich Ihnen gegeben habe, haben Madame und ich angefaßt. Sie werden also kaum Fingerabdrücke finden können. Oben auf dem Plateau liegt noch ein Schnappmesser herum, das man bei Tageslicht suchen könnte.«

Der Offizier wiegte zweifelnd den Kopf. »Ja, aber Sie sollten wissen, daß Fingerabdrücke im wirklichen Leben viel seltener zu etwas führen als in Kriminalromanen. Immerhin, man wird es versuchen.«

Baltasar wandte sich an den Hotelier. »Ich hätte Ihnen gern ein paar Fragen gestellt. Mein Freund Bronner ist zweimal bei Ihnen gewesen. Zunächst Mitte Oktober, und dann vom letzten Wochenende bis zu seinem Verschwinden gestern früh. Können Sie uns vielleicht etwas erzählen, was Ihnen bei ihm aufgefallen ist? Wie hat er sich benommen, hat er etwas Besonderes getan?«

Der Hotelier überlegte eine Weile. Bronner, sagte er dann, habe das Wochenende damit verbracht, nervös zu telefonieren, offenbar immer ohne Erfolg, und zwar nach Deutschland. Hier nickte Baltasar; Bronner hatte ihm ja gesagt, er habe zahllose Male vergeblich versucht, ihn zu erreichen. »Dann hat er das Telegramm telefonisch aufgegeben. Sehr spät am Montagabend. Gestern früh – ah, bevor ich vergesse: zwischendurch ist er immer wieder zu den Ruinen hochgegangen, so als wollte er etwas suchen oder nach jemandem Ausschau halten. Mindestens zehnmal am Montag, soweit ich mich erinnern kann. Am Dienstag, also gestern, früh, gegen sieben, ist er wieder in die Ruinen hochgestiegen. Dann ist er zurückgekommen und meinte, sehr nervös, er müßte sofort abreisen. In dem Moment haben Sie angerufen.« Anschließend sei Bronner wortlos unter Zurücklassung des Gepäcks verschwunden. Nach kurzer Debatte einigten sich alle darauf, daß diese Informationen nicht sehr hilfreich seien, da sie nichts über die Ursache von Bronners Verhalten aussagen konnten. Matzbach trommelte mit den Fingerspitzen auf dem Tisch und qualmte entsetzlich. Schließlich sagte er: »Ich frage mich, ob Bronners verfolgbare Aufenthaltsorte einen bestimmten Sinn haben, der entdeckbar wäre.«

Ariane bat um Aufhellung der kryptischen Äußerung. Matzbach setzte ihr und den beiden anderen daraufhin auseinander: »Er kommt nach Les Baux. Hier verbringt er zwei Tage, dann fährt er nach Draguignan. Dort bleibt er eine Weile in einem kleinen Hotel außerhalb der Stadt, verbringt anschließend einige Tage in Cassis und Marseille und kommt wieder her, nur um nervös herumzulaufen, zu telefonieren und schließlich zu verschwinden. Nun denke ich mir, daß jemand, der einfach so nach Cassis und Draguignan will, von hier aus zunächst ans Meer und dann erst ins Hinterland fahren würde, nicht umgekehrt. Und vor allem: Warum ist er wieder hierher zurückgekommen, nervös und gehetzt?«

Der Offizier nickte langsam. »Sie könnten da etwas gefunden haben«, sagte er. »Das sieht so aus, als hätte er entweder vorher die Absicht gehabt, zunächst nach Les Baux und dann nach Draguignan zu fahren, oder als hätte er etwas gehört, gesehen, gefunden, was auch immer, was ihn dazu bringt, nach Draguignan zu gehen.«

Ariane schlug vor: »Vielleicht hat er Bekannte in oder bei Draguignan, oder er hat vielleicht hier jemanden kennengelernt ...«

»Er wollte da einen komischen Schriftsteller interviewen«, knurrte Baltasar, »aber wie kriege ich das mit den hiesigen Veranstaltungen unter einen Hut? Er muß doch wohl jemanden kennengelernt haben oder so was.«

Der Hotelier erhob sich. »Was diese Möglichkeit angeht«, sagte er, »können wir das wahrscheinlich feststellen.« Er ging zum Empfangstisch, ergriff das Hotelbuch und kam zurück. »Es ist nämlich so«, sagte er, »daß Mitte Oktober das andere Hotel wegen Reparaturen nach einem kleinen Brand geschlossen war. Wenn Monsieur Bronner also jemanden kennengelernt haben sollte, dann entweder auf der Straße oder in einem der kleinen Cafés oder hier.«

Er klopfte auf das Buch und schlug es auf. Dann wurde er bleich und ließ es sinken. *»Ah, les salauds«*, murmelte er. Er hielt dem Offizier das Gästebuch hin; dieser schaute hinein und reichte es Matzbach weiter. Die Seite für den 14. Oktober war links, rechts ging es mit dem 17. Oktober weiter. Das Blatt mit den Eintragungen vom 15. und 16. war herausgerissen worden.

»Wann kann das passiert sein?«

Der Hotelier setzte sich und trank wütend seinen restlichen Armagnac. »Heute abend«, knurrte er. »Die drei Männer, die angeblich Grüße von Monsieur Bronner für Monsieur Mazbak ausrichten wollten. Während sie oben waren, bin ich mindestens zehn Minuten nicht vorn am Empfang gewesen.«

Baltasar legte die Zigarre in den großen Kristallaschenbecher und verschränkte die Arme vor der Brust. »Das hilft uns weiter«, sagte er fröhlich. Die anderen betrachteten ihn verwundert. »Ich finde«, sagte Baltasar, »es sehr hilfreich von den Schuften, daß sie uns etwas bestätigen, was wir ansonsten nur vermuten könnten. Daß sie das Blatt herausgerissen haben, heißt mit Sicherheit, daß auf diesem Blatt etwas steht, was wir nicht erfahren sollen. Wir brauchen uns also nicht mehr zu überlegen, wo Bronners Odyssee begonnen hat; das war hier, und zwar am 15. oder 16. Oktober.«

Der Gendarmerieoffizier drückte seine Zigarette aus und blickte sich um. Der Speisesaal war leer; die restlichen Gäste hatten sich entweder schon zurückgezogen oder sie hielten sich im Gemeinschaftsraum auf, wo ein Fernseher und etliche Zeitungen notdürftige Unterhaltung anboten.

»Schaffen Sie das Personal herbei, Monsieur«, verfügte er im Tonfall einer Bitte. Der Hotelier erhob sich und verschwand.

Die Befragung ergab wenig. Niemand hatte wesentliche Dinge gesehen oder in Erinnerung behalten; immerhin stellte sich heraus, daß an den fraglichen Tagen das Hotel voll besetzt gewesen war. »Das macht es nicht einfacher«, murrte Matzbach.

Gegen elf Uhr beendeten sie ihre Séance. Der Offizier informierte Baltasar und Ariane dahingehend, daß die Angelegenheit an die Zentrale des Departements Bouches-du-Rhône in Marseille weitergegeben würde.

»Ich rate Ihnen, sich aus der Sache herauszuhalten, Monsieur. Ich rechne aber nicht damit, daß Sie sich an meinen Ratschlag halten«, fügte er mit einem müden Grinsen hinzu. Baltasar nickte. »Muß man die Sache geheimhalten?« Der Offizier zuckte mit den Achseln. »Warum?«

»Würden Sie es als unpassend empfinden, wenn ich die Presse informierte?«

»Tun Sie, was Sie nicht lassen mögen.«

Ariane, Baltasar und der Hotelier nahmen noch einen Nachttrunk an der Bar zu sich. Ganz gegen seine Gewohnheiten bat Baltasar darum, um sieben Uhr geweckt zu werden. Auf Arianes Fragen nach dem Grund für solch eine irrsinnige Anordnung, noch dazu im Urlaub, gab er lediglich zur Antwort: »Ich will morgen früh etwas feststellen. Außerdem: Im Urlaub ist doch bekanntlich alles anders. Warum also soll ich nicht früher aufstehen als sonst? Du kannst ja liegenbleiben!«

3

Ohne Frühstück marschierten sie am Morgen wieder bergan. Ariane war ein wenig mürrisch, hielt sich aber zurück angesichts der unbegreiflich guten Laune Baltasars. Dieser hinkte immer noch ein wenig; sie hatte ihm geholfen, einen neuen Verband zu machen. Sehr zu ihrem Unwohlsein bemerkte sie, daß Baltasar durchaus nicht darauf verzichtete, seine Pistole mitzunehmen.

Sie flankten wieder über das Gitter, da das Pförtnerhaus noch nicht geöffnet war. Im unentschiedenen Frühlicht inspizierten sie die Bühne der dramatischen Szenerie des Vorabends. Ariane fand das Schnappmesser. Vorsichtig hob sie es auf und wickelte es in eines von Matzbachs riesigen Taschentüchern.

Sie streiften durch die Ruinen. Alles war noch feucht von Tau. Auf den glitschigen Steinen war es nicht ganz ungefährlich, den höchsten Punkt des alten *Donjon* zu erklimmen, wo ob der frühen Störung unwirsche Vögel sie ankeiften.

Unter ihnen dehnte sich die Ebene aus. Matzbach betrachtete die Windungen der Straße. Auf der anderen Seite ragten die schroffen Felsen des Kessels von Les Baux auf. Die durch die *Alpilles* nach Saint-Rémy führende Straße war ebensowenig einzusehen wie die nordwestlich an der Abbaye de Montmajour verlaufende Straße nach Arles.

»Wenn Bronner tatsächlich hier oben nach jemandem Ausschau gehalten hat«, murmelte Baltasar, »dann kann dieser Jemand nur von Süden gekommen sein.« Er streckte den Arm aus und deutete auf die Windungen der Straße, die zur Ebene hinabführte.

Ariane blinzelte. »Ja, schön, aber was soll's? Was glaubst du, wie viele Autos hier Mitte Oktober noch entlangfahren? Auch mit einem Fernglas kannst du nicht unbedingt die Kennzeichen entziffern. Und auf Verdacht nach einer bestimmten Marke Ausschau zu halten ist ja wohl ziemlich bescheuert.«

Baltasar beugte sich über das Geländer und starrte in die Tiefe. Er memorierte die Landkarte.

»Du hast zwar recht«, sagte er dann, »aber nun paß mal auf. Die Straße gabelt sich da unten, nicht wahr? Der rechte Arm führt zur ›Nationale‹ nach Arles. Der linke Arm geht in Richtung Aix. Wenn unser Freund also Besuch erwartet, dann, da er in Draguignan und Cassis war, bestimmt nicht aus Arles, sondern eher aus Aix. Er kann sich also auf diese eine Straße konzentrieren.«

Ariane nickte. »Klar. Kann er. Sein hypothetischer Besuch kann aber auch durch die Berge von hinten kommen.« Sie deutete auf den Felsenrand des Kessels.

Baltasar hob die Brauen. »Der nämliche Besuch wird dies bestimmt nicht getan haben; da hinten die Straße, das sind bis Saint-Rémy fast nur Serpentinen. Hier vorn geht das alles sehr viel schneller. Ich frage mich bloß, wonach er Ausschau gehalten hat. Man kann ja von hier oben den einen Wagen vom anderen wirklich erst dann unterscheiden, wenn er schon so nahe heran ist, daß es fast zu spät ist, noch etwas Genaues auszumachen.«

Beim Abstieg brummte er unausgesetzt vor sich hin. Als sie schließlich die Ruinen hinter sich gelassen hatten, sagte er plötzlich: »Es müßte schon ein sehr ausgefallener Wagentyp sein, den man so weit sehen kann. Und dann? Jemand kommt und hält unten auf dem Parkplatz. Dann steigt er aus und kommt in die Cité, um Bronner zu suchen. Wenn er Bronner kennt, dann kennt er auch Bronners Wagen, also wird jemand auf dem Parkplatz zurückbleiben, schätze ich; es sei denn, Bronners Wagen wäre nicht da. Hm. Bronner sieht den Besuch nahen, stürzt zurück ins Hotel, telefoniert eilig mit mir. Inzwischen sind die lieben Gäste auf dem Parkplatz angekommen oder kurz davor, je nachdem. Bronner verschwindet aus dem Hotel. Was dann?«

Sie gingen am Hotel vorbei zum Ortseingang. Baltasar blieb an der Kurve neben dem Postamt stehen und deutete auf den unteren Parkplatz.

»Siehst du, den kann er von hier aus sehen; vom oberen Parkplatz nur die Zufahrt, aber so früh am Tag wird der untere wohl noch nicht voll gewesen sein. Bronner könnte sich hier« – er deutete auf eine kleine Gasse gegenüber dem Postamt – »verdrücken und beobachten, was auf dem Parkplatz vor sich geht. Die Halunken steigen aus und kommen ins Dorf, um nachzusehen, ob er hier in einem Hotel hockt. Er läßt sie vorbei, läuft zu seinem Wagen und haut ab.«

Ariane nickte; dabei zog sie eine spöttische Grimasse. »Klar, Dicker, nur sag mir zwei Dinge. Woher wissen die, daß Bronner hier ist oder hier sein könnte? Und zweitens, wenn sie ihn schon verfolgen, kennen sie, wie du vorhin bemerktest, bestimmt sein Auto, lassen also einen Posten zurück. Oder?«

Baltasar wandte sich wortlos um; sie gingen zum Hotel zurück. »Fest steht nur«, sagte er mürrisch, »daß Bronner irgendwas gesehen hat, was ihn zu schleunigem Aufbruch trieb. Außerdem steht fest, daß ich jetzt frühstücken will.«

Beim Frühstück leisteten ihnen zwei Menschen Gesellschaft: ein wegen frühen Aufstehens vergrätzter Lokalreporter einer provencalischen Zeitung und ein weiterer Beamter der Gendarmerie. Baltasar diktierte dem Reporter ein Statement, das dieser grinsend entgegennahm und trotz der Einwände des Beamten zu veröffentlichen versprach. Der Beamte ließ sich noch einmal Vorgeschichte und Hergang schildern, sprach mit dem Hotelier und dem Angestellten, der die Tür repariert hatte, nahm das Schnappmesser entgegen und inspizierte unter Leitung des hinkenden Matzbach den Schauplatz der Balgerei. Ariane schlug zwischendurch die Hände über dem Kopf zusammen, ging aber nicht mit zur Besichtigung des Tatorts, da sie, wie sie sagte, die Nase voll habe (gestrichen). Baltasar traf sie später auf der Terrasse des Zimmers an, wo sie mißmutig am Geländer lehnte und in den Abgrund starrte.

»Tu das nicht«, sagte er, nachdem er neben sie getreten war, »es lohnt sich zu selten.«

Sie musterte ihn mit einem Ausdruck der unverweslichen Abneigung und sagte nichts.

Baltasar zog sich zu einer Meditation auf die zimmereigene Toilette zurück, um, wie er erläuterte, seinen Geist zu entschlacken. Als er selbigen Ort verließ, fand er Ariane auf dem Bett liegend und lesend vor. Sie blickte hoch, als er unter Ausstoßung subversiver Redensarten die Badezimmertür hinter sich zuwarf.

Ächzend setzte er sich neben sie auf die Bettkante.

»Der Blutverlust muß meinen Geist geschwächt haben«, maulte er.

»Dazu gehört nicht viel«, gab sie unfreundlich zu bedenken.

»Mag sein. Aber ich habe etwas übersehen, mal wieder.« Er kramte in einer der Reisetaschen, bis er eine Landkarte gefunden hatte. Mit seinen dicken Fingern nahm er Maß an der Kilometerskala und begrapschte wehrlose Landstraßen. Schließlich verkündete er: »Hah!«

»Was hah-st du?«

»Erst vorhin, als ich meinen reinlichen Gedanken nachhing; dort drinnen« – er deutete auf die Badezimmertür –, »da kam mir eine ganz offensichtliche Frage, die mehrere weitere nach sich zog. Sie zieht noch immer.«

Ariane seufzte und schwieg. Sie wußte, daß sein Redefluß gleich über ihrem Kopf zusammenschlagen würde.

»Und zwar frug ich mich, wie es wohl kommt, daß kaum zwei Stunden, nachdem wir hier eingetroffen sind, böse Pistoleros mit Dolchen und finsteren Gedanken auftauchen. Nun denke ich mir dieses: Bronner verläßt unter Hinterlassung des mir ausgehändigten Zettels in französisch und deutsch das Lokal. Der Hotelier weilt zu diesem Zeitpunkt nicht am Empfang. Böse Buben, die hinter Bronner her sind, werfen einen Blick ins Hotel, sehen Zettel und Geld liegen, lesen, stellen fest, selbst wenn sie kein Deutsch können, daß Bronner außer Marseille und meinem keine Namen aufgeschrieben hat. Der Zettel ist also für sie zunächst ungefährlich. Aber sie wissen, daß der fürchterliche, grimme Matzbach erscheinen wird. Möglicherweise jedenfalls. Da sie nicht aus Les Baux sind, müßten sie einen Wachtposten hier hinterlassen. Was auf reinen Verdacht hin eine kostspielige und vielleicht, falls besagter Matzbach nämlich nicht kommt, sinnlose Sache ist. Hm. Mit einem schnellen Auto kann man aber innerhalb von eineinhalb Stunden Les Baux sowohl von Draguignan als auch von Cassis aus erreichen.«

Er stand auf und begann, am Fußende des Betts auf und ab zu gehen. Ariane verfolgte ihn mit den Augen wie einen langsamen, unendlich aufgeblähten Tennisball, der von Feldhälfte zu Feldhälfte gestreichelt wird.

»Sie haben zunächst einmal die betreffende Eintragung im

Hotelbuch unangetastet gelassen, weil sie ja erst dann gefährlich wird, wenn jemand kommt und sich für Bronners Treiben interessiert. Solange keiner Fragen stellt, kann der Wisch im Buch bleiben. Es würde eher Aufsehen erregen, risse man ihn aus demselben, wie? Ja. Also lassen sie einen Menschen im Hotel zurück, der sie alarmieren wird, sobald ein Matzbach erscheint. Er mag dann auch, in einem geeigneten Moment, das widrige Blatt vernichten. Er muß es aber nicht; vielleicht hat er auch nur Geld dafür bekommen, daß er gelegentlich mal anruft, und sonst weiß er von nichts. – Jedenfalls muß hier ein Spion sein, der die Genossen Ganoven gewahrschaut hat. *Eso.*«

Ariane legte ihr Buch auf den Nachttisch. »Da ist was dran«, gab sie zu. »Trotzdem verstehe ich dein hirnrissiges Statement nicht, das morgen in der Zeitung stehen soll.«

Baltasar grinste. »Oh, beizeiten wird sich alles klären. Vertrau mir nur und zürne nimmer, Holdeste. Aber was machen wir mit dem Spion?«

Ariane fragte: »Könnte es nicht der Hotelier selbst sein?«

Baltasar wiegte zweifelnd den Kopf. »Das hieße, daß er zur Bande gehört, denn für ein Trinkgeld zu telefonieren hat er bestimmt nicht nötig. Aber wie kriegen wir das raus?«

Er stand noch einen Moment lang stumm im Raum, dann ging er zur Tür. »Bin gleich wieder da.« Ariane schüttelte den Kopf; als sie sicher war, daß er die Tür hinter sich geschlossen hatte und es nicht mehr sehen konnte, lächelte sie.

Baltasar stieg die Treppe hinunter. Er hatte beschlossen, Angriff sei die beste Verteidigung. Er suchte den Hotelier und fand ihn in der Wäschekammer, wo er mißmutig auf einen Stapel auszusortierender Laken starrte, die teils zerschlissen, teils beim Bügeln angesengt waren.

»Ah, Monsieur Mazbak. Was kann ich für Sie tun?«

Baltasar setzte ihm in knappen Worten seine Überlegung auseinander. Der Hotelier machte große Augen, ließ sich auf einen

Stuhl fallen, deutete stumm auf einen anderen und zog eine Zigarette aus der Brusttasche seines Hemds. Er kaute drauf herum; schließlich sagte er: »Sie haben da einen Punkt berührt. Da haben Sie wahrscheinlich recht. Aber wer kann das gewesen sein?«

Matzbach fragte unverblümt: »Sie waren es nicht zufällig?«

Der junge Mann lachte schallend. »Sie haben einen merkwürdigen Humor, Monsieur. Wozu sollte ich das wohl tun?«

Baltasar machte die Bewegung des Geldzählens mit Daumen und Zeigefinger. Der Hotelier hob die Brauen.

»Eine andere Frage«, sagte Baltasar. »Können Sie sich erinnern, ob Bronner vielleicht nach einem lateinischen Wörterbuch oder dem nächsten Buchladen gefragt hat?«

Der junge Mann sperrte den Mund auf und starrte Matzbach verblüfft ins Gesicht. Dann sagte er: »Ja, natürlich, das hat er. Stimmt. Das ist wahr. Aber – wie wissen Sie …? Ich hatte das völlig vergessen.«

Baltasar nickte zufrieden. »Ich habe mir das gedacht; ich wußte es nicht, und nun weiß ich es. Ich danke Ihnen, *mon ami*. Und haben Sie ein Wörterbuch hier?«

»Nein. Was soll ich mit einem lateinischen Wörterbuch? Ich habe ihm gesagt, daß er es wohl in Arles oder Aix versuchen muß.«

»Wann war das? Beim ersten Mal, Mitte Oktober, oder jetzt vor ein paar Tagen?«

»Das war Mitte Oktober, Monsieur.«

»Hat er Sie vielleicht noch irgendwas gefragt?«

»Nnnnein … Wetter, vielleicht, und was ich ihm von der Speisekarte empfehle. Ach ja, und als er das zweite Mal hier war – Moment, das müßte Sonntag gewesen sein –, welches Hotel in Saint-Rémy ich ihm empfehlen könnte. Da war er aber schon schrecklich nervös.«

Baltasar nickte nachdenklich. »Und da haben Sie ihm das *Hotel de la Lune* empfohlen, ja?«

Der Hotelier schluckte und machte große Augen. »Woher wissen Sie denn das schon wieder? Können Sie Gedanken lesen?«

»Ein bißchen. Wissen Sie, ob Bronner danach in Saint-Rémy gewesen ist oder dort angerufen hat, oder was?«

Der Hotelier schüttelte langsam den Kopf. »Ich glaube nicht. Er ist ja dauernd zu den Ruinen raufgerannt. Er hat mich aber gefragt, ob ich ihm einen großen Briefumschlag leihen könnte. Habe ich ihm gegeben; einen mit unserem Hotelsiegel drauf. Sie sind aber nicht mehr sehr gut, schon alt. Die Gummierung, wissen Sie; die Dinger kleben kaum noch.«

Anschließend machten sie eine weitere Personalrunde. Einer der Kellner, der bisweilen auch Bardienst hatte, gab ohne große Umschweife zu, telefoniert zu haben.

»Ja, das war ich, Monsieur. Ein Mann gab mir einen Zettel mit einer Telefonnummer und zweihundert Francs. Er hat gesagt, ich sollte ihn anrufen, wenn ein Monsieur Maz-, Mat-, wie ist noch mal Ihr Name? Also, wenn ein Mensch mit Ihrem Namen aus Deutschland ankommt.«

Der Hotelier zuckte mit den Achseln. »Das ist nicht illegal«, murmelte er. »Zweihundert Francs für einen Telefonanruf ist teuer, aber nicht verboten.«

»Haben Sie den Zettel noch?«

Der Kellner fuhr sich mit den Fingern durch die strähnigen Haare. »Nein, Monsieur. Ich habe angerufen und gesagt, daß Sie angekommen sind. Der Mann hatte mir versprochen, wenn Sie ankommen und ich anrufe, daß ich dann noch mal zweihundert Francs bekomme. Die sind heute früh mit der Post gekommen, in einem Umschlag. Aber den Zettel habe ich fortgeworfen. Der Mann hat mir das am Telefon gesagt.«

»Wann hat er Sie gebeten, anzurufen?«

»Oh, das muß Dienstag vormittag gewesen sein.«

»Und wann haben Sie ihn angerufen?«

»Gestern, als Sie angekommen sind. Ich war im Speiseraum, habe die Tische gedeckt für den Abend. Die Tür stand auf, und da konnte ich gut hören, wie Sie und der Chef sich unterhalten haben.«

»Haben Sie den Umschlag noch, in dem das Geld gekommen ist?«

»Der müßte noch im Papierkorb liegen.«

Der Kellner verschwand und kam mit dem Umschlag zurück. Baltasar nahm das Couvert und drehte es seufzend hin und her. »Das hilft nicht viel weiter«, sagte er. »Die Aufschrift ist mit Maschine getippt, und der Umschlag ist hier in Les Baux eingeworfen worden. Wahrscheinlich haben ihn die netten Menschen gestern abend mitgebracht und vorn an der Post eingeworfen. Hm. Erinnern Sie sich zufällig an die Nummer, die Sie gewählt haben, oder daran, wie der Mann sich gemeldet hat?«

»Also, gemeldet hat er sich nur mit ›Hallo‹.«

»Kein Name?«

»Kein Name, Monsieur.«

»Aber der Mann war sofort dran und wußte sofort Bescheid?«

»Ja, Monsieur. Die Nummer weiß ich natürlich nicht mehr, aber sie war im Departement Var, sie fing mit 94 an.«

Ariane chauffierte, da Baltasar seine Hand pflegen mußte. »Das kommt davon, daß man seine Finger nicht aus fremden Angelegenheiten und Messern raushalten kann«, meinte Ariane. Langsam und mit Genuß kurbelte sie den alten Pallas durch die Serpentinen der Bergstrecke nach Saint-Rémy. Über Baltasars Funde war sie nicht besonders verblüfft. »Man gewöhnt sich daran, von dir nur das Unmögliche zu erwarten.«

Vor dem *Hotel de la Lune* hielt sie an. Baltasar stieg aus und stiefelte zur Rezeption, wo er sich danach erkundigte, ob für ihn oder seinen Freund Monsieur Bronner ein Brief aus Les Baux eingetroffen sei. Der Angestellte nickte und begann zu suchen.

»Da wir Ihren Namen nicht kannten, dachten wir, es müsse sich um ein Versehen handeln oder Sie würden noch kommen.«

»Was hätten Sie gemacht, wenn ich nicht gekommen wäre?«

»Nach einer Woche zurückgeschickt. – *Voilà, Monsieur,* Ihr Brief. Leider ist er aufgegangen. Ich hoffe, daß nichts fehlt.«

Baltasar steckte seinen Ausweis wieder ein und untersuchte den Brief. Wie der Hotelier in Les Baux prophezeit hatte, war die Verklebung aufgegangen. Der Umschlag enthielt ein einziges zur Hälfte beschriebenes Blatt. Es begann mit den aufschlußreichen Worten: »... die Druiden damit zu tun haben!«

»Offensichtlich fehlt einiges, mindestens ein weiteres Blatt«, stellte Matzbach fest. Der Hotelangestellte hob die Hände, in einem verständlichen Zeichen des Bedauerns, bis etwa in Brusthöhe.

»Ich bedaure unendlich, Monsieur, aber der Verlust muß bereits bei der Post eingetreten sein. Hier ist mit dem Brief nichts geschehen.« Er drückte in höflichen Floskeln sein Bedauern noch etwa zwanzig Sekunden lang aus.

Baltasar bedankte sich und verließ das Hotel. Am Wagen angekommen warf er einen Blick auf seine Armbanduhr; dann stieg er ein.

»Kurz vor zwölf«, sagte er. »Die Post müßte noch geöffnet sein.«

Sie fuhren ins Zentrum und hatten keine Schwierigkeiten, mit Hilfe einer Frage an einen Passanten das Postamt zu finden. Baltasars Nachforschungen ergaben nichts – niemand hatte die Eingeweide eines Briefes herumschleifen sehen oder aufgelesen oder dergleichen getan.

In einem kleinen Laden im Zentrum, wo man Postkarten, Schreibwaren, Schnürsenkel und Bücher erstehen konnte, erkundigte er sich anschließend nach einem lateinischen Wörterbuch.

»Ah, ich bedaure, Monsieur, aber so etwas führen wir nicht.«

Die Dame zwinkerte freundlich, da Baltasar all seinen Charme hatte spielen lassen. Durch dicke Brillengläser musterte sie ihren beleibten Kunden und zupfte in einer automatischen Geste an ihrem Dutt.

»Hat vielleicht vor einigen Wochen jemand nach einem ähnlichen Werk gefragt?«

Sie nickte verblüfft. »Ja, Monsieur.«

Baltasar beschrieb Bronner; Madame bestätigte, daß es sich um diesen Herrn gehandelt haben müsse. »Er sprach mit einem kleinen Akzent, etwa wie ein Elsässer«, sagte sie. Baltasar teilte ihr höflichst mit, er werde dieses Kompliment weitergeben, denn ein solches sei es, da es sich bei seinem Freund um einen Deutschen handle. Madame brachte ihre Verwunderung zum Ausdruck und vermutete, Matzbach stamme aus der Touraine, nicht wahr?

Höchst befriedigt stiefelte Baltasar zum Wagen zurück. Er informierte Ariane über die Ergebnisse und seinen aufkeimenden Hunger. Sie fuhren einmal durch den ganzen Ort und hielten auf dem Parkplatz eines Restaurants, das ihnen viel zu versprechen schien.

Beim Aperitif las Baltasar halblaut den verstümmelten Brief vor.

»›… die Druiden damit zu tun haben! Übrigens hat Demlixh seine ersten Bücher, die hier entstanden sind, R. H. gewidmet, mit Dank für Hilfe und so; in den neueren Auflagen fehlt die Widmung. Aber mir ist das alles zu hoch. Ich hoffe, Du hast Deine Wünschelrute dabei wegen des Wassers und der Hügel. Ich schicke alles zum Mondhotel in St. Remigius, weil ich nicht weiß, wie ich heil rauskommen soll. Zum Abhauen ist es zu spät, die langen Arme reichen bestimmt bis Bonn. Meine einzige Chance ist es, so viel Material zusammenzutragen, daß ich angreifen kann, statt angegriffen zu werden. Mal sehen, wann die Canaillen in Les Baux auftauchen. Orte und Namen kennst Du jetzt, und falls wir uns nicht schon gesehen haben, grüß mir meine Leiche. Gehab Dich wohl. William.‹«

Ariane stützte die Ellenbogen auf den Tisch, faltete die Hände unterm Kinn und rümpfte die Nase. »Sehr frustrierend«, sagte sie, »so ein verstümmelter Brief. Und mysteriös. Nicht zu reden von Leiche, Namen und Orten. Aber was soll das mit den Druiden, dem Wasser und deiner Wünschelrute? Überhaupt, wieso Wünschelrute? Und was hat dieser Phantastiker damit zu tun? Oder soll das ein anderer Demlixh sein?«

Baltasar steckte den Brief weg. »Oh, das wird wohl Edmund Demlixh sein, Autor berühmter Werke über außerirdische Laboratorien, Marsmänner in der römischen Geschichte und so. Der wohnt irgendwo hier in der Provence. Was die Rute angeht, hm. Als ich mich weiland in der Bretagne um die weitere Verfinsterung und Verhüllung des Okkulten bemühte, ergab es sich so, daß ich nicht nur Voodoo, Geisterbeschwörung und die Hochreligionen, sondern auch andere Formen organisierten Aberglaubens studiert habe. Zum Beispiel den Marxismus, die Metaphysik und die Radiästhesie in der magisch-mythischen Variante, wie sie von den gallischen Druiden betrieben wird.«

Ariane seufzte. »Gibt es eigentlich irgendeinen Unsinn, den du nicht mitmachst?«

»Natürlich, jede Menge. Das Ernstnehmen all des Unsinns zum Beispiel, den ich eifrig studiere, um mich zu zerstreuen.«

»Ha-hm. Du bist also in Mondnächten in weißem Gewand auf Eichen geklettert? Hast Misteln gesichelt, fromme Weisen gezwitschert? Bist mit der Wünschelrute um Hünengräber geschlichen? Oder was?«

»All dies und noch mehr, mein Lieb. Ich habe mich aber in der Regel mit dem begnügt, was man messen kann, und alles, was man glauben muß, lächelnd angehört.«

»Dann erzähl mir doch lächelnd mal etwas über all diesen Unfug.«

»Die Rutengeschichte ist eigentlich sehr einfach. Alle Materialien strahlen, je nach ihrer Beschaffenheit. Mit einem Geigerzähler mißt man Radioaktivität, mit einer Wünschelrute, je nachdem, wie sie beschaffen ist und wie gut man sie handhaben kann, Wasser, Strom, Eier in zugedeckten Töpfen, notfalls auch Leichen oder was du haben willst. Nun gibt es viele verschiedene Sorten unterirdischer Strahlung: positive, negative, Netze und Gitter verschiedener Kategorien. Empirisch feststellbar ist, daß bestimmte Sorten bestimmte Wirkungen haben. Viele Wasseradern sind schädlich, wenn man direkt über ihnen jahrelang schläft oder sitzt; es gibt da Untersuchungen, denen zufolge die Anzahl von Krebserkrankungen auf Adern viel höher ist als an anderen Stellen. Dann gibt es ein bestimmtes Strahlensystem, das offenbar darüber befindliche Objekte dehydriert; so hat man an entsprechenden Stellen uralte, unverweste Leichen gefunden. Ähnliche Effekte treten angeblich in den Pyramiden auf.«

Während des Essens erzählte Matzbach weiter; er erging sich in Serien bizarrer Geschichten, Anekdoten und Mutmaßungen, deren Unverständlichkeit durch sein periodisches Schmatzen und Schlucken kaum verstärkt wurde. Schließlich sagte er: »Du siehst, da sind wieder viele Dinge zwischen Himmel und Erde. Interessant ist, daß sie sich größtenteils empirisch nachweisen lassen. Aber niemand weiß, weshalb und wie im einzelnen das alles funktioniert. Das ist nicht weiter betrüblich; schließlich kann einem ja auch noch immer niemand mit erhellender Glaubwürdigkeit auseinanderlegen, wie ein magnetisches Feld beschaffen ist oder weshalb sich Elektrizität ereignet.«

Ariane lauschte stumm und kaute skeptisch. Beim Dessert kam Matzbach zu den ausgefalleneren Aspekten.

»Soweit die Sache meßbar ist, wenn auch nicht erklärlich, kann man auf den Fortschritt der Republik auf allen Gebieten vertrauen. Irgendwann wird jemand vielleicht dahinterkommen. Bis dahin gibt es zwei Möglichkeiten. Entweder man begnügt sich mit dem Feststellbaren und verzichtet vorerst auf eine Erklärung, wenn man auch nach ihr suchen mag. Das ist der Weg, den ich für den sinnvollen halte. Oder man geht, wie immer und zu allen Zeiten, hin und leitet aus dem unerklärlichen Donner einen Donnergott ab oder aus dem Verlauf der Weltgeschichte den dialektischen Materialismus. In unserem Fall, Wasser und so weiter, gibt es da besonders pittoreske Ansätze. Die gallischen Druiden, die es noch immer gibt und die behaupten, ihre mündliche Tradition sei nie abgerissen, bauen auf der Häufigkeit bestimmter Frequenzen riesige Gebäude von Zahlenmystik auf. So ist die Neun in allen Wurzeln, Vielfachen und Potenzen heilig; die großen Steine, etwa von Carnac, sind nach der einen Behauptung eine Art Transformator zur Kennzeichnung, Kondensation und heilbringenden Anwendung bestimmter Erdstrahlen, nach einer anderen sind sie eine Art Gebetsmühle, durch die selbige Strahlen in den Himmel gerichtet werden. Der bemerkenswerten druidischen Überlieferung zufolge wurden sie vor Tausenden von Jahren von den Urahnen der Kelten errichtet. Diese Urahnen kamen aus Atlantis, landeten in der Bretagne und wanderten von dort aus ostwärts. Die den säkularen Archäologen und Historikern bekannte keltische Wanderung von Ost nach West ist den Druiden zufolge eine zweite Bewegung, eine Art Heimkehr. Unter den ersten großen Führern, die in grauer Vorzeit Asien eroberten, befand sich auch der keltische Fürst Ram oder Rama, dessen Taten das indische *Ramayana* verzeichnet; desgleichen weisen die Lehren Christi eine so bemerkenswerte Ähnlichkeit mit druidischen Traditionen auf, daß man in diesen Kreisen fest davon ausgeht, er habe in der nicht genau belegten Zeit zwischen seiner Jugend und dem Beginn seiner Aktivitäten eine Lehrzeit in der Bretagne verbracht. So ist das, nun weißt du es endlich.«

Ariane nickte lächelnd. »Sehr interessant. Fast so beeindruckend wie die Kosmologie des *Silmarillion.*«

Matzbach hob die Brauen.

»Und mindestens ebenso glaubwürdig«, sagte er, »wenn wir davon ausgehen, daß nur das Absurde glaubwürdig ist, weil alles andere ja, da man es mit dem Verstand erfassen kann, nicht zu glauben, sondern zu wissen ist.«

Beim Kaffee schloß er die Lesung mit einem Exkurs über weitere Anwendungsbereiche von Rute und Pendel ab: Ermittlung von Krankheiten in bestimmten Körpergegenden, Auspendeln von Handschriften mit Aussagen über Charaktere, Bau von Heiligtümern und, an gleicher Stelle, später Kathedralen über besonders bemerkenswerten Strahlungsquellen, und so weiter. »Eine Sache noch«, sagte er schließlich, »muß man klarstellen. Die Druiden heutzutage sind selbstverständlich keine Rassisten. Sie sind nur von der Überlegenheit des keltischen Seelenmaterials überzeugt, das zyklisch in anderen Körpern wiedergeboren wird, und selbstverständlich wird nie eine gute keltische Seele etwa im Leib eines Germanen oder gar eines Negers inkarnieren. Nein, nimmer. Was mich an der Wiedergeburt immer besonders beschäftigt hat, ist die Frage, aus welchen geheimen Beständen die Seelen stammen, die zur Belebung der Bevölkerungsexplosion unabdingbar sind. Und, wenn es da irgendwo ein Geheimdepot gibt, wie viele Seelen es noch faßt. Damit ließe sich endlich feststellen, was das von den keltischen Göttern festgesetzte Maximum der Weltbevölkerung ist. Meiner Meinung nach müssen diese Götter ohnehin inkompetent sein, da die Welt längst hoffnungslos übervölkert ist. Aber zur Klärung dieser Fragen haben die alten Gnostiker viele wunderliche Antworten erfunden. Mich befriedigt jene am meisten, die da behauptet, die richtigen Götter seien immer mit für uns unfaßbar wichtigen Dingen beschäftigt; irgendein geistig deformierter Subalterngott, ein Irrer, habe vor Zeiten vor sich hin gespielt, ohne Sinn und Verstand, und dabei die Welt und die Sterne und die Bäume und die Menschen geschaffen. Kein Wunder, daß wir uns seit Jahrtausenden wie die Abfallprodukte eines Irren benehmen.«

Nach dem Essen fuhren sie ein Stückchen aus dem Ort hinaus, um in den Ruinen des römischen Glanum einen Verdauungsspaziergang zu unternehmen. Baltasar schwieg ausnahmsweise die meiste Zeit, und Ariane dankte es ihm mit gelegentlichen freundlichen Blicken. Schließlich erklärte er, ihm gehe gerade eine andere bisweilen ausschlagende Wünschelrute durch den Kopf; ohne große Mühe gelang es ihm, Ariane zu einer Siesta im Hotel zu Les Baux zu überreden, allwo man damit verbundene Fragen meditativ oder wie auch immer klären könne.

Nach einer längeren Beratung, die Baltasar mit den Worten »Heute ist Donnerstag« begann, gelangten sie zu mehreren Ergebnissen. Eine der unmittelbaren Folgen war, daß Matzbach den Hotelier bat, telefonisch ein Zimmer in jenem Hotel in Cassis reservieren zu lassen (für Sonntag abend), in dem Bronner einige Zeit geweilt hatte. Später speisten sie vortrefflich und verbrachten einen ruhigen Abend mit Büchern und Wein.

4

Am Freitag las man – staunend – in einer verbreiteten südfranzösischen Zeitung, ein Monsieur Matzbach sei in Les Baux überfallen worden, von mehreren bösen Menschen. (Ariane fragte: »Wieso mehrere? Es waren drei.« Matzbach erwiderte, er hoffe, daß Jemand das wisse – mehr als diese dunkle Rede tat er nicht.) Besagter Matzbach versuche, das Verschwinden eines Freundes aufzuklären, der auf der Suche nach interessanten antiken Bodenschätzen verschollen sei. Matzbach besitze alle nötigen Unterlagen – es gehe um ein karthagisches Testament – und sei sicher, es enträtseln zu können. Er werde in den nächsten Tagen in ein bestimmtes Hotel zu Cassis ziehen und sei für jeden Hinweis auf das Verbleiben seines Freundes Bronner dankbar.

Ariane konstatierte, Baltasar müsse endgültig als verrückt angesehen werden. Das Frühstück trug sich in gespannter Atmosphäre zu.

Die Stimmung besserte sich jedoch bald auf einer Tagesfahrt zu wichtigen oder angenehmen Plätzen der Provence. In Arles erstand Matzbach ein lateinisches Wörterbuch und die neuesten französischen Ausgaben der Werke von Edmund Demlixh; in der städtischen Bibliothek ließ man ihn einige ältere Editionen der gleichen Titel betrachten, allesamt erschienen im Lauf der vergangenen zehn Jahre.

Nach einem bescheidenen Mittagessen in Arles navigierte Matzbach den Wagen über den Deich der südlichen Camargue nach Les Samtes Maries de la Mer, von dort zu einem gemütlichen Kaffeetrinken in Nîmes. Kurz vor Sonnenuntergang schritten sie gemessenen Fußes den Pont du Gard ab und erreichten in völliger Dunkelheit wieder das Hotel in Les Baux. Erschöpft von Städten, römischen Bauwerken und Sand ergaben sie sich den Freuden eines Nachtmahls. Danach machte sich Baltasar daran, mit Hilfe des Wörterbuchs eine genaue Übersetzung des Testaments anzufertigen. Sie saßen an einem Tisch im ansonsten öden Speiseraum; Ariane las und sah gelegentlich auf die tintigen Krähenspuren, mit denen Baltasar seine Fortschritte festhielt.

»Maharbal schreibt dies. Bald werde ich der Mutter des untergegangenen Karthago meine Ruder zurückerstatten; die Schatten sind schon länger. Ich wurde geboren im Jahr nach Zama; nun, da auch der jüngere Africanus gestorben ist, wünsche ich, daß mir der Fährmann eine andere Unterwelt zuweise.

Mein Besitz soll der Rache oder der Vergebung dienen, wie der Finder es beschließt. Ich habe an vier Stellen, die ein rüstiger Greis zu Fuß erreichen kann, Goldmünzen, Silbermünzen und zweimal kostbare Steine vergraben, dazu dreimal diesen Hinweis in meiner Sprache, der Sprache meiner letzten Heimat und der des Feindes. Wenn nicht Äonen verstreichen, wird alles zu finden sein. Berge verfallen und Flüsse vertrocknen, doch für eine Zeit hinterläßt alles Spuren im Fließen.

Da Rom uns den Handel nicht mehr erlaubte, gab mein Vater mich griechischen Handelspartnern aus Massalia mit, so blieb ich doch Karthager und war freier Grieche zugleich, denn Massalia erlitt noch nicht das Los von Korinth und Karthago. Ich habe alle Meere befahren und bin zu Land bis zu der Mauer gereist, an der die Welt vor China endet. Die Lehren und Geschichten des Ostens sind geschrieben und liegen bei dem Gold. Die Kenntnisse des Südens, die Geheimnisse der Großen Bibliothek sind bei dem Silber. Das Wissen der Eichenpriester des Nordens und Westens zusammengefaßt auf Papyrus ist bei den Steinen, wie es sich ziemt.

Vom Morgen an der Mauer bin ich gereist bis zum Sonnenuntergang jenseits des Ozeans, dorthin, wo meine Ahnen schon waren, ehe die Römer wußten, daß Gadir bestand. Die letzte Reise zu Wasser und Land führte mich von der Nordspitze der kleinen Insel im Nordwesten nach Arausio und zum kleinen Hafen östlich Massalias, von dort nach der Wüste, die Karthago nun ist, und über Syrakus nach Samos. Zwei Tagesreisen südwestlich von Korkyra wurde mir eine Vision aus der senkrechten Sonne zuteil; sie enthüllte mir eine Landschaft Illyriens, am Danubius, die ich nie wieder sehen werde. Ich rate allen, die nach mir dies Meer befahren, den Blick auf die Küste bei Syrakus von Süden zu suchen. Dreimal ist heilig die Drei; die Vier, die dann folgt, verläßt die Fläche. Dies schreibt Maharbal im Nahen des Todes.«

Ariane las, mühevoll, aber zielsicher, Baltasars Charakterschrift. Sie gab ihm die Übersetzung zurück und schüttelte den Kopf. »Ich will nicht an deinen lateinischen Sprachkenntnissen zweifeln«, sagte sie, »aber bist du ganz sicher, daß das da steht?«

»Ich bin«, sagte Matzbach entschieden.

»Und wirst du schlau daraus? Ich nicht.«

Baltasar forderte einen letzten Rotwein an, setzte seine erloschene Zigarre wieder in Brand und lehnte sich zurück.

»Nun ja«, meinte er, »teils teils. Dieser Mensch, wenn das keine Fälschung ist, stammt offensichtlich aus Karthago. Zama war zweihundertzwei oder zweihundertdrei vor Christus, Hannibals Niederlage im Zweiten Punischen Krieg. Der jüngere Africanus ist, glaube ich, um die hundertdreißig oder hundertneunundzwanzig gestorben. Unser Testamentsautor war also ungefähr dreiundsiebzig oder vierundsiebzig Jahre alt, als er das geschrieben hat. Und er hat drei Testamente gemacht. Dies hier ist in der Sprache des Feindes, Latein.«

»Erleuchte mich, o Herr«, bat Ariane. »Meine Kenntnisse in antiker Geschichte sind nicht besonders.«

Matzbach holte tief Luft. »Die Karthager«, sagte er, »waren Händler mit Faktoreien überall im westlichen Mittelmeer und an der spanischen und nordafrikanischen Atlantikküste. Gadir, das hier genannt wird, ist Cádiz. In Sizilien sind sie aus einem dusseligen Anlaß mit den Römern aneinandergeraten, die sich nicht mit Faktoreien zufriedengegeben haben, sondern, wie alle echten Imperialisten, das Land und die Leute ganz besitzen wollten. Der Erste Krieg hat an die dreiundzwanzig Jahre gedauert, am Ende mußten die Karthager Sizilien und Sardinien abgeben, ihre Kriegsschiffe verschrotten und viel Geld bezahlen. Es war klar, daß es eine zweite Runde geben würde, deshalb sind die Karthager, um sich eine bessere Ausgangsposition zu schaffen, nach Spanien gegangen und haben da erstmalig Land erobert. Das paßte den Römern wieder nicht, obwohl die ja auch nichts in Spanien zu suchen hatten, und sie haben in Sizilien Truppen gesammelt, um nach Afrika zu gehen und Karthago direkt anzugreifen. Hier kommt Hannibal ins Spiel. Er saß in Spanien und ist von da aus über die Pyrenäen und die Alpen nach Italien gezogen, um die Römer dort am Kragen zu packen und dafür zu sorgen, daß sie ihre Leute nicht nach Karthago schicken konnten, weil sie sich um ihn kümmern mußten. Das war der Zweite Krieg, der hat nur siebzehn Jahre gedauert und endete mit der Schlacht von Zama. Danach durften die Karthager überhaupt nichts mehr, sich nicht mal wehren, wenn sie angegriffen wurden. Ein römischer Bundesgenosse in Nordafrika war besonders eklig; er hat sie immer wieder gepiekst, die Ernte verbrannt, Mädchen entführt und so was. Die Römer haben sich die karthagischen Proteste angehört und nichts unternommen. Schließlich haben die Karthager sich gewehrt, und weil das ein Vertragsbruch war, gab es den Dritten Krieg, der nur drei Jahre gedauert hat. Am Ende, einhundertsechsundvierzig Vor Unserer Zeit, wie unsere sozialistischen Brüder sagen, gab es das große Abschlachten. Karthago hatte wahrscheinlich noch eine halbe Million Einwohner, die alle von den Römern umgebracht wurden. Die Stadt wurde planiert, und die Äcker wurden mit Salz gedüngt, damit nichts mehr wuchs. Zu solchen Veranstaltungen braucht man heute ja Atombomben, die Römer konnten das mit einfacheren Mitteln schon genauso effektiv. Übrigens waren sie ganz gut im Völkermord. Im gleichen Jahr haben sie es in Griechenland mit der Stadt Korinth ähnlich gemacht.«

»Gründlich«, sagte Ariane beeindruckt. »Man könnte fast Verständnis dafür haben, daß dieser – wie heißt er? – Maharbal sie nicht besonders gut leiden konnte. Africanus ist wahrscheinlich der Oberschlächter gewesen.«

»Genau. Als Karthager hätte ich mir auch ausbedungen, in eine andere Hölle geschafft zu werden als der da. Na ja. Jedenfalls ist das hier eine wilde Geschichte. In China ist er gewesen, oder fast, und außerdem, wenn ich das richtig verstehe, in Amerika, wie? Sonnenuntergang jenseits des Ozeans. Sehr hübsch.«

»Aber wo hat er denn sein Zeug versteckt?«

Baltasar legte den Zigarrenstummel in den Aschenbecher und seufzte. »Wenn man das wüßte«, sagte er traurig. »Stell dir vor: asiatische Überlieferungen, von einem offenbar aufgeweckten Reisenden vor zweitausend Jahren aufgeschrieben, dazu irgendwelche Geheimlehren aus der Bibliothek von Alexandria, die Cäsar auf dem Gewissen hat, und außerdem die Lehren der Eichenpriester. Das müssen ja wohl die Druiden sein. Toll. Ich bin gern bereit, auf die Münzen und Steine zu verzichten, mir würden die Papyri reichen.«

Ariane nahm die Übersetzung wieder in die Hand. »Meinst du, daß hier alle nötigen Schlüssel drin sind, um den Kram zu finden?«

»Es klingt so. Ich weiß allerdings nicht, wie man das angehen soll. Aber wir kommen schon noch dahinter.«

»Meinst du, das Testament ist echt?«

»Wenn nicht, dann ist es jedenfalls ein netter Einfall. Aber wem, außer mir, fällt so etwas ein? Du siehst, die Wahrscheinlichkeit spricht für Echtheit.«

Im Zimmer hörte Ariane heftige Geräusche, während sie sich im Bad zugunsten der Nacht vorbereitete. Als sie nach Beendigung der Reinlichkeiten ans Bett trat, fand sie dort Baltasar auf Knien vor, der geworfene Münzen aufsammelte und das nächste Hexagramm vervollständigte.

»Na, was meinen die alten Chinesen?«

Matzbach blätterte, bis er das Zeichen gefunden hatte. »Hemmnisse«, knurrte er, »überall Hemmnisse. Die Welt ist voll von ihnen. Ich sollte mir Hemmschuhe mit speziell gefertigten Bremsspikes anschaffen. Die Chinesen sagen, bei solchen Hemmnissen sei der Südwesten förderlich, und ich soll um Himmels willen nicht nach Nordosten reisen. Weiterhin appelliert man an meine Beharrlichkeit und rät mir schon wieder, den großen Mann zu sehen.«

Er blickte auf. »Immer dieser große Mann. Diesmal kann ich es ja wohl nicht sein, oder? Auf dem geziemenden Platz ist Heil in der Beharrlichkeit, denn dadurch werden Zucht und Maße im Land wiederhergestellt, sagen die Chinesen, und Weisheit ist im Stehenbleiben und im Der-Gefahr-von-fern-Zusehen. Außerdem habe ich eine Obere Sechs, und die sagt mir das gleiche noch mal. Nicht Gehen, Kommenlassen und den großen Mann sehen. Pah.«

Ariane schlüpfte unter die Kombination aus Laken und Wolldecken. Sie gähnte. »Dich möchte ich sehen«, sagte sie, »wie du Zucht und Maße förderst.«

Er hörte nicht zu. Gedankenschwer fragte er den wurmstichigen Kleiderschrank: »Was sollte ich denn auch im Nordosten? Andererseits: Was soll ich im Südwesten? Ach, ich weiß nicht.«

Ariane kicherte. »Schön, dich ratlos zu sehen. Übrigens bin ich zu müde für eine andersartige Interpretation deines Orakels. Daß du's nur weißt.«

Matzbach nickte. »Ausgezeichnet. Dann kann ich ja endlich mal ein gutes Buch lesen.«

»Tust du so was? Ich dachte, du hättest dich endgültig dem Irrationalen und dem Orakeln hingegeben.«

Matzbach würdigte sie keines weiteren Blickes und ging ins Bad.

»Du weißt«, murrte er später, als er mit der *Kritik der praktischen Vernunft* in Händen dalag, »daß mir der Glaube an den Verstand fehlt, um ein guter Rationalist zu sein. Allerdings verstehe ich zuviel von Irrationalem, um diese Bizarrerien vernünftig zu finden. Wenn ich zu Hause wäre, müßte ich mich die ganze Nacht mit diesem Widerspruch plagen, aber zum Glück habe ich Urlaub, und da kümmert es mich nicht.«

Den Samstag verbrachten sie friedlich im Südwesten, indem sie Daudets Mühle besichtigten, auf den Trümmern einer kleinen römischen Wasserleitung herumturnten und hier, da und dort etwas aßen. Abends brütete Baltasar eine Weile über dem Testament, kam aber nicht zu lichtvollen Erkenntnissen.

Am Sonntag fuhren sie vorsichtig nach Südosten; nach einer Speisepause am alten Hafen von Marseille ging es weiter nach Cassis. Sie nahmen ihr bestelltes Hotelzimmer in Besitz und ergaben sich anschließend einer gründlichen Inspektion der Hafenkneipen. Abends, bei einer Fischsuppe, fragte Ariane jäh: »Sag mal, glaubst du, daß die wieder auftauchen?«

Baltasar verschluckte sich. »Wer?« stieß er mühsam hervor, nachdem er sich ausgehustet hatte.

»Na, die netten Messerwerfer«, meinte Ariane.

»Ach, warum eigentlich nicht? Die oder andere«, gab Baltasar zurück.

»Welche anderen?«

Er sah sich um. Als er sicher war, daß niemand gezielt lauschte, sagte er halblaut: »Na alle, die an dem Testament und an Bronner interessiert sein könnten.«

Ariane musterte ihn aufmerksam. »Meinst du, es könnten mehrere sein? Verschiedene?«

Er beschrieb mit seinem Löffel einen Halbkreis der Ratlosigkeit. »Was weiß ich? Der einzige Verschiedene bisher dürfte der gute William Bronner sein, denke ich.«

»Hmpf?«

»Na, sieh mal: Messerstecher, und zwar bestimmt keine Profis, suchen nach einem Papier, nehme ich an. Nach welchem Papier? Dem Testament? Wenn sie wissen, was drin steht, brauchen sie es nicht. Wenn sie es nicht wissen, können sie es nicht dringend suchen. Alles andere, wilde Spekulationen über mögliches Interesse und geheimnisvolle Andeutungen, ist mir zu albern. Gesetzt den Fall, Bronner hat jemandem das Ding geklaut. Dieser Jemand wird sicherlich noch ungefähr den Wortlaut wissen, also hat er keinen Grund, mit Messern auf andere Menschen loszugehen. Es sei denn, er will es partout geheimhalten – dann hätte er längst Bronners Gepäck durchsuchen können, bevor wir angekommen sind. Also, denke ich mir in meinem dicken Kopf, geht es weniger um das Testament, als um etwas, was Bronner vielleicht zusätzlich herausbekommen hat. Und wovon der Interessent annimmt, Bronner könnte es, auf die eine oder andere Weise, dem mysteriösen Matzbach übermittelt haben. Also werden die Gepäckstücke erst durchsucht, nachdem wir uns damit befaßt haben, und anschließend will man uns durchsuchen.«

»Kompliziert, aber ausreichend unwahrscheinlich«, gab Ariane zu. »Bloß welche Interessenten könnten es sein?«

»Bronner hat mir am Telefon was von Assassinen erzählt und in diesem Stückelbrief von Druiden. Das sind schon zwei, wenn sie nicht identisch sind, obwohl Druiden und Assassinen kaum etwas miteinander gemein haben. Dann denk mal über das Testament nach, was da so alles drin steht. Es könnte zum Beispiel eine Bande gieriger Münzsammler sein oder eine archäologische Mafia oder jeder, der den Wert bestimmter Dinge erkennt und sie finden will, um sie meistbietend zu verkaufen. Was weiß ich. Vielleicht hat Bronner aber auch die Tochter eines provencalischen Patriziers besudelt, und die Sippe, die sich an ihm gerächt hat, will sämtliche Spuren verwischen.«

»Aha. Mit anderen Worten: Du weißt nichts.«

»Gute Fischsuppe, diese hier.«

»Das weiß ich auch.«

»Siehst du, so weiß jeder etwas. Die Güter der Welt sind bekanntlich ungerecht verteilt. Aber mit mehr als diesen dummen Vermutungen kann ich im Moment wirklich nicht aufwarten. Ich böte ja glatt den Mond auf, wenn dich das von der Lauterkeit meiner Absichten und der Reinheit meines Herzens überzeugte.«

»Es überzeugt nicht.«

Beim Kaffee sagte Ariane unvermittelt: »Wie ist das eigentlich mit den großen Detektiven? Sherlock Holmes war doch unbeweibt, nicht wahr?«

»Äußerst. Warum?«

»Und Pater Brown ebenfalls, denke ich mir.«

»Eine wahrscheinliche Annahme«, gab Matzbach zu, »wenn auch der Zölibat und seine Einhaltung durch englische Geistliche jenseits der mir von der Natur gezogenen Grenzen liegen.«

»Hm. Und die anderen Großen des Gewerbes?«

Matzbach zählte auf. »Also, Miss Marple, alte Jungfer. Hercule Poirot, eitler Affe und Hagestolz. Auguste Dupin, Max Carrados, Nero Wolfe – allesamt desgleichen. Aber was heißt das? Es gibt auch Gegenbeispiele. Maigret war verheiratet, Bony auch, Marlowe und Konsorten hüpften schon ganz hübsch durch die einzelnen Körbchen, Bond sowieso – also, worauf willst du hinaus?«

Sie winkte ab. »Ach, war nur so eine Idee.«

»Sprich dich aus. Willst du mich verlassen, um mich zu einem besseren Detektiv zu machen?«

Ariane lachte. »So ungefähr. Ich hatte mir überlegt, ob Frauen am Bein nicht so was sind wie ein Klotz an Samsons Haar, und ob der Scharfsinn deiner literarischen Ahnen nicht simple Verdrängung und Kompensation ist. War aber wohl nichts.«

Matzbach grinste. »Nicht direkt jedenfalls. Wolltest du mich denn irgendwie befördern, oder was?«

Sie schüttelte den Kopf, entschieden. »Nein, mein Lieber. Es war nur so ein Gedankenspiel. Und so gut wie Maigret wirst du ohnehin nie. Außerdem müßte ich dich dazu heiraten, und der Preis ist mir zu hoch.«

5

Am Montagmorgen händigte der Portier Baltasar drei Dutzend Briefe, Karten und Telegramme aus; in der Halle des Hotels warteten zehn Journalisten bzw. Reporter; ein Mann in betont unauffälliger Zivilkleidung ließ sich nach Vorzeigen eines Ausweises von einem Kellner zu Matzbach und Ariane bringen, die über einem reichhaltigen englischen Frühstück saßen. Es handelte sich um einen Kommissar aus Marseille mit Namen Ducros. Er nahm die angebotene Tasse Kaffee dankend an und tadelte anschließend Baltasar wegen seines Interviews und seiner Risikobereitschaft.

»Wir wissen ja nicht, wer dahintersteckt«, sagte er, »aber man muß damit rechnen, daß Ihr Freund nicht mehr unter uns weilt.«

»Ist das Ihre persönliche oder amtliche Meinung?« Matzbach schaufelte eines der gebratenen Würstchen in seinen Mund und kaute vernehmlich darauf herum.

»Nun ja, beides«, sagte der Mann aus Marseille erhellend. Er spielte mit einer unangezündeten Zigarette, bis Ariane schließlich sagte: »Nun rauchen Sie doch endlich, *Monsieur le Commissaire;* das wird uns nicht das Frühstück verderben.«

Ducros warf ihr einen dankbaren Blick zu. »Sehen Sie«, sagte er, nachdem er gierig inhaliert und heftig gehustet hatte, »es gibt viele Dinge, die wir nicht wissen. Eines wissen wir jedoch sicher: Ihrem Freund Bronner wurde am vierundzwanzigsten Oktober auf der Cannebière zu Marseille sein Mercedes gestohlen.«

Baltasar lehnte sich verdauend zurück und griff nach seinem ramponierten Zigarrenetui. »Was Sie nicht sagen«, murmelte er. »Gestohlen? Wie konnte das passieren?«

»Er war leichtsinnig. Er hat mit laufendem Motor gehalten und ist ausgestiegen, um sich an einem Kiosk Zeitungen zu kaufen. Als er sich umdrehte, sah er gerade noch, wie ein Mann in den Wagen sprang und mit ihm davonjagte.«

»Hat er ihn erkennen können?«

»Er hat eine präzise Personenbeschreibung gegeben. Wir wissen, wer es gewesen sein könnte; es handelt sich um einen jungen Mann, von dem wir schon lange annehmen, daß er für eine größere Bande von Wagenschiebern arbeitet. Sie wissen, daß der größte Teil des Handels mit Luxuslimousinen, gestohlenen, meine ich, zwischen Europa und Nahost entweder über Marseille oder über Genua abgewickelt wird, nicht wahr? Gut. Wie gesagt, wahrscheinlich ist es dieser Mensch namens Laurent Vergès; wir können aber nichts unternehmen, solange Ihr Freund Bronner nicht zur Verfügung steht um einwandfrei zu sagen: Ja, der war es. Denn beweisen läßt sich nichts. Der Wagen ist natürlich längst umgespritzt, vielleicht schon fort.«

»Warum erzählen Sie mir das? Sie wollen doch etwas von mir, oder? Sie könnten mich ja auch einfach auffordern, meine deutsche Nase aus französischen Polizeiarbeiten herauszuhalten, umgehend meinen Aufenthaltsort zu wechseln und mich am besten in der Bundesrepublik um meine Privatangelegenheiten zu kümmern.«

Ducros grinste. Er war Mitte Vierzig, klein und drahtig; die Lichtungen seines schwarzen Haares wurden durch die buschigen Brauen wettgemacht, die über seinen braunen Augen aufragten. Seine Hakennase schien der Oberlippenrinne nachzuschnüffeln, die mit ihrer unteren Fortsetzung durch eine wahrhafte Grube im Kinn irgendwie für eine Symmetrie in diesem Geierantlitz sorgte. Ducros steckte in einem antiken grauen Straßenanzug und bevorzugte offensichtlich Nylonhemden; aus dem offenen Kragen krochen schwarze Haarbüschel, ohne sich der Hemmung durch eine Krawatte widersetzen zu müssen. Seine Finger waren auf der Oberseite behaart; er schien viel zu rauchen, und zwar beidhändig, um die Vergilbung gerecht zu verteilen.

»Ich will nicht mit Ihnen feilschen, deshalb habe ich gleich diese Information auf den Tisch gelegt. Draußen stehen unsere lieben Freunde von der Presse. Ich glaube, in Cassis sind in den letzten vier Jahrhunderten nur selten zehn Reporter gleichzeitig gewesen. Sie haben da für eine bemerkenswerte Novität gesorgt.«

Er drückte seine amerikanische Zigarette aus und zündete sich gleich eine neue an. Der Husten war diesmal milder; es mußte sich beim ersten heftigen Husten um eine besondere Entzugserscheinung gehandelt haben.

»Ich sehe, daß Sie da einige Korrespondenz zu bewältigen haben.« Er deutete auf den Stapel von Zuschriften neben Baltasars Zigarrenetui. Matzbach warf sein noch nicht abgebranntes

Streichholz in den Aschenbecher, wo es kurz vor sich hin flackerte und dann Ducros' Kippe in Brand setzte. Ariane drückte sie aus.

»Ja. Was ist mit meinen netten Briefchen?«

»Nun, ich dachte, Sie würden mir vielleicht die Freude machen, Ihnen bei der Lektüre zusehen zu dürfen. Ich könnte Ihnen dann zum Beispiel sagen, dieser da stammt von einem bekannten Irren, der auf jeden Zeitungsartikel reagiert. Oder dieser stammt vom ehemaligen Safeknacker Nummer eins dieser schönen Küste. Oder so.«

Baltasar nickte und setzte ein sanftes Lächeln auf. »Das wäre sicher hilfreich«, sagte er. »Es schüfe aber neue Probleme. Ich habe in meiner Erklärung festgestellt, ich hätte ein gewisses Papier entschlüsselt, ich suchte Informationen über den Verbleib meines Freundes Bronner, und ich kann die Polizei nicht in diese Privatangelegenheit hineinziehen. Wenn ich Sie jetzt all die Briefe lesen lasse, während da draußen die ganzen Freunde von der schreibenden Zunft herumstehen und uns beobachten – was, glauben Sie, würden meine hypothetischen Interessenten sagen?«

Sanft schlug Ariane vor: »Lest die Briefe doch beide nicht. Werft sie einfach weg. Dann könnten wir Urlaub machen und Bücher lesen. Außerdem – wie steht es mit deiner Fähigkeit, französische Handschriften zu enträtseln? Nach den Adressen zu urteilen, sind da nur wenige Briefe mit Maschine geschrieben.«

Baltasar paffte. Nachdenklich sagte er: »Passen Sie mal auf, *mon ami*. Sie werden jetzt gleich laut werden und mich anbrüllen, sichtbar für unsere Freunde da draußen. Ich werde zurückbrüllen und Sie des Saales verweisen. Sie gehen raus und erklären, wenn man Sie fragt, ich hätte mich geweigert, mit der Polizei zusammenzuarbeiten. Ich werde später etwas Ähnliches sagen.«

»Und dann?«

»Dann treffen wir uns an einer Stelle, wo uns niemand beobachten kann.«

»Aha. Sehr dramatisch, aber wenn Sie wollen. Was schlagen Sie vor?«

»Was halten Sie von der dritten *Calanque*?«

Sie einigten sich darauf, einander dort zu treffen, und besprachen eine ungefähre Zeit. Ariane gab einige sarkastische Kommentare ab. Dann schrie Ducros mit hochrotem Kopf: »Sie unverschämter Kerl! Es reicht Ihnen wohl nicht, die Zusammenarbeit zu verweigern, nein, Sie müssen mich auch beleidigen, was?«

Baltasar brüllte zurück: »Ich verbitte mir diese Unterstellungen und diesen Tonfall, mein Herr!«

Die restlichen Frühstücksgäste musterten interessiert die Streitenden. Mindestens zwei Kellner näherten sich aus verschiedenen Richtungen.

»Sie werden mich bitte sofort in Frieden lassen, Monsieur!«

Ducros stand auf, schwer atmend. »Das werden Sie bereuen! Notfalls bin ich bald mit einem Haftbefehl wieder zurück!«

»Und mit welcher phantastischen Begründung? Ich hätte Ihnen bei Ihrem widerwärtigen Gesicht gar nicht genug Einfallsreichtum zugetraut, um irgendeinen redlichen Richter von der Notwendigkeit zu überzeugen!«

»Ah! Beamtenbeleidigung und Verächtlichmachung der Staatsorgane kommen noch dazu! Wir sehen uns wieder, Sie … Sie *bo-che*!«

»*Adieu,* Sie unerfreuliches Subjekt!«

Ducros stampfte qualmenden Blicks und hocherhobenen, puterroten Gesichts an den Kellnern vorbei aus dem Saal. Die Gäste kicherten und tuschelten, einige schüttelten die Köpfe und verschickten mißbilligende Blicke. Der nächststehende Kellner kam grinsend an den Tisch, um abzuräumen; dabei zwinkerte er und meinte halblaut: »Sie haben eine schöne

Stimme und ein erfreuliches Vokabular, Monsieur. Kann ich Ihnen, Madame, oder Ihnen, Monsieur, im Moment noch etwas bringen?«

Ariane wollte ablehnen, Baltasar jedoch bat um zwei Gläschen eines der frühen Stunde angemessenen Kräuterlikörs und um einen Brieföffner.

»He«, sagte Ariane empört, »wieso zwei Gläser? Ich will nichts!«

»Aber ich will zwei, Geliebte.«

»Die Szene hat dir ja wohl richtig Spaß gemacht, wie? Unmöglich!«

Baltasar schwieg hoheitsvoll. Mit dem hoteleigenen Brieföffner begann er, die Umschläge zu zerfetzen, während vor dem Hotel Ducros eine dampfende Pressekonferenz improvisierte. Die meisten Schreiben überflog Matzbach nur, dabei nippte er abwechselnd an den Likörgläsern. Einige Briefe las er genauer und schob sie Ariane hin, die in der Zwischenzeit wieder begonnen hatte, ihn sanfter anzusehen.

Kurze Zeit später verließen auch sie den Speisesaal. Baltasar hatte alle Post in eine seiner unermeßlichen Innentaschen gestopft.

Den Reportern erklärte er freundlich, es seien einige interessante Schreiben für ihn gekommen, aber völlig überzeugen könne ihn keines. Er hoffe, in den nächsten Tagen genauere Auskünfte zu erhalten; in jedem Fall weigere er sich, der Polizei vertrauliches Material weiterzugeben.

Ariane stand mit lässiger Eleganz neben ihm und lächelte. Schließlich verabschiedete Matzbach sich von den Reportern mit einigen Scherzen.

Ohne verfolgt zu werden, spazierten sie eine Weile um das Hafenbecken. Einige deutlich auf Saisonbetrieb eingestellte und jetzt geschlossene Kneipen, Restaurants und Läden wirkten in ihrer Verlassenheit befremdlich, ansonsten herrschte eine gemessene Betriebsamkeit, der Jahreszeit und dem Wochentag angepaßt. Das Hufeisen der Bucht war leer; die Boote lagen entweder vertäut im Hafen oder fuhren außer Sichtweite auf dem Mittelmeer herum. Nachdem sie durch den Hafen und einige anliegende Straßen geschlendert waren, tranken sie in einer kleinen Bar ihren zweiten Kaffee; Baltasar bekräftigte seinen mit einem hellen Cognac. Dies taten sie im Stehen am Tresen, denn von dort konnte man durch die Tür das Hotel sehen. Nach einer Weile schienen die Reporter verschwunden zu sein. Sie bezahlten und traten auf die Kopfsteinstraße hinaus, die um das Hafenbecken führt. Nach kurzem Suchen fanden sie einen Schiffer, der bereit war, sie zu einem horrenden Preis zu den *Calanques* zu fahren. Baltasar feilschte ihn auf die Hälfte herunter und erklärte sich bereit, im Austausch für den Preisnachlaß spanische Seemannslieder zu singen, was der Skipper ohne große Begeisterung zur Kenntnis nahm.

Sie verließen das Hafenbecken. Der Schiffer hielt sein kleines Kajütboot in Ufernähe. Die Felsen glitten vorüber; bald wurden die bis kurz oberhalb des Wassers bewaldeten Hänge von steilen Felsen abgelöst. Der Himmel war bedeckt; der Kapitän wies mit einem bedauernden Achselzucken darauf hin, daß andernfalls das Meer klar und türkis gewesen wäre, aber so …

»Doch mit des Gewetters Mächten ist kein ewiger Bund zu flechten«, kommentierte Matzbach weise. Nachdem er dies in einer seltsamen Übersetzung weitergegeben hatte (er mußte es endlich aufschreiben, bis der Skipper es definitiv nicht begriff; *mais dans l'eau de là, les pouvoirs temps-tâteurs ne sont pas trop susceptibles à négocier la tresse ou bien le tresson d'une fédération durement durable, néanmoins)*, was Ariane zu längeren Seufzern bewog, bekundete er seine temporäre Allergie gegen die frische Seebrise und entzündete eine seiner Zigarren.

In aller Ruhe bewunderten sie die ersten beiden kleinen Fjorde mit ihren schroffen Wänden, dem sauberen Wasser und den bizarren Felsformationen. Am Ende der dritten *Calanque* unternahm der Schiffer nach fruchtlosen Protesten und gegen

Aufpreis ein waghalsiges Anlegemanöver an einen Felsblock, und Matzbach hüpfte behende an Land. Ariane ergriff den dicken Zeigefinger, den er ihr helfend reichte, und folgte. Der Skipper zündete sich eine neue Zigarette an und stellte den stinkenden Dieselmotor ab.

Ariane und Baltasar erklommen einen steilen Mäanderweg. Keuchend und prustend sah Matzbach sich um, als sie oberhalb des Endes der *Calanque* angekommen waren.

»Ich wüßte gern«, murmelte er, »was Bronner mit seiner verdammten Johannisbeere meint ...«

Hinter einem Strauch bewegte sich etwas, und Ducros trat hervor. Sie hockten sich auf Klötzen nieder, die nach allen Seiten von Büschen abgeschirmt waren. Matzbach zog die Briefe heraus und legte sie neben sich. Ariane zündete sich eine Zigarette an, um die Anstrengungen des Kletterns besser zu verwinden; Ducros schielte begehrlich auf die Post.

»Moment, *copain cousin«,* sagte Baltasar freundlich. »Wir wollen zunächst etwas klarstellen.«

Ducros musterte ihn aufmerksam, sagte aber nichts.

»Ihre Botschaft vom gestohlenen Auto war mir nicht neu. Gestern abend habe ich mich beim Hotelpersonal erkundigt, ob man sich an irgendeinen Vorfall im Zusammenhang mit dem längeren Aufenthalt von Bronner erinnern könne. Der Garagist hat mir erzählt, an einem Tag, aber an welchem?, sei Bronner von einer seiner Fahrten nach Marseille stinksauer heimgekehrt und habe anstelle seines Benz einen Peugeot untergestellt. Der Garagist war auch so freundlich, einen Zettel zu finden, auf dem er sich, wegen der Buchführung und Abrechnung und so weiter, die Nummer notiert hatte. Hier.«

Ducros nahm einen schmierigen Wisch entgegen und beäugte ihn mit äußerstem Mißfallen.

»Wenn Sie«, sagte Baltasar mild, »so gut sein wollten, festzustellen, ob dieser Mietwagen, der ja bestimmt einer Firma gehört, dort wieder abgeliefert wurde oder vermißt wird, wäre ich Ihnen höchst verbunden. Das möchte uns nämlich die Suche nach Bronner erleichtern.«

Ducros zwinkerte, steckte den Zettel ein, schnipste seine Kippe in die Landschaft und verschränkte die Arme vor der Brust. »Damit haben Sie mir den ersten Trumpf gestohlen und einen zweiten geschenkt«, sagte er langsam. »Wie geht es nun weiter?«

Matzbach hob die Hand. »Langsam, langsam. Befassen wir uns zunächst noch einmal mit Bronner. Ich weiß, daß er immer und jederzeit ein Reisetagebuch zu führen pflegte, wenn er in Geschäften unterwegs war. Natürlich hätte ich das gern gefunden, in Les Baux, in seinen Koffern, aber das war ein unbescheidener Wunsch. Bronner hatte das Ding griffbereit im Wagen, um Notizen machen zu können, sobald ihm etwas einfiel. Das Ding müßte also im Wagen gelegen haben, als dieser geklaut wurde. Hören Sie sich doch mal in Ihren Unterweltkreisen um. Vielleicht schlagen Sie vor, daß der Dieb das Auto behalten darf, wenn er nur das Notizbuch rausrückt.«

Ducros nickte sarkastisch. »Natürlich bin ich Kommissar Maigret, der alle Ganoven persönlich kennt und sie immer um kleine Gefallen gegen Gefallen bitten kann. Also gut, natürlich gibt es Kanäle, die man fragen kann. Aber versprechen Sie sich wirklich was davon?«

Matzbach zögerte mit der Antwort. Ariane sagte halblaut: »Wie ich Monsieur einschätze, Herr Kommissar, verspricht er sich davon ein Vielfaches. Entweder taucht tatsächlich das Notizbuch auf, und es steht etwas drin. Oder es taucht nicht auf, weil niemand was weiß – das wäre schlecht. Oder es taucht nicht auf, weil jemand etwas damit anfangen kann, und dann gibt es vielleicht Gerüchte ... Sehe ich das richtig?«

Baltasar nickte majestätisch. »Ich danke dir für die wohlwollende Auslegung meiner verschlungenen Gedanken. So etwa hatte ich mir das gedacht.«

Ducros seufzte und klemmte sich die nächste Zigarette in den

Mundwinkel. »Was«, fragte er undeutlich, »erwarten Sie denn eigentlich? Was ist das für ein komisches Papier, von dem Sie da immer in Ihren, hm, Verlautbarungen reden?«

Wortlos kramte Baltasar das karthagische Testament in latein und seine Übersetzung desselben heraus. Der Kommissar betrachtete beide Versionen freudlos. »Mein Latein ist ziemlich tot«, sagte er, »und mein Deutsch nichtexistent.«

Daraufhin gab Baltasar ihm eine treue Zusammenfassung des Textes. Am Ende meinte er: »Es liegen also irgendwo, an vier verschiedenen Stellen, Gold, Juwelen und Münzen herum, denen dieser Karthager detaillierte Unterlagen über seine Reisen, seine Handelsbeziehungen und eine Zusammenfassung der druidischen Lehren im prärömischen Gallien beigefügt hat. So schreibt er wenigstens. Es gibt jetzt wieder einmal zwei Möglichkeiten. Entweder ist das Testament eine Fälschung, oder es ist echt. Echt hieße, von jemandem abgeschrieben und fotokopiert; wahrscheinlich hat dieser Maharbal den ganzen Kram auf Tontäfelchen oder frühem Pergament oder so festgehalten. Wenn es gefälscht ist, muß diese Fälschung irgendeinen Sinn haben – niemand, außer vielleicht Leuten wie ich, macht sich aus Spaß eine solche detaillierte Mühe. Gefälscht hieße, jemand soll gefoppt werden. Wer sollte wen so kompliziert foppen? Im übrigen ist das zunächst einmal sekundär, denn wenn wir uns den Kreis der potentiellen Interessenten ansehen, spielt es keine Rolle, ob das Ding echt ist oder falsch, denn nur die, die an einem echten Fund dieser Art brennend interessiert wären, würden für eine Foppung in Frage kommen.«

Ducros nickte; Ariane, die zwischendurch nicht zugehört hatte, fragte verwirrt: »Wieso? Was meinst du?«

»Nun, das ist doch ganz einfach. Geld und einzigartige historische Dokumente – ob echt oder falsch, Interessenten dafür können nur Historiker, Archäologen, Numismatiker und generell an Geld interessierte Leute sein.«

»Damit«, sagte Ducros trocken, »grenzen Sie den Kreis

natürlich sehr eng ein. An Geld ist wirklich kaum jemand interessiert, außer der gesamten Bevölkerung Frankreichs.«

Baltasar grinste. »Richtig. Aber gehen wir doch mal langsam vor. Angenommen, dieses Ding fiele dem Chef einer Bande von Wagenschiebern in die Hände. Meinen Sie, er würde nicht wenigstens versuchen festzustellen, wo das Geld liegt, und sich vielleicht überlegen, an wen er die Dokumente verkaufen soll? Ein Historiker würde sicher zunächst die Dokumente haben wollen, aber meinen Sie, er würde die Münzen oder Juwelen liegenlassen? Selbst ein staatstreuer Journalist, der die Funde brav dem zuständigen Ministerium übergeben würde, müßte doch ein ausgemachter Schwachkopf sein, wenn er nicht sähe, daß da für ihn der große Knüller ist – wenn er das Zeug findet. Er kann das Zeug zwar nicht behalten, aber ausschlachten, äußerst profitabel, wahrscheinlich.«

Sie schwiegen eine Weile. Ducros seufzte schließlich abermals und meinte: »Ich werde mich umhören. Aber wer, um Himmels willen, soll denn die Verstecke finden, bei den Angaben, wenn es überhaupt welche sind?«

Baltasar zündete seine erloschene Zigarre wieder an. »Ich zum Beispiel«, sagte er bescheiden. »Ich habe bis jetzt in meinem Geiste mindestens fünf Lösungsmöglichkeiten ausgearbeitet, die alle falsch sind. Vielleicht sind diese ganzen Ortsangaben nichts anderes als Reiseetappen, wer weiß? Jedenfalls werde ich demnächst meine Behauptung, die Sache interessiere mich, dahingehend ergänzen, daß ich sie gelöst habe. Mal sehen, ob sich dann Interessenten melden.«

»Womit wir bei der Post wären«, murrte Ducros und streckte verlangend die Hand aus. Baltasar bewegte abwehrend den Zeigefinger seiner rechten Hand.

»Moment, Moment, wir müssen da noch etwas klären. Arbeiten wir zusammen?«

Ducros warf in einer übertriebenen Geste der Resignation die Hände in die Luft. »Also gut. Ja, verdammt.«

Ariane wandte sich ab, damit Ducros sie nicht schmunzeln sehe. Baltasar sortierte die Briefe, Karten und Telegramme und reichte Ducros den ganzen Stapel bis auf zwei Briefe und ein Telegramm. Ducros las schnell und konzentriert. Unsichtbar unter ihnen rauschte das Meer. Über ihren Häuptern zeterte eine Möwe, irgendwo in der Nähe knackte ein Ast. Die Rauchsäulen zweier Zigaretten und einer Zigarre kräuselten sich gen Himmel. Baltasar betrachtete versonnen Arianes klares Profil vor dem Hintergrund des seidiggrauen Firmaments, streckte die Hand aus und berührte ihre Stupsnase mit der Fingerspitze. Ariane zwinkerte ihm zu, ohne den Kopf zu drehen, und hauchte einen Kuß auf Matzbachs Zeigefinger. Ducros räusperte sich.

»Ich bedaure, Ihre Intimität zu unterbrechen, aber ich bin fertig. Das ist das Übliche, möchte ich meinen. Redliche Leute, die empört sind über einen Mordversuch in den ehrwürdigen Ruinen von Les Baux; Leute, die einmal vor Jahren einen Menschen namens Bronner, Brunner, Brun oder Bineaux gekannt haben. Normalerweise wird so etwas an die Zeitung oder an die Polizei geschickt; in Ihrem Fall sind es mehr Zuschriften als gewöhnlich; wahrscheinlich, weil Sie das Hotel angegeben haben, und das ist viel reizvoller als der übliche Leserbrief an die übliche Zeitung.«

Matzbach nickte. »Genau. Ich werde, denke ich, diesen ganzen Haufen an die Presse weitergeben, dann freuen die sich.«

Ducros blickte auf Baltasars linke Hand. »Was haben Sie da noch zurückgehalten?«

Baltasar kicherte. »Die drei, die ein bißchen anders sind. Ein Brief von einem Docteur Paul Leblanc.«

Ducros las halblaut: »›Monsieur: Ich beziehe mich auf den Artikel undsoweiterundsoweiter ... Am 16. Oktober fand im nämlichen Hotel zu Les Baux die halbjährliche Sitzung des sounsdo Komitees der Vereinigung der Landärzte der Provence statt.‹ Komische Organisation, nie gehört. Weiter. ›In einer Angelegenheit, über die zu sprechen mir nicht zusteht, war eine längere Verhandlung nötig, die wegen der Delikatesse der Affaire einen diskreten Rahmen verlangte. Wir besprachen das Nötige im Zimmer eines Kollegen, der bei unserem Eintritt damit beschäftigt war, Unterlagen zu sortieren. Wegen des guten Wetters hatte er die Fenster seines Raums geöffnet; als wir eintraten, entstand durch das Öffnen der Tür ein Durchzug, der einige Papiere des Kollegen erfaßte und aus dem Fenster wehte. Der Kollege war darüber erregt, sagte jedoch später am Abend, die Papiere seien ohne Bedeutung. Es stellte sich dann heraus, daß ein Teil der Dokumente sich auf der Terrasse wiederfand, die schräg unter dem Zimmer des Kollegen liegt und zum Zimmer eines Herrn Bronner gehörte, Ihres vermißten Bekannten. Herr Bronner trat abends an der Bar zu uns und erkundigte sich, wem die Papiere gehörten. Er händigte sie dem Kollegen aus, der ihm herzlich dankte. Das, Monsieur, ist alles, was ich Ihnen in dieser Angelegenheit mitteilen kann. In der Hoffnung, Ihnen bei der Klärung behilflich gewesen zu sein, verbleibe ich …‹ Aha. Hm.«

»Das denke ich auch«, sagte Baltasar fröhlich. »Ich glaube, es hat nicht viel Sinn, wenn ich versuche, telefonisch oder persönlich den Namen des betreffenden Kollegen herauszukitzeln, oder? Französische Ärzte sind wahrscheinlich in Standesfragen genauso verschwiegen wie deutsche.«

Ducros nickte. »Wenn es zu einer Gerichtsverhandlung käme, könnte man diesen Doktor Leblanc vielleicht zwingen … Ich kann allerdings versuchen, eine Liste der Teilnehmer an diesem Treffen zu beschaffen. Das könnte helfen.«

Matzbach hob dozierend den Finger. »Nimmer verzage, mein Sohn, und die Türen werden sich öffnen. – Der zweite Brief ist auf deutsch. Ich übersetze Ihnen den ungefähren Inhalt. Absender ist Dr. Edmund Demlixh aus Lacaze …«

Ducros unterbrach. »Ach, der Verrückte.«

Ariane hob die Brauen. »Wieso verrückt? Seine Bücher sind reichlich spekulativ, aber verrückt?«

Baltasar winkte ab. »Moment. Darüber können wir uns später streiten. Demlixh teilt mir mit, Bronner sei im Oktober mehrmals bei ihm gewesen, um ihn zu interviewen. Er wisse zwar auch nicht, wo Bronner sich nun aufhalte, doch sei er bereit, mich zu empfangen, falls ich dies im Rahmen meiner Suche für sinnvoll halten sollte.«

Er faltete den Brief zusammen und steckte ihn ein. »Immerhin ein Mensch, der Bronner gesehen hat. Wir müssen darüber, glaube ich, gleich noch ein bißchen reden. – Hier, drittens, ein Telegramm. Es wird Ihnen nicht viel sagen, aber lesen Sie es ruhig. Laut, wenn Sie wollen.«

Ducros nahm das Telegramm entgegen, entfaltete es und las laut vor, wobei er zunächst verwirrt schaute und dann lächelte. »›*Encore des conneries matzbix stop saluts miséricordieux pierrot le flonflon.*‹ Sehr aufregend. Was soll das?«

Ariane wiederholte leise: »Was soll das?«

Baltasar warf den Rest seiner Zigarre weg. »Pierrot le Flonflon ist ein Spitzname, wie man leicht sieht, desgleichen Matzbix. Pierrot ist ein bedeutender Okkultist, Mitglied des *Collège des Druides* und war während meiner Zeit in der Bretagne ein guter Lehrer und ein besserer Freund. Matzbix ist natürlich an Asterix und Obelix angelehnt, klar, das bin ich. Und er fragt mich eben, ob ich immer noch und schon wieder nichts als Blödsinn im Kopf habe, und dazu sendet er mir barmherzige Heilsgrüße. Das Telegramm ist in Montpellier aufgegeben – ich weiß nicht, was er da unten im tiefen Süden macht. Andererseits, wenn er in der Bretagne wäre, hätte er nicht die südfranzösischen Regionalzeitungen gelesen.«

Ducros gab ihm das Telegramm zurück. »Wunderschön. Ihr Aufenthalt in der Bretagne erklärt wenigstens Ihr unerträgliches Französisch. Aber im übrigen hilft uns nichts von alledem weiter. Abgesehen natürlich von einer skurrilen Tatsache. Dieser Autor phantastischer Studien, Demlixh, wie immer man das ausspricht, umgibt sich bisweilen mit Druiden.«

Baltasar schmunzelte; ein seltener Anblick von nicht eben erhebender Schönheit. »Druiden? So, so. Müssen bedeutende Druiden sein.«

Ducros kratzte sich am Kopf. »Ich bin ja nur ein dummer Polizist und verstehe von all dem sehr wenig. Was halten Sie denn von seinen Büchern?«

Matzbach schwieg. Er starrte in den Himmel und drehte die Nase in den Wind. »Ich weiß nicht so ganz«, sagte er dann. »Das ist ja eine Seuche geworden in den letzten Jahren und Jahrzehnten. Charroux war, glaube ich, der erste, wenn man Leute wie Velikowsky beiseite läßt. Von dem haben eine ganze Reihe anderer abgeschrieben. Und jetzt eben dieser komische Rätoromane mit seinem seltsamen Namen. Demlixh – muß ein Pseudonym sein. Ich kenne nur eines seiner Bücher gut und gründlich, weil die Abstrusität mich wirklich fasziniert hat. Er hat die Kunst der phantastischen Geschichtsforschung auf eine solche Höhe gebracht, daß jemand, der weniger wohlwollend und menschenfreundlich wäre als ich« – an dieser Stelle gluckste Ariane – »auch durchaus von einem sich selbst speisenden und in sich geschlossenen Kreislauf höheren Blödsinns sprechen könnte.«

»Welches Buch meinst du?«

»Diese Erlkönig-Geschichte. Demlixh ist hingegangen und hat Goethe, die Edda und Wagner gut geschüttelt, eine obskure Quelle erfunden, angeblich eine irische Überlieferung dänischer Motive – seltsame Kombination, auf jeden Fall –, die für mich so aussieht wie ein Fantasy-Roman von Poul Anderson, *The Broken Sword*, und das ganze Sammelsurium dann in Zusammenhang mit irgendwelchen Indianerstämmen gebracht, die den Sirius verehren. Oder sind das Afrikaner? Ich weiß nicht. Jedenfalls kam er zu dem aufsehenerregenden Schluß, der Erlkönig sei ein außerirdischer Genetiker gewesen, und zwar vom

Sirius, der für seine dekadente Rasse frisches Blut von der wilden Erde besorgte, indem er besonders gut gelungene Königskinder entführte und an ihrer Stelle entweder kleine tote Sirianer oder finstere Gestalten zurückließ, die später als Wechselbälger in die Historie eingingen.«

Ducros schnaubte. »Ich glaube, ich sollte so etwas nicht lesen. Ich bin ein ernsthafter Mensch.«

Ariane lachte. »Wenn Baltasar ein weniger unernster Mensch wäre, läse er so etwas auch nicht. Er macht sich aber das Vergnügen, zuerst solche Sachen zu lesen und sie hinterher mit eigenen Erfindungen garniert weiterzuerzählen. Ich glaube, zwischen dir und den Verfassern solcher Schwarten besteht eine innige Seelenverwandtschaft.«

Baltasar nahm das nicht zur Kenntnis. »Jedenfalls scheint Bronner bei ihm gewesen zu sein. – Ich habe aber noch etwas anderes auf dem Herzen. Dieses karthagische Testament ist bestimmt sehr interessant, wenn es echt ist. Wir können aber leider nicht mit Sicherheit davon ausgehen, daß Bronners Probleme mit dem Testament zusammenhängen. Vielleicht spielt es bei seinem Verschwinden überhaupt keine Rolle, und wir müssen in einer anderen Richtung suchen. Ich wüßte allerdings nicht, in welcher.«

Ariane warf ironisch ein: »Vergiß nicht, was du sonst immer sagst: Die unwahrscheinlichen Zufälle sind immer mit dir. Vielleicht ist dieses dubiose Papier eine Art Zahnbürste, hinter der sich plötzlich ein gewaltiger Berg auftut, der nichts mit ihr zu tun hat.«

Ducros ließ sich die Geschichte von der Zahnbürste erzählen und machte eine wegwerfende Handbewegung. »Alles schön und gut, aber zunächst bleibt uns nichts übrig, als in dieser Richtung zu suchen.«

»Sagen Sie, *Commissaire*«, fragte Matzbach halblaut, »warum interessiert die Sache eigentlich die französische Polizei? Ich meine, Sie werden ja nicht nur aufgrund meiner schönen

Augen und meiner unqualifizierten Presseerklärungen hier Ihre Zeit vertrödeln, statt in Ihrem bequemen Büro in Marseille zu sitzen, wie?«

»Na, hören Sie mal! Meine Motive sind ja wohl weniger wichtig als die Tatsache, daß ich mitmache, oder?«

»Trotzdem würden Ihre Motive mich interessieren.«

Ducros steckte sich eine unangezündete Zigarette in den Mundwinkel, zupfte einen Grashalm aus und betrachtete ihn aufmerksam mit gerunzelter Stirn. »Ach, das ist eine lange und komplizierte Geschichte.«

»Machen Sie es kurz und einfach.«

»Na schön. Ich habe Ihnen doch erzählt, daß nach Bronners Beschreibung der Mann, der seinen Wagen geklaut hat, wahrscheinlich ein Knabe namens Laurent Vergès ist. Wir wissen, können aber bisher nicht beweisen, daß Vergès ein kleiner Fisch in der großen Bande von Jérome Grimaud ist.«

»Wer ist Jérome Grimaud?«

»Ein großer Haifisch. Marke Edelmann mit Vergangenheit. Er hockt in seiner Villa auf der Insel Porquerolles, züchtet Tauben und sammelt Briefmarken und hat seine noblen Finger in allem stecken, wo Geld an ihnen klebenbleiben kann. Ich sage Ihnen das im Vertrauen, und Sie vergessen es bitte schnell – ich gehöre einem Sonderstab an, dessen Aufgabe es ist, langsam und geduldig zu versuchen, Grimaud und seine Leute einzukreisen. Bisher ohne Erfolg. Nun gab Bronner diese Personalbeschreibung an, und ein paar Wochen später wurden Sie und Sie, Madame, in Les Baux überfallen. Es kann sein, daß beide Dinge nicht in Zusammenhang stehen, es kann aber auch sein, daß die Bande beteiligt ist. Wir nehmen an – mit einiger Gewißheit, aber nicht mit ausreichenden Beweisen –, daß Grimauds Leute so ziemlich in allem die Finger haben, was an dieser Mittelmeerküste läuft. Wagenschiebung sowieso, aber das ist ein kleiner Nebenprofit. Wußten Sie, daß immer noch ein relativ prosperierender Mädchenhandel existiert? Dazu kommen

Erpressungen, Einflußnahmen auf Wirtschaft und Politik, Entführungen; wenn Sie so wollen: das ganze Mafia-Spektrum. Außerdem könnte Grimaud der größte Rauschgiftgrossist in dieser nicht ganz unwichtigen Ecke Europas sein. Mädchen- und Waffenhändler ist er auf jeden Fall, außerdem nehmen seine Leute wahrscheinlich Mordaufträge gegen Barzahlung an.«

Ariane war beeindruckt und zeigte es durch Reglosigkeit des Gesichts; Baltasar schniefte leise. »Und Sie sehen im Geist schon die Schlagzeile ›Kommissar Ducros sprengt *French Connection* Nummer zwei‹, wie?«

Ducros warf den Grashalm fort und zündete seine Zigarette an. »Ich bin nur halb so eitel wie Sie. Aber Sie sehen sicher ein, daß ich jede halbwegs interessante Spur verfolgen muß, nicht wahr? Außerdem ...«

Er zögerte. Matzbach betrachtete ihn nachdenklich und wartete. Ducros schwieg lange. Schließlich murmelte er: »Was soll's? Wozu ein Geheimnis daraus machen? Also, Grimaud ist natürlich unzugänglich. Er lebt wie ein guter Grandseigneur und läßt andere arbeiten. Ich schätze, er hat früher durchaus selbst Hand angelegt, aber das hat er nicht mehr nötig. Seit ungefähr zehn Jahren überläßt er alle sichtbaren Geschäfte einem – ja, wie soll man das nennen? – Generalmanager, Adjutant, ich weiß nicht. Ein Kolumbianer, Javier Evaristo. Kennen Sie Kolumbianer, Matzbach?«

Baltasar verneinte. »Ich weiß nur«, sagte er, »daß Kolumbien die besten Taschendiebe und Hobbykiller der westlichen Hemisphäre ausbildet und exportiert. Und daß zum Beispiel die Unterwelt von Barcelona und Madrid ziemlich fest in ihren Händen ist.«

Ducros nickte. »Nicht nur in Spanien. Dieser Evaristo sieht aus wie ein Filmschauspieler, ein alternder Don-Juan-Darsteller, *distingué* und graumeliert. Ich weiß, daß er eigenhändig mindestens vier Kollegen erschossen hat.«

»Wessen Kollegen? Seine?«

Ducros verzog den Mund. »Meine«, sagte er bitter, »und mit zweien von ihnen war ich sehr eng und sehr lange befreundet.«

Matzbach interessierte sich für Einzelheiten. Ducros war zunächst widerwillig, dann berichtete er von den Kommissaren Philibert und Saintonges. »Beide sind innerhalb von fünf Monaten an der gleichen Stelle erschossen worden. Beide waren hinter Leuten her, die Heroin per Schiff nach Frankreich brachten. Beide Male war Evaristo in der Nähe, aber er hatte natürlich weder eine Waffe noch ein Gramm von dem Zeug dabei, und niemand hat was gesehen. Es war hier ganz in der Nähe, an einem unübersichtlichen Küstenstück. In der Nähe stehen die Reste eines alten Bunkers, den Ihre Vorfahren angelegt haben, damals, Sie wissen schon. Es gibt eine holprige Zufahrt zu einer kleinen Bucht, und die Zufahrt haben wir diskret kontrolliert. Da war natürlich niemand. Was wir nicht kontrolliert haben, war ein alter, kaum zu begehender Ziegenpfad über die Küstenhügel. Am Ende geht er unter überhängenden Felsen hindurch zum Strand. Sehr riskanter Weg, und die Kollegen waren leichtsinnig genug, anzunehmen, da könnte niemand langgehen. Offenbar konnte Evaristo. Er muß oben irgendwo einen Wagen gehabt haben, aber die möglichen Fahr- und Parkflächen sind steinig, also gab es nicht mal Wagenspuren.«

Er zündete die nächste Zigarette am Stummel der vorigen an, hustete und spuckte aus. »Wie gesagt: Es kann nur Evaristo persönlich gewesen sein, aber fragen Sie mich nicht, wie.«

Matzbach rümpfte die Nase. »Sie meinen, er hat eine Ladung Heroin in Empfang genommen, Ihre Kollegen erschossen, die ihn beobachten wollten, und als er kontrolliert wurde, hatte er weder eine Waffe noch Heroin bei sich?«

Ducros nickte griesgrämig. »Genau. Er hat auch nichts versteckt – man hat jeden Millimeter abgesucht. Rätsel über Rätsel.«

»Haben Sie gar nichts gefunden an der Küste? Nicht wenigstens Treibholz oder so was?«

Ducros betrachtete Baltasar aufmerksam. »Wieso? Haben Sie eine Idee?«

»Nichts Bestimmtes. Da gibt es doch sicher einen Bericht, oder?«

Ducros nickte. »Was Papierkrieg angeht, sind unsere Republiken nicht mehr sehr verschieden, glaube ich.«

»Können Sie mir das mal zeigen? Den Bericht, meine ich.«

»Wenn Sie sich etwas davon versprechen.«

Ariane warf ein: »Und was soll das alles mit dem karthagischen Testament und mit Bronner zu tun haben?«

»Vermutlich nichts«, meinte Ducros.

Baltasar nickte und stand langsam auf, wobei er sich dehnte und räkelte. »Ich bin kein junger Mann mehr; dieses Hocken führt immer dazu, daß mir die Beine einschlafen«, sagte er. Er stampfte auf den Boden, zog Grimassen und brach plötzlich wie ein Expreß-Elefant durch die umstehenden Büsche. Ariane und Ducros fuhren hoch; sie hörten Kampfgeräusche und einen kleinen Schmerzensschrei; dann tauchte Matzbach wieder auf. Neben ihm humpelte ein junger Mann, von dessen Schulter eine Kameratasche baumelte. Matzbach hatte ihm einen Arm auf den Rücken gedreht und dirigierte ihn mit leisen Druckänderungen.

»Ich hatte ein- oder zweimal Äste knacken hören«, erklärte der Dicke. »Außerdem war da eine kleine Säule von Zigarettenrauch, wo eigentlich keine sein sollte. In Gesellschaft von Adleraugen sollte man seine unangebrachten Süchte unterdrücken.«

Unsanft zwang er den Mann, sich auf den Boden zu setzen. Ducros musterte den Jungen mißbilligend. Er murmelte den Namen einer in Marseille erscheinenden Zeitung und sagte dann: »César Maspoli, Sie können sich wohl auch nicht wie ein zivilisierter Mensch benehmen, nicht wahr? Sie sollten lieber über den Trainerwechsel bei *Olympique* oder die Preiserhöhungen bei frischen Fasanen schreiben.«

Er seufzte. Baltasar ließ den verdrehten Arm los; mit einem lauten Stöhnen massierte der Reporter sich das Handgelenk. Er konnte nicht viel älter als sieben- oder achtundzwanzig sein, lange schwarze Locken, die bis weit über den Kragen seines Nina-Ricci-Hemdes fielen, sein Gesicht, im Grunde fröhlich und offen, im Moment überlagert von einer mürrischen Trotzschicht, erinnerte ein wenig an John Travolta, verriet allerdings eine, aus dessen Gesicht nicht zu ermittelnde, normale Intelligenz.

»Mann, müssen Sie so hart zupacken!«

Die Rede galt Matzbach. Dieser hob die Brauen. »Müssen Sie sich hier herumdrücken? Konnten Sie nicht wie Ihre Kollegen nach unserem Gespräch vor dem Hotel einfach friedlich verschwinden?«

Maspoli grinste. Die Schmerzen konnten nicht allzu stark sein. »Also, ich finde das kuhmäßig idiotisch, was Sie da im Hotel inszeniert haben. Die anderen sind vielleicht drauf reingefallen, aber ich doch nicht!«

»Stolz ist er auch noch. Stolz und Dummheit pfeifen auf derselben Flöte«, kommentierte Ducros. Mit diesem Epigramm suchte er offensichtlich seine Ratlosigkeit zu bedecken. »Wieviel haben Sie gehört, Sie Schnüffler?«

Maspoli schwieg. Er setzte wieder sein verstocktes Gesicht auf, obwohl ihm das Grinsen besser stand.

Matzbach starrte ihm in die Augen, als hielte er ihn für ein Kaninchen und sich für eine Breitspurkobra. »Passen Sie mal auf, Sie Hampelmann«, sagte er. »Wahrscheinlich träumen Sie davon, einmal zur *Washington Post* zu gehen und reihenweise Präsidenten der einen oder anderen Republik zu stürzen. So wie Sie aussehen, haben Sie aber eher Ähnlichkeit mit einem Papagallo. Erstens sind Sie dumm. Wenn Sie sich schon wie ein Indianer anschleichen, sollten Sie mich nicht durch Rauchzeichen aufmerksam machen. Zweitens sind Sie unfähig. Indianer knacken nicht dauernd mit Ästen. Drittens sind Sie leichtsinnig; es könnte ja sein, daß Sie etwas Gefährliches hören. Gefährlich für Sie, meine ich damit. Viertens sehen Sie so aus, als wollten

Sie gleich weinen, weil ich bei dem kleinen Ringkampf Ihre schöne Hose nicht geschont habe.«

Maspoli rieb sich das rechte Knie; an dieser Stelle war die enge Hose, die ihn bedingt auszeichnete, zerrissen.

Matzbach wandte sich an Ducros. »Komische Gegend«, sagte er. »Die Skipper können nicht feilschen, die Mörder sind nicht imstande, zwei harmlose Passanten in den Ruinen zu killen, die Polizisten rauchen amerikanische Zigaretten, und die Nachwuchsreporter benehmen sich wie Pu der Bär. Und was soll das?«

Er setzte sich und zwinkerte Ariane zu, die ihn mit offenkundigem Mißfallen ansah.

Ducros knurrte wie ein Terrier, sagte aber nichts. Maspoli spielte mit einem Stoffstückchen an seinem Knie und starrte auf den Boden. Nach und nach zündeten sich alle Beteiligten trotz der Warnungen der jeweiligen Regierung neue Rauchopferstäbchen an: Ariane ein deutsches, Ducros ein amerikanisches, Maspoli ein besonders französisches und Matzbach ein brasilianisches. Schließlich ergriff Ducros ein Steinchen, schleuderte es mit Wucht ins Gebüsch, rief dazu mit Vehemenz *»Merde alors!«* und wandte sich an Maspoli.

»Also, Maspoli, ich schätze, Sie haben so gut wie alles gehört. Nichts von alledem, weder unsere Spekulationen über karthagische Episteln noch die Auslassungen des Arztes, noch meine Reden über Evaristo und Grimaud sind zur Veröffentlichung gedacht. Was haben Sie dazu zu sagen?«

Maspoli kniff die Augen zusammen und blickte von Ducros zu Matzbach, zu Ariane und wieder zu Ducros. »Natürlich habe ich alles gehört«, sagte er. »Ich bin Ihnen gefolgt, *Monsieur le Commissaire*. Seit Sie hier mit dem Reden angefangen haben, habe ich da im Busch gehockt. Übrigens brauchen Sie sich nicht einzubilden, der Sonderstab in Sachen Grimaud wäre geheim. Wir wissen, daß die Polizei an ihm interessiert ist, und er weiß es auch. Alles andere wäre Blödsinn. Wir wissen aber auch alle, daß Sie nichts gegen ihn haben, was man wirklich verwerten könnte, denn sonst wäre längst etwas geschehen, eh? Außerdem ist natürlich die Identität der einzelnen Mitglieder des Sonderstabes unbekannt. Was, denken Sie, würde passieren, wenn ich Ihren Namen erwähnte?«

Ducros seufzte. »Was wollen Sie? Handeln?«

Maspoli fuhr ungerührt fort: »Vermutlich würde man Sie aus dem Stab herausnehmen; gleichzeitig würde Grimaud einen Killer auf Sie ansetzen. Wenn Sie nicht lieb zu mir sind, steht Ihr Name in einer der nächsten Ausgaben.«

Matzbach stand auf; er bat Ariane, seine Zigarre einen Moment lang zu halten. Dann trat er zu Maspoli, der skeptisch zu ihm emporblickte. Baltasar nickte Ducros zu, der sofort begriff und ebenfalls aufstand. Sie packten Maspoli an den Armen und stellten ihn auf die Beine. »He, was soll das?« Er strampelte, konnte sich aber nicht befreien. Gemeinsam schleiften sie ihn zum obersten Felsenrand der *Calanque*. Tief unter ihnen schaukelte das Boot; der Schiffer war nicht zu sehen.

»So«, sagte Baltasar, »können wir die Sache auch regeln. Wir bedauern, unseren Lesern mitteilen zu müssen, daß unser Mitarbeiter César Maspoli – blöder Name übrigens – im Verlauf naturkundlicher Recherchen ums Leben gekommen ist. Sein durch mehreres Aufprallen auf Felsen entstellter Körper wurde von einem Fischer in der dritten *Calanque* nahe Cassis gefunden. – Was halten Sie davon?«

Maspoli hielt still und blickte abwechselnd Ducros' regloses Gesicht und Matzbachs feiste Mondlandschaft an. Plötzlich grinste er.

»Okay«, sagte er. »Sie haben gewonnen. Ich glaube zwar nicht, daß Sie das tun würden, aber ich spiele mit. Was wollen Sie haben?«

6

Nach einer ausgiebigen Siesta begab Matzbach sich in einen kleineren Raum des Hotels, wo er Kaffee bestellte und auf das Eintreffen seiner Mitarbeiter wartete. Ariane zog es vor, sich mit einem Buch in die nächste Bar mit Hafenblick zu setzen. Sie habe die Nase noch voll vom gestrigen Getriebe, bedeutete sie ihm. Baltasar nahm es ungerührt zur Kenntnis.

Kurz nach 16 Uhr trafen Ducros und Maspoli ein. Als Zeichen seiner Kooperationsbereitschaft teilte Matzbach ihnen mit, er habe sich für den folgenden Tag bei Dr. Edmund Demlixh angesagt, telefonisch.

»Er klang sehr matt«, sagte er. »Und er war nicht besonders begeistert über meinen Anruf.«

Maspoli schob einen Stapel Fotokopien über den Tisch. »Da«, sagte er, »unser Dossier Demlixh. Sie werden eine Meldung vom vergangenen Samstag finden, die Ihnen die Mattigkeit erklärt.«

Der Journalist hatte die vergangenen vierundzwanzig Stunden offenbar genutzt, eine weniger anfällige Hose aufzutreiben.

Baltasar und Ducros blätterten durch die Auszüge und Kopien. Sie reichten zehn Jahre zurück. Demlixh erwirbt Landhaus bei Lacaze; Demlixh stellt der örtlichen Presse beim Empfang in Marseille sein neues Buch vor; Demlixhs neuer Bestseller: zwei Millionen verkauft; und so weiter. Schließlich kamen sie zu dem Artikel vom vergangenen Samstag. Ein Foto zeigte weißgewandete Männer mit verhüllten Gesichtern, die mysteriöse Dinge taten. Darunter stand zu lesen: »Druiden errichten Steinreihe, um kranken Autor zu heilen.«

Baltasar kicherte. »Sie hätten ihn mit den Dingern bewerfen sollen, das wäre besser gewesen.«

Der Artikel berichtete über die Lebensmittelvergiftung im Hause des berühmten Autors phantastischer Sachbücher, Doktor Edmund Demlixh, international berühmt und Bürger der Schweiz sowie des Ortes Lacaze nahe Draguignan.

»Die tragischen Vorfälle haben ein Todesopfer gefordert. Demlixhs Haushälterin erlag in der Nacht zum Donnerstag der Vergiftung. Der behandelnde Arzt pries Demlixhs robuste Konstitution, da der berühmte Schriftsteller sonst wohl ebenfalls auf dem Dorffriedhof von Lacaze beigesetzt werden müßte.

Einige maskierte Druiden unter der Führung von Phérex haben wegen ihrer langjährigen Freundschaft zu Demlixh, der Interesse für ihre Arbeit zeigt und sie wohl auch gelegentlich unterstützt, in den vergangenen Tagen den Park bei Demlixhs Haus einer gründlichen Untersuchung mit Wünschelrute und Pendel unterzogen und ein Strahlungssystem entdeckt. Durch die Errichtung eines *Alignement* von drei großen Steinen wollen sie die Strahlen konzentrieren und zur Heilung von Demlixh einsetzen. Einzelheiten über diese mysteriösen Vorgänge sind nicht zu erfahren ...«

»Bei so was sollte man eigentlich ins Krankenhaus«, murmelte Ducros.

Matzbach grinste. »Was meinen Sie mit so was? Druiden oder Gift?«

Maspoli warf ein: »Ich habe mit dem Kollegen gesprochen, der den Bericht gemacht hat. Demlixh muß sich wohl kategorisch geweigert haben, sein Haus zu verlassen. Der Arzt könnte alle notwendigen Maßnahmen ebenso in der Villa vornehmen.«

Baltasar schob die Kopien beiseite. »Wissen Sie zufällig, wie der Arzt heißt und wo er seine Praxis hat?«

Maspoli nickte und suchte nach einem Zettel, den er schließlich in der Innentasche seiner windschlüpfrigen Segeljacke fand.

»Hier«, sagte er, sichtlich stolz, »Doktor Robert Herbin. Landarzt. Praxis und Wohnung in einem Haus in Lacaze.«

Ducros hob den Kopf. »Aha«, sagte er.

Matzbach musterte ihn aufmerksam. »Dieses Aha verheißt mir, daß Sie da was haben.«

Ducros nickte. »Ja. Die Liste der Ärzte, die sich Mitte Oktober in Les Baux getroffen haben. Doktor Leblanc, dem wir die erste Information verdanken, steht natürlich drauf. Und Doktor Robert Herbin aus Lacaze.«

Baltasar blies die Wangen auf und ähnelte einem Trompete blasenden Engel ohne Trompete. »Na schön. Das ist eine interessante Sache, aber es kann genausogut ein Zufall sein.«

Ducros zerknüllte ein leeres Zigarettenpäckchen und riß ein neues auf. »Ich habe mir noch mal diesen Überfall in Les Baux durch den Kopf gehen lassen«, sagte er. In einem jähen Anfall von Höflichkeit gab Matzbach ihm Feuer. »Danke. Also, sehen Sie mal. Grimauds Bande hätte ganze Arbeit geleistet; sie wären vermutlich nicht maskiert gewesen. Die Suche in Ihrem Hotelzimmer verrät ja, daß es den Leuten nur um irgendein Papier ging, möglicherweise um das Karthagertestament, möglicherweise aber auch um ein Stück Papier, das man bei Ihnen vermutet, das Sie aber gar nicht besitzen. Ich schätze, man wollte Sie filzen und trug Masken, um nicht von Ihnen beschrieben oder wiedererkannt werden zu können. Erst als Sie die Pistole ziehen, greifen die Gentlemen zum Messer. Wären das Grimauds oder vergleichbare Banditen gewesen, dann hätte mindestens einer von ihnen selbst eine Schußwaffe dabeigehabt. Und benutzt. Sie brauchten ja an der Stelle nicht einmal zu befürchten, jemand in Les Baux könnte einen Knall hören. Wie Sie selbst festgestellt haben werden: Ihr Schuß ist auch nicht gehört worden. Das offene Plateau da oben ist zu weit vom Ort entfernt und außerdem durch die Ruinen und das abfallende Gelände in gewisser Weise geschützt. Und an dem Abend zusätzlich durch den Nebel.«

Er nahm einen Schluck von seinem Kaffee. »Wir können also sagen, daß das keine Profis waren. Außerdem, mein Lieber, Ihre Pistole und alles andere in Ehren, aber ich gebe Ihnen keine Chance gegen drei Profis.«

Baltasar zuckte mit den Achseln. »Jeder Mensch hat das

Recht, seinen Irrtümern bis zum Tode anzuhangen, sogar ein Kommissar aus Marseille«, sagte er friedlich.

»Also keine Profis«, fuhr Ducros fort. »Wer aber dann? Vielleicht Druiden?«

Baltasar wiegte den Kopf hin und her. »Angenommen, Doktor Herbin hat in Les Baux dieses Testament verloren. Durch einen Windstoß. Angenommen weiter, er hat Demlixh davon erzählt.

Demlixh informiert seine Druiden. Jemand beschließt, daß Bronner vielleicht doch nicht alle gefundenen Papiere zurückgegeben hat. Also räumen sie erst Bronner beiseite und machen sich dann an mich ran. Ziemlich wirr, oder?«

Ducros nickte. »Ja, ziemlich. Das sind alles nur wilde Hypothesen. Es bleibt übrig, daß Doktor Herbin Demlixh behandelt und in Les Baux war. Und daß der Kellner des Hotels eine Vierundneunziger Nummer angerufen hat, im Département Var, in dem zum Beispiel Draguignan und Lacaze liegen.«

Maspoli schob seine Papiere auf dem Tisch hin und her. »Es ist also nichts dabei, was uns weiterhilft«, sagte er und dann grinsend: »Ich habe aber noch etwas. Eine Information aus der Hafengegend unserer geliebten Metropole. Ein flüchtiger Bekannter erzählt mir, Grimauds Leute scheinen zur Zeit an verschiedenen Stellen der weiteren Provence nach Schätzen oder etwas Ähnlichem zu graben. Und niemand hat in den letzten acht Tagen Vergès gesehen, nicht mal in seinem Stammbordell.«

Später berichtete Matzbach Ariane von den Erörterungen. Er schloß: »Also Zufälle und unbeweisbare Behauptungen. Sonst nichts. Es bleibt dabei, daß wir weiter suchen müssen. Morgen fahren wir nach Lacaze. Das heißt, wenn du mitkommst.«

Sie klappte ihr Buch endgültig zu und legte es auf den kleinen Tisch in der Cafeteria, in der Matzbach sie gefunden hatte. »Natürlich komme ich mit«, sagte sie. »Meinst du, ich lasse mir die Gelegenheit entgehen, Demlixh kennenzulernen? Außerdem fange ich allmählich an, mich für diese idiotische Geschichte zu interessieren.«

Sie lächelte. Baltasar ergriff ihre rechte Hand und schmatzte einen Kuß in die Handfläche.

»Übrigens war ich vorhin noch mal kurz in unserem Zimmer, nachdem die beiden Bundesgenossen sich verabschiedet hatten«, sagte er. »Ich hatte keine Zigarren mehr, deshalb. Dann habe ich plötzlich gedacht, warum nicht noch mal das *I Ging* befragen.«

»Und?«

»Nun ja, die gleiche Auskunft wie neulich. Offenbar habe ich den zuständigen großen Mann noch nicht gefunden. Man wird weitersuchen müssen.«

Nach einem lukullischen und ausgedehnten Nachtmahl begaben sie sich auf ihr Zimmer. Als sie das Licht anmachten, sahen sie, daß alles durchwühlt war. Das altmodische Türschloß konnte mühelos mit einem Dietrich geöffnet worden sein. Baltasar blieb mit dem Rücken zur geschlossenen Tür stehen und betrachtete das Bild.

»Die dummen Jungs«, sagte er dabei griesgrämig, »immer machen sie so ein Durcheinander, und dabei müssen sie schrecklich frustriert sein. Den ganzen Tag keine Gelegenheit, uns zu überfallen, weil wir immer unter Menschen sind; und alles, was ihnen irgendwie von Nutzen sein könnte, trage ich bei mir.« Er klopfte auf seine Jacke mit den tiefen und gut gefüllten Taschen.

Ariane seufzte. »Ich habe keine Lust, das heute nacht noch aufzuräumen«, sagte sie. »Machen wir das morgen?«

Baltasar nickte. Ariane ging zu den Betten, die nach der Siesta natürlich nicht neu gemacht, dafür aber zusätzlich durchgewühlt worden waren. Sie ergriff eine Decke, um sie zu schütteln und zu glätten; dann ließ sie sie mit einem Aufschrei fallen.

Am Fußende ihrer Betthälfte hockte ein Skorpion, der sich leicht bewegte und den Stachel reckte. Ariane trat zurück, kreidebleich. Baltasar ging vorsichtig zur anderen Seite des Bettes und hob die zweite Decke hoch. Darunter richtete sich ein zweites Exemplar der Gattung *scorpio* auf.

»Nette Tierchen«, sagte Matzbach tonlos. »Und so zutraulich.«

Er nahm Arianes Arm und zog sie zur Tür. Vorsichtig verließen sie das Zimmer.

Im Hotel war kaum noch Leben. Das Restaurant hatte mit ihrem Dessert seine Pflicht für den Tag erfüllt. Ein Kellner räumte im Speisesaal herum. Matzbach bat ihn, den Portier, den Besitzer, den Koch oder wen auch immer zu holen.

Mit einigen verschlafenen Männern und einer großen Holzkiste stieg er wieder in den Lift. Ariane blieb mit der Frau des Hoteliers am Empfang stehen und hielt sich an einem Schnapsglas fest.

Nachdem sie mit Hilfe langstieliger Utensilien aus dem Besenschrank der Etage die beiden Skorpione in die Kiste gepackt hatten, untersuchten sie das Zimmer und das Bad sorgfältig.

»Man weiß ja nie«, knurrte Baltasar. »Vielleicht duscht gerade eine Kobra, oder vielleicht hat man uns Curare auf die Zahnbürsten geträufelt oder sonstwas.«

Zwar fand sich nichts, was Anlaß zu Besorgnis gegeben hätte; aber der Hotelier bestand darauf, daß Ariane und Baltasar auf eine andere Etage umzogen. Sie ließen die Kiste, in der die beiden Tierchen krabbelten, zwischen den sonstigen Verwirrungen des Raumes stehen und sperrten die Tür ab.

Am Empfang händigte der Hotelier ihnen Zahnbürsten, Paste und Seife aus Hotelbeständen aus. »Wir sollten natürlich die Polizei benachrichtigen«, sagte er dabei zweifelnd, »ich weiß aber nicht, ob wir hier in Cassis jetzt noch jemanden finden, der für Skorpione zuständig sein will.«

Baltasar bat darum, telefonieren zu dürfen, und wählte Ducros' Privatnummer. Der Kommissar schien noch wach gewesen zu sein; er klang jedenfalls so. Er versprach, alles Nötige zu veranlassen und gegen acht Uhr morgens mit Begleitung aufzutauchen. Man solle das Zimmer nicht mehr betreten.

Beide konnten natürlich nicht sofort schlafen. Ariane hatte zum Glück ihr Buch den ganzen Nachmittag bei sich gehabt, und Baltasar förderte aus der Tiefe seiner Jacke ein Notbuch-für-alle-Fälle zutage.

»Weißt du«, sagte Ariane, als sie ihres weglegte und ihr Licht löschte, »eins muß man ja festhalten. Mit dir ist es nie langweilig. In Les Baux Messer, in Cassis Skorpione! Was kommt als nächstes? Ein Python, oder was?«

Baltasar zwinkerte. »Ein Mammut«, schlug er vor, »oder ein Pottwal im Nachttopf. Schließlich heißen die Dinger ja nicht umsonst so, oder?«

»Jedenfalls«, murmelte Ariane kurze Zeit später in die Dunkelheit hinein, »leiste ich hiermit Abbitte, falls ich das noch nicht getan habe. Du hattest natürlich recht, Bronner ist wirklich ein ›Fall‹, keine Spinnerei. Entschuldige.«

Baltasar hatte bereits geschlafen; undeutlich gab er zurück: »Der Liebreiz deiner Anwesenheit hat immer auch die harschesten Anpfiffe zu entschrillen vermocht, o Konkubine. Ich rechne hinfort auf deine tapfere Mitwirkung bei der Vertilgung der bösen Feinde.«

Sie drehte sich auf die Seite und starrte in der Dunkelheit dorthin, wo er soeben den Mund geschlossen hatte. »Es gibt ja keine Nachtzeit, zu der du nicht noch irgendeinen kaum zu druckenden Senf ablassen könntest, wie?« fragte sie lächelnd, aber da schnarchte er schon leise.

7

Natürlich kam bei der Untersuchung des Zimmers nichts heraus, außer der Frage, woher der oder die Attentäter die beiden besonders hübschen Exemplare jener Untergruppe der Spinnentiere bezogen hatten. Ducros saß übernächtigt und verräuchert bei Ariane und Baltasar am Frühstückstisch und hustete periodisch.

»Ich denke, Sie sollten sich vorsehen«, sagte er.

Baltasar blickte skeptisch drein. »Ja, schön, aber wie?« fragte er. »Wir können natürlich dreimal unter jedes Bett schauen, aber vielleicht bastelt inzwischen jemand eine Autobombe, die hochgeht, sobald ich den Zündschlüssel drehe. Oder man kalkuliert unsere Fahrroute aus und rollt kleine Bröckchen von der Höhe eines Hohlwegs oder so was.«

Ariane fand das nicht besonders lustig; sie hielt sich jedoch zurück. Ducros schlürfte so laut an seinem Kaffee, daß er selbst zusammenzuckte. »Hm, Entschuldigung. Aber letzten Endes läuft das auf Risiko oder Aufgeben hinaus.«

Baltasar zerbröselte methodisch die Schale seines verinnerlichten Frühstückseis. »Das ist die Wahl, und es ist keine«, murmelte er. Er wandte sich an Ariane. »Missus – was machen wir mit dir? Sollen wir dir ein passendes Hotel verordnen und dich abholen, wenn alles vorbei ist?«

Ariane beendete ihr Frühstück und wischte sich die herabgezogenen Mundwinkel behutsam – um den Schmäheffekt nicht zu mindern – mit ihrer Serviette. »Nichts da«, sagte sie energisch. »Wie ich dir schon gesagt habe: Wer garantiert uns, daß diese Leute sich dann wirklich nur auf dich konzentrieren? Vielleicht räumen sie zuerst einmal mich aus dem Weg. Oder auch nicht. Jedenfalls finde ich diese Spiele zwar alles andere als attraktiv, aber da ich nun einmal mit drinstecke, finde ich, sollte ich bis zum Ende dabeibleiben.«

Ducros zwinkerte ihr zu. »Madame, Sie sind eine tapfere Frau«, sagte er. »Ich bin beeindruckt. Wollen Sie nicht in die Gendarmerie eintreten?«

»Nein. Außerdem hat das nichts mit tapfer zu tun; es ist idiotisch. Aber wenn die Herren unbedingt Krieg spielen wollen, warum sollte ich da zurückstehen? Schließlich steckt auch in vielen Frauen ein Kind, das spielen will.«

Baltasar grinste schäbig, verzichtete aber auf den Kommentar, der ihm auf der Zunge lag. Statt dessen instruierte er Ducros, dessen Nietzsche-Kenntnisse gering waren.

»Wie auch immer – was machen wir?« fragte der Kommissar. Er war unzufrieden mit der Lage und ratlos.

Baltasar nahm ihm die Entscheidung, die ausländischen Amateure in ihre Schranken zu weisen, ab, indem er verkündete: »Und selbst wenn Sie jetzt meinen, wir sollten die ganze Sache sausenlassen und uns in den Norden absetzen – nichts da, Genosse Kommissar. Es geht um meinen Freund Bronner, der mich um einen letzten Dienst gebeten hat. Da kann ich aus Gründen der Sentimentalität nicht kneifen. Selbst wenn ich wollte, und ich will nicht, denn diese ganze Affäre ist dermaßen undurchsichtig und verwurstelt, daß sie mich über alle Maßen interessiert.«

Sie besprachen gewisse Vorsichtsmaßregeln, und Ducros schlug ein improvisierbares Informationsnetz vor, das sich auf Gendarmerie und Telefon erstreckte; dann sammelten Ariane und Baltasar ihre Habseligkeiten, beglichen die Hotelrechnung und brachen gen Nordosten auf. Ohne übertriebene Eile erreichten sie mittags Draguignan. Außerhalb des Orts fanden sie nach kurzem Suchen das von Bronner benutzte Hotel, eine Mischung aus Landgasthaus, Motel und *Relais Routier,* es lag in einem langgezogenen Tal, dessen Hänge trotz einiger Bäume schon bald in *maquis* übergingen. Das Hotel, bestehend aus einem Hauptgebäude, einer Dépendance und mehreren Schuppen,

Garagen und Lagerhäuschen oder Ställen, schien noch vom Ende des 19. Jahrhunderts zu stammen. Um den Platz vor dem Restaurant standen Platanen; hinter dem Hauptgebäude fiel eine Weide, auf der drei Ponys ästen, zu einem unbegradigten Bach ab, der sich von Norden kommend zu Füßen des Osthangs vorwärts quälte und die Behauptung, sein unmittelbarer Vorfahr habe das Tal geschaffen, als unqualifizierte Übertreibung abgetan haben würde.

Baltasar und Ariane nahmen ein leichtes Mittagsmahl zu sich. Matzbach verschob die Befragung des Hotelpersonals nach Bronners Aufenthalt und Umtrieben auf den Abend. Am Fuße ihrer Kaffeetassen beschlossen sie, das Essen sei ausreichend gut, um ein Zimmer riskieren zu können, und schafften ihr Gepäck hinauf. Sie hatten auf Baltasars ausdrücklichen Wunsch ein Zimmer ohne Balkon erhalten, das auf die Straße hinausblickte.

»Mit Balkon und Blick auf Bach wäre schöner; aber ohne Balkon und von vorn ist das Einsteigen böser Menschen von außen schwieriger. Und, siehe da, welch ein Glück, man hat hier in diesem Jahrhundert schon mal die Türen renoviert.«

Der Zimmertrakt war modern, die Wände vor nicht mehr als zwei Jahren tapeziert worden, Fenster- und Türrahmen hatte man zur gleichen Zeit erneuert, die Türen waren dick und schalldämmend, und sie verfügten über Sicherheitsschlösser – eine willkommene Abwechslung.

Die Straße nach Lacaze war nicht leicht zu finden. Sie begann in einer Kurve im Tal, und das Hinweisschild war von Efeu überwuchert. Eine enge Steinbrücke führte über den Bach. Die Straße aus antikem Asphalt mit groben Poren und Charakterfalten schlängelte sich zwischen Büschen und Baumkrüppeln himmelwärts, überwand den östlichen Hügelzug und fiel in das nächste, ähnliche Tal ein, in dem sich nur ein paar verstreute Gehöfte fanden. Lacaze lag ein Tal weiter nach Osten.

»Das muß ja früher eine Weltreise gewesen sein bis Draguignan«, sagte Ariane, als sie nach einer halben Stunde Fahrt das Dorf erreichten.

Um die Kirche herum standen gedrängt einige Häuser; aus dem von ihnen gebildeten Dreiviertelkreis führte, der Kirche gegenüber, eine Kopfsteinstraße zwischen der Bäckerei und einem alten Wohnhaus zur *Place de la République*. Baltasar, den seine Hand kaum noch behinderte und der daher längst wieder selbst fuhr, parkte den Pallas unter den Platanen vor der alten *Mairie*.

»Da wir uns hier ohnehin bei irgendwem erkundigen müssen, wie man zu Demlixh kommt, können wir uns ja auch kurz diese Weltstadt ansehen«, meinte er.

Sie stiegen aus. Auf der Fläche zwischen den beiden Platanenreihen, die den Platz säumten und die Straße begrenzten, spielten die obligatorischen alten Herren Boule, ohne den Eindringlingen aus der Welt auch nur den geringsten Blick zu gönnen. Kühnen Schrittes näherte Matzbach sich ihnen.

Summend blieb er neben den Männern stehen und sah ihnen bei ihrer schwierigen, geometrisch anspruchsvollen und ballistisch ausgereiften Tätigkeit zu. Er bezeugte ihnen den nötigen Respekt, indem er langsam leiser summte und schließlich verstummte. Als sie unter gegenseitigen Vorwürfen, Beleidigungen und Scherzen das begonnene Teilspiel beendet hatten, erkundigte er sich nach dem Haus von Demlixh. Nachdem er genaue Auskünfte erhalten hatte, bedankte er sich und kam zu Ariane zurück.

»Vielleicht«, sagte er halblaut, »kann uns einer von denen irgendwann demnächst mal abends in der Kneipe« – er deutete auf ein weißgekalktes Gebäude gegenüber der *Mairie*, vor dem trotz der späten Jahreszeit und des nicht angenehmen Wetters einige Tische und Stühle standen, zur Zeit allerdings leer – »geheimnisvolle Dinge über Demlixh und seine Druiden erzählen. Da ist es dann besser, wenn man bei der lokalen Aristokratie« – er wies auf die Boulespieler – »beziehungsweise dem hiesigen

Senat nicht von vornherein als fremder Barbar gilt, der ehrbare alte Männer einfach beim Spielen unterbricht.«

Ariane nickte wortlos. »Und nun?« fragte sie nach einer kurzen Pause.

Matzbach beendete seine Umschau, riß die Augen von der Auslage eines Kramladens los und ging zur Fahrertür. »Nun fahren wir zu Demlixh«, sagte er.

Sie ließen den Platz hinter sich, durchfuhren den Engpaß zwischen Bäckerei und Wohnhaus, überquerten den von Arkaden gesäumten Platz vor der Kirche, wo Matzbach zu seinem Vergnügen eine weitere Kneipe entdeckte, die ein Restaurant zu sein durch ein Schild behauptete. »Aha«, sagte er, »dann hat der Ort mindestens siebenhundert Einwohner.« Neben der Kirche stahl sich ein kleiner Weg von hinnen, der nach wenigen Metern von Kopfstein zu Schotter, dann bald zu schlichtem Lehm überging. Die Fahrspuren waren nicht gerade eben, und der Mittelstreifen bot einen interessanten Auszug der örtlichen Flora dar. Brummend navigierte Baltasar sein hochbeinig aufgepumptes Gefährt bergan. Nach etwa dreihundert Metern passierten sie den Dorffriedhof: Feldsteinmauer, ein schmiedeeisernes Flügeltor, Büsche, Sträucher, eine unter Platanen fast verschwindende Kapelle und zahlreiche Grabmäler. Der Weg stieg an. Auf halber Höhe wand er sich um einen Waldvorsprung und erreichte schließlich ein Plateau, auf dem etwas angebaut wurde, was den unkundigen Städtern nicht identifizierbar war. Links endete das Feld an einem lichten Nadelwald, der zum nächsten Tal abfiel; rechts zog sich *maquis* zu einer weiteren Anhöhe empor. Der Weg wand sich weiter nach Norden, tauchte in einen weiteren Wald ein und begann leicht abzufallen.

Vor ihnen tat sich ein paradiesisches Tal auf. Ein kleiner Bach, sattes Grün, einige Brunnen, auf einer Weide mehrere Pferde, die Hänge bewaldet. Der Weg führte über eine Holzbrücke und dann durch die Wiesen auf eine hohe Baumgruppe zu. Unter den Bäumen – Ariane erkannte Eichen und Kastanien – stand ein wunderschönes altes Herrenhaus mit überdachtem Portal, einer verglasten Veranda, Balkons, Erkern und Türmchen; in vornehmem Abstand umlagerten es Ställe, Garagen und ein Wirtschaftsgebäude.

Baltasar steuerte auf den großen Platz zwischen Villa und Ställen zu und schaltete den Motor ab. Sie stiegen aus. Die Luft war würzig und roch nach Kräutern, Mist und Holzfeuer; aus dem großen Kamin der Villa stieg heller Rauch in den blaßblauen Novemberhimmel. Von dem Platz gingen Fuß- und Karrenwege aus, einer führte in den Wald, ein anderer von den Ställen zur Weide, ein dritter zum Talende, wo sich ein kuppelförmiger Hügel erhob, der von Eichen bestanden war.

Ariane sah sich um und lächelte; sie kommunizierte mit der Landschaft. Baltasar nickte feierlich und erklärte: »Wenn ich mal groß bin, möchte ich auch so was haben.«

Mit vielen Blicken nach allen Seiten begaben sie sich zum Portal. Baltasar betätigte den Klopfring im Maul eines eisernen Löwen. Ein grauhaariger Mann Mitte der Fünfzig, der durcheinander Deutsch mit einem schweizerischen und Französisch mit einem italienischen Akzent sprach, öffnete und bat sie in eine große Eingangshalle. Rechts und links der Eingangstür führten hufeisenförmig zwei Treppen zur ersten Etage, wo sie über der Halle eine Galerie bildeten. Im Parterre standen vor den getäfelten Wänden lange, abgewetzte Bänke aus dunklem Holz, in regelmäßigen Abständen von Türen unterbrochen. Gegenüber dem Portal hingen dicke Portieren, die der Grauhaarige zuvorkommend beiseite schob. Er öffnete die dahinterliegende Tür und geleitete sie in einen großen, hohen Raum. Er bat sie, einen Moment zu warten, und verschwand in einem angrenzenden Raum.

Ariane betrachtete entzückt die riesige, vermutlich flandrische Tapisserie, die neben der Tür fast die ganze Wandhälfte bedeckte. In dunklem Grün hatte ein unbekannter Künstler eine griechische Jagdszene dargestellt: Hippolytos und Gefährten bei der Erlegung eines weißen Hirsches. Unter dem Wandteppich stand eine uralte niederländische Bauerntruhe, daneben ein Scherenstuhl. Die dicken Holzbohlen des Bodens verschwanden in der Raummitte unter einem weichen, tiefen Perser. Neben der Tapisserie führte eine kleinere Tür vermutlich in eines der Zimmer, die auch vom Gang aus zu erreichen waren; daneben blickte ein Fenster mit Doppelscheiben auf den Hof hinaus, den Baltasar als Parkplatz benutzt hatte. Dem Wandteppich gegenüber sah die breite Fensterfront auf Veranda und Bachlandschaft. Unter den Fenstern befanden sich nachträglich eingebaute Heizkörper; an der vierten Wand führte eine Tür in einen ebenfalls an der Veranda liegenden Raum. Am Kamin neben dieser Tür entdeckte Ariane auf dem Sims einen feisten Bonvivant, der Ähnlichkeit mit Baltasar aufwies. An den weiteren Wänden und mitten im Raum waren Sitzgelegenheiten und Tische aufgestellt, die sämtlich spätestens gegen 1799 alt gewesen waren und Platz für zwei Dutzend Personen boten.

Unter den jagdfiebernden Blicken der nackten griechischen Heroen warteten Baltasar und Ariane auf die Rückkehr des Grauhaarigen. Nach einiger Zeit erschien er aus dem nächsten Raum und bat sie, ihm zu folgen. Sie durchschritten ein weiteres, erlesenes Gemach, aus dem gläserne Flügeltüren auf die Veranda führten, und erreichten das Südostzimmer der Villa, Demlixhs Bibliothek.

Der berühmte Phantast saß in einem Lehnstuhl neben dem großen Kamin, in dem ein munteres Verbrennen von Holz und Papier vor sich ging. Abgesehen vom Kamin und dem Arbeitstisch mit Papierstapeln vor den Südfenstern sowie einer kleinen, zur Hausmitte führenden Tür bestand das Zimmer vor allem aus Büchern. Baltasar seufzte leise und blickte an den massigen, vier Meter hohen Eichenregalen empor. Sessel und Stühle und eine kleine Sitzecke vervollständigten die Einrichtung des mit schweren Teppichen ausgelegten Raums.

Demlixh erhob sich aus dem Lehnstuhl und reichte Ariane die Hand, danach begrüßte er Matzbach.

»Seien Sie willkommen und nehmen Sie bitte Platz!« Er wies auf zwei Sessel neben dem Lehnstuhl. Galant rückte Baltasar den mittleren Sitz für Ariane zurecht, ließ sich dann in den linken plumpsen. Alle drei hatten die Gesichter dem Feuer zugewandt; zwischen den Sesseln standen Tischchen. Demlixh hatte einen großen Haufen von Papier auf einem Extratisch zu seiner Rechten liegen.

»Kann ich Ihnen etwas anbieten? Kaffee, Tee, Likör, Wein?«

Ariane und Baltasar baten um Kaffee und Cognac; der Grauhaarige deutete eine Verneigung an und verschwand.

Demlixh ließ seine Blicke von Ariane zu Baltasar und wieder zurück wandern. Er hatte Ähnlichkeit mit Peter Lorre: weit auseinanderstehende Froschaugen, umgeben von Netzgräben, eine mittelgroße, gerade Nase, einen traurigen Mund und ein zurückhaltendes Kinn. Die fortgeschrittene Frontlichtung der graumelierten Haare ließ die Stirn noch höher erscheinen; parallel zu den dünnen Augenbrauen verliefen sich nach außen verjüngende Falten, über der Nasenwurzel von zwei senkrecht aufsteigenden Linien gekreuzt. Demlixh war blaß; der Kragen des grauen Flanellhemds über dem grauen Pullover schien nur eine etwas dunklere Fortsetzung des Gesichts zu sein. Er hatte die dünnen Hände mit den spitz zulaufenden Fingern verschränkt im Schoß, die Beine in grauer Wollhose und die Füße in grauen, dicken Filzpantoffeln ruhten auf einem Schemel gleich neben dem Kamin.

Mit Meisterschaft inszenierte Baltasar einen farbigen Small talk, bis der Grauhaarige Kaffee und Cognac brachte und einschenkte. Dann bat er um einen Aschenbecher, den er auf das Tischchen zwischen seinem und Arianes Sessel stellte. Er gab Ariane Feuer für ihre Zigarette, zündete seine Zigarre an, nachdem er Demlixh vergebens eine angeboten hatte, nahm einen Schluck Kaffee und lehnte sich seufzend zurück.

»Wie ich vorhin, als wir hier ankamen, schon zu dieser reizenden Dame sagte: Wenn ich groß bin, möchte ich mir so was auch leisten können. Vor allem Ihre Bibliothek beeindruckt mich.«

Demlixh nahm das Kompliment mit einer Neigung des Kopfes zur Kenntnis. »Nun ja, wissen Sie«, sagte er, »dies hier ist mein liebster Aufenthalts- und Arbeitsort, aber in den Regalen finden Sie natürlich nur die Kostbarkeiten. Reichlich, glaube ich. Was ich so für mein Schreiben brauche, ist auf mehrere andere Räume verteilt – Forschungsberichte, Fachliteratur und so weiter. Ich finde, man sollte die in diesem Raum weilenden Größen des Weltgeistes nicht durch die Gesellschaft von Fachidioten und Stümpern wie mich kompromittieren.« Er lächelte flüchtig.

Ariane erwiderte sein Lächeln. »Sie sollten Ihr Licht nicht unter den Scheffel stellen, Herr Demlixh«, sagte sie. »Immerhin haben Sie Erfolg. Darf ich eine dumme Frage stellen – wie sprechen Sie eigentlich Ihren Namen aus?«

Demlixh lächelte. »Demmlich – aber mit dem x sind die naheliegenden Assoziationen ein wenig entschärft. – Was Erfolg angeht, der ist sekundär letzten Endes. Er hat mir diesen bescheidenen Luxus hier ermöglicht, aber Sokrates blickt mich noch immer so mißbilligend an wie früher. Die Büste habe ich vor Jahren gekauft, noch vor dem ersten eigenen Buch. Sie war billig, aber ich hänge an ihr.«

Mit dem Kinn deutete er auf einen gipsenen Sokrates, der im Regal stand und die Versammelten hoheitsvoll übersah.

Baltasar machte eine Bewegung mit seiner Zigarre, die ein des Fechtens Kundiger für eine Quint hätte halten können. »Ach, ich an Ihrer Stelle würde mir den mißbilligenden Blick des Alten nicht zu Herzen nehmen. Und der Preis der Büste spielt keine Rolle angesichts dessen, was sie repräsentiert.«

Demlixh nickte. »Sie sagen es. Interessieren Sie sich für Bücher?«

Ariane lächelte. »Er ist in seiner vorigen Inkarnation bestimmt ein papierfressender Wurm gewesen«, versicherte sie, »der nie satt geworden ist. Das holt er in diesem Leben alles nach.«

»Ich kenne das.« Demlixh lächelte weniger gequält als zuvor. »Sehen Sie sich ruhig um. Wenn ich bei Fremden bin, die Bücher haben, bin ich nicht glücklich, bis ich die Regale erforscht habe.«

Baltasar legte seine Zigarre weg und stand auf. »Ich danke Ihnen für Ihre freundliche Erlaubnis«, sagte er. Langsam begann er, die Regale zu durchforschen, soweit er die Reihen ohne Leiter begutachten konnte. *»A Black Letter Wycliff«,* murmelte er, als er hinter Demlixhs Rücken stand. »Darf ich diese Kostbarkeit vorsichtig anfassen?«

Demlixh drehte sich halb um. »Selbstverständlich«, sagte er erfreut.

Baltasar nahm die uralte englische Bibelausgabe aus dem Regal und blätterte eine Weile ehrfurchtsvoll darin. Schließlich stellte er sie wieder zurück und ging kopfschüttelnd an den Reihen entlang.

»Liebe Güte«, sagte er halblaut, »so viele Schätze. Die komplette Enzyklopädie von Bayle ... und das dürfte der Voltaire zu Lebzeiten sein, die Ausgabe von Neuchâtel, ja?«

Er wanderte an den Wänden entlang, nahm gelegentlich ein Buch heraus, fragend und kommentierend, und Demlixh, verdreht in seinem Lehnstuhl, antwortete, wies ihn auf Besonderheiten hin und freute sich. Ariane gehorchte einem Gefühl und blieb stumm sitzen. Eine lateinische Pliniusausgabe in einem Folioband aus dem 17. Jahrhundert führte zu einer mehrminütigen Zitatenschlacht. Schließlich sagte Demlixh: »Wenn Sie meine liebsten Schätze sehen wollen, kommen Sie mal hier herüber.« Er zeigte auf die Wand gleich neben sich.

Baltasar trat zu ihm und untersuchte die bezeichneten Reihen mit zusammengekniffenen Augen. *»Mon dieu«,* sagte er, »das ist ja eine phantastische Alexander-Sammlung.«

Demlixh lächelte. »Ich glaube nicht, daß ein wichtiges Werk über ihn aus den letzten zweitausend Jahren fehlt. Er gehört zu meinen Hausheiligen. Und hier, sehen Sie ... ja, nehmen Sie das ruhig in die Hand.«

Baltasar befingerte rücksichtsvoll meistenteils signierte Erstausgaben von Gide, Proust und Cocteau; Demlixh zeigte ihm ein Exemplar der Erstausgabe von Baudelaires Poe-Übersetzung und viele weitere Kostbarkeiten.

Als Matzbach sich endlich wieder setzte, seufzte er: »Herzlichen Dank; Sie sind wirklich zu beneiden.«

Ariane entdeckte etwas Falsches in seinem Lächeln; Demlixh dagegen war angetan.

Nach einem Geplänkel über Literatur im allgemeinen räusperte Baltasar sich. »Übrigens danke ich Ihnen, daß Sie mir in Sachen Bronner geschrieben haben. Ich hoffe, es hat Sie nicht allzuviel Kraft gekostet, die von Ihrer Genesung abgezogen werden mußte.«

Demlixh winkte ab. »Machen Sie sich deswegen keine Sorgen; die Zeitungen haben wie üblich stark übertrieben. Zum Glück hatte ich von diesem Fisch kaum etwas gegessen; die arme Louise ...« Er schüttelte den Kopf und fuhr sich mit der Hand über die Augen.

»Sie haben offenbar großes Glück gehabt«, meinte Baltasar. »Was war es denn für ein Fisch?«

Demlixh hob die Brauen. »Oh, eine Zahnbrasse. Eigentlich einer meiner Lieblingsfische, aber irgendwie war mir an dem Tag ohnehin nicht so ganz wohl; ich fürchte, ich habe bisweilen einen empfindlichen Magen. Jedenfalls hatte ich keinen Appetit; ich habe nur wenig gegessen. Louise muß den Rest in der Küche zu sich genommen haben ...«

Baltasar nickte. »Es wäre ja auch schade gewesen, einen so schönen Fisch verkommen zu lassen. Wer konnte schon ahnen ... Sie haben aber Glück gehabt, daß nicht sonst noch jemand von Ihrem Personal Appetit auf Fisch hatte.«

Demlixh schüttelte den Kopf. »An dem Tag waren nur Louise und ich da. Ja, sicher, sonst wäre vielleicht noch mehr passiert.«

»Wie gesagt, noch einmal vielen Dank für Ihren Brief. Ich hätte sonst nicht gewußt, wo ich Bronner suchen soll.«

Demlixh legte die Hände auf seine Oberschenkel und spreizte die Finger ab. »Nun, ich fürchte, ich werde Ihnen kaum helfen können. Er war einige Male hier, um mich zu interviewen, Fotos von der Bibliothek, dem Haus und dem Tal zu machen und so weiter.«

Demlixh berichtete, gelegentlich durch Baltasars Fragen ermuntert, von Bronners Aufenthalten. Schließlich sagte er: »Am letzten Tag zeigte er mir ein merkwürdiges Papier. Zwei Papiere, genauer. Das erste war eine Fotokopie eines lateinischen Textes, das zweite seine Übersetzung ins Deutsche. Das Testament eines Karthagers namens Maharbal, der offenbar hier in der Provence an mehreren Stellen Dokumente und Schätze vergraben hat.« Er lächelte dünn. »Ich habe es für eine Fälschung gehalten und Bronner das auch gesagt. Wissen Sie etwas davon?«

Baltasar hatte seine schwere Jacke über die Sessellehne gehängt, da der Kamin viel Wärme abgab. Er drehte sich um und wühlte in der Innentasche; dann hielt er Demlixh einige Blätter hin. Demlixh warf einen Blick darauf. »Ja«, sagte er, »das ist es. Interessant, daß Sie es haben.«

»Es war in Bronners Gepäck.«

»Sind Sie nicht danach überfallen worden? In Les Baux? Ich meine, ich hätte so etwas gelesen.«

Baltasar nickte und legte eine Hand auf Arianes Arm. »Ja. Ein paar Männer haben diese nette junge Dame und mich in den ehrwürdigen Ruinen angefallen.«

»Wissen Sie, was die wollten?«

»Ich nehme an, unter anderem dieses Papier. Vorher haben sie unser Hotelzimmer durchwühlt. Es fehlte nichts außer ein paar anderen Papieren, die Bronner hinterlassen hatte – Hotelrechnungen und derlei. Zum Glück hatte ich mir schon die Daten und Adressen abgeschrieben.«

Er faltete das Testament zusammen und steckte es wieder zurück. Demlixh verschränkte die Hände unter dem Kopf. »Böse Menschen«, sagte er versonnen. »Bewaffnet und maskiert, nicht wahr?«

»Ja. Dolche und Masken. Klingt wie ein italienischer Novellenband.«

Demlixh lächelte. »Sie haben keinen von den Attentätern erkennen können?«

Baltasar schüttelte den Kopf. »Leider nicht. Es war zu dunkel. Zwei von ihnen waren ungefähr so groß wie ich, nur schlanker.«

»Und der dritte?«

»Oh, etwas kleiner. Ich fürchte, dem habe ich das Handgelenk gebrochen. Hat er sich aber selbst zuzuschreiben.«

»Das ist wohl wahr. Wer andern eine Grube und so weiter. Sagen Sie mal, sind Sie denn auf Ihrer Suche nach Bronner weitergekommen?«

»Leider nicht. Jemand scheint viel dagegen zu haben. Letzte Nacht trieben sich in unserem Hotelzimmer in Cassis zwei große Skorpione herum.«

Demlixh schüttelte sich. »Gräßliche Tiere. Wer tut denn so etwas? Ein bißchen ausgefallen – altrömische Verhältnisse, könnte man sagen.«

Matzbach steckte seine ausgegangene Zigarre wieder an. Er starrte einen Moment lang schweigend in den Kamin. »Tja«, sagte er dann, »wir werden sehen, wie es weitergeht. Hat Bronner Ihnen gegenüber vielleicht Andeutungen über seine weiteren Pläne gemacht? Reiseziele genannt oder Personen, die er besuchen will beziehungsweise wollte?«

Demlixh runzelte die Stirn. Im Flackerlicht des Kamins sah er wie ein grauer Satan aus; Ariane blickte aus dem Fenster und stellte fest, daß es Abend geworden war.

»Nein. Ich glaube, er wollte sich um diese karthagische Schatzgeschichte kümmern. Wir haben uns allerdings nicht sehr intensiv darüber unterhalten; ich habe Ihnen ja gesagt, daß ich die Sache für Unsinn halte. Und selbst wenn vor über zweitausend Jahren ein Karthager in der Provence etwas vergraben haben sollte – ich bitte Sie: Was ist in dieser Zeit nicht alles passiert? Ich bezweifle, daß es ein Stück Boden hier gibt, das nicht mindestens siebenmal umgegraben worden ist.«

Baltasar beugte sich vor. »Darf ich noch ein Hölzchen in den Brand werfen?« fragte er. »Es geht zu Ende, und ich spiele gern mit jedem denkbaren Feuer.« Er kicherte.

Demlixh griff zu dem Papierstapel auf dem Tischchen. »Hier«, sagte er lächelnd, »nehmen Sie das, dann haben Sie mehr davon.«

Baltasar warf einen Blick auf das oberste Blatt. Es trug die Nummer 53. »Verbrennen Sie Ihre eigenen Werke?«

»Das Manuskript. Mein neues Buch. Ich habe vor ein paar Tagen die korrigierten Fahnen an den Verlag geschickt. Dieses Haus ist so voll Papier, daß ich Manuskripte nicht länger verwahren will, als es sein muß.«

Baltasar zerknäuelte die Blätter und warf sie nach und nach in den Kamin. »Wir sind gar nicht dazu gekommen, über Ihre Werke zu sprechen«, sagte er. »Wovon handelt denn Ihr neuestes Buch?«

Demlixh machte eine wegwerfende Handbewegung. »Ach, ich rede viel lieber über die da.« Er deutete auf seine Regale. »Über meine eigenen Sachen kann ich reden, wenn die Senilität mich eitel gemacht hat. – Im übrigen wird das Thema Sie wohl kaum interessieren. Es sei denn, Sie interessierten sich für Druiden.«

Demlixh schaute ins Feuer, als er diesen Satz sagte. Baltasar blickte ihn fragend an. »Druiden? Natürlich interessiere ich mich für Druiden. Ich wäre ja selbst fast einer geworden.«

»Bitte? Wie meinen Sie das?«

Baltasar gab einen kurzen und unwahren Bericht über seine Zeit in der Bretagne und seine okkulten Publikationen. Demlixh nickte plötzlich.

»Ja, natürlich«, sagte er lebhaft, »ich erinnere mich. Jetzt weiß ich endlich, woher ich Ihren Namen kannte. Ihr Buch über Druiden und Monotheismus, natürlich. Ich habe es oben stehen; ich habe mir übrigens erlaubt, Sie in einer Fußnote zu zitieren. Die betreffende Manuskriptseite haben Sie soeben verbrannt.« Er stand auf. »Entschuldigen Sie mich bitte einen Moment?« Dann verließ er das Zimmer.

Ariane wandte Baltasar ihr Gesicht zu. Sehr leise fragte sie: »Was soll diese ganze Versteckspielerei eigentlich?«

Baltasar legte den Finger auf seine Lippen. »Später«, murmelte er. »Geduld, Weib, und danke für deine Zurückhaltung.«

Demlixh kam bald zurück. Er reichte Baltasar ein Exemplar von *Monotheistische Strömungen des inselkeltischen Druidentums* und sagte: »Machen Sie mir das Vergnügen, Herr Kollege!«

Baltasar strahlte. »Aber gewiß – obwohl es unbescheiden ist, wenn ich mich als Kollege angesprochen fühle.« Er drehte sich zu seiner Jacke um und holte umständlich einen Füllfederhalter heraus, den er hochhob. »Ich habe diesen antiken Tick«, sagte er dabei, »alles, was ich schreibe, schreibe ich zuerst mit Füller. Ich mag nicht tippen.«

Dann schlug er das Buch auf und schrieb eine längere Widmung hinein. Demlixh stützte sich mit den Ellenbogen auf die Rückenlehne seines Stuhls und sagte: »Na, wenn ich diesen Tick hätte, wäre ich, schätze ich, noch immer beim ersten Buch. Ich tippe alles gleich.«

Baltasar blickte auf. »Ich hätte gedacht, Sie könnten sich inzwischen einen Sekretär leisten.«

Demlixh erwiderte ernsthaft: »Leisten schon, aber ich mag nicht. Wissen Sie, zuviel Leute ... Ich bin gern allein und empfange gelegentlich Freunde, aber ich will nicht dauernd zahllose

Leute um mich haben. Mein Butler und meine Köchin – ach, die arme Louise. Nun ja.«

Baltasar reichte ihm das Buch. Demlixh las die Widmung und bedankte sich. Matzbach sah demonstrativ zum Fenster. Draußen war es dunkel geworden. »Ich fürchte«, sagte er, »wir müssen Sie nun verlassen. Unser Heimweg ist nicht allzu lang, aber die kleinen Wege und Straßen bei Dunkelheit ... Sehr schade – ich hätte gern mehr über Ihr neues Buch erfahren.« Mit einem bedauernden Kopfschütteln warf er das letzte Manuskriptknäuel ins Feuer. »Außerdem, wie Sie verstehen werden, hätte ich mir natürlich sehr gern das von Ihren druidischen Freunden für Sie angelegte *Alignement* angesehen.«

Demlixh lächelte. »Dazu ist es jetzt zu dunkel und zu spät. – Wissen Sie was: Kommen Sie doch einfach wieder!«

Baltasar stand auf und reichte Ariane die Hand, um sie aus ihrem Sessel hochzuziehen. »Das ist sehr freundlich von Ihnen«, sagte er. »Ich werde gern auf Ihr Angebot zurückkommen.«

»Rufen Sie vorher an. Wissen Sie, man ist ja nie fertig. Bevor das neue Buch in Satz geht, ist das neueste schon in Arbeit. Ich lasse mich gern stören, aber ich weiß es am liebsten sehr zeitig.«

Baltasar sagte: »In den nächsten Tagen habe ich ein paar Termine. Ich glaube nämlich, daß es mir gelingen wird, die geographischen Verschlüsselungen dieses karthagischen Testaments auszuwerten. Ich werde dann an Ort und Stelle nachprüfen, ob es echt oder falsch ist, ob noch etwas zu finden ist. Ich nehme an, Sie würden es nicht mißbilligen, wenn ich zum Beispiel Maharbals Darlegungen der druidischen Lehren fände und Ihnen zeigte, oder?«

Demlixh starrte ihn an. »Sie ... Sie meinen, Sie könnten die Sache enträtseln?« fragte er stockend. Dann, mit erzwungener Munterkeit: »Ich weiß nicht – wenn Sie diesen Kram finden, will ich ihn vielleicht gar nicht sehen, weil ich sonst wohl mein neues Buch vergessen kann.«

Baltasar lachte. »Ach, wir können das ja zunächst verheimlichen, nicht wahr? Es darf dann nur nicht Ihren Freunden, den Druiden, in die Hände kommen. Die würden es bestimmt sofort auswerten.«

Demlixh sagte nichts. Baltasar summte unentschlossen. »Hmmmm. – Ich rufe Sie an, in ein paar Tagen, sagen wir zum Beispiel: in drei Tagen. Bis dahin müßte ich viel klarer sehen. Dann können wir einen neuen Besuch vereinbaren, und dann zeigen Sie mir Ihre private Megalith-Station. Einverstanden?«

Demlixh nickte. Er brachte sie in den Nebenraum und knipste die Außenbeleuchtung an. »Hier«, sagte er und öffnete die Tür zur Veranda, »Sie können gleich hier hinausgehen, dann sind Sie schneller bei Ihrem Wagen.«

Auf der Rückfahrt schwiegen sie zunächst.

»Ist dir was aufgefallen?« fragte Baltasar schließlich.

Ariane riß sich von den Lichtkegeln der Autoscheinwerfer los. »Verschiedenes«, murmelte sie. »Vor allem hatte ich das deutliche Gefühl, daß er nicht über meine Anwesenheit erbaut war, und habe mich deshalb zurückgehalten. Ob er was gegen Frauen allgemein hat?«

Baltasar kicherte. »Was haben der nackte Hippolytos, Alexander, Sokrates, Gide und Cocteau gemeinsam?«

Sie machte eine Handbewegung. »Ja, natürlich, aber das meine ich nicht. Es gibt reichlich Homosexuelle, die gut mit Frauen auskommen.«

»Das stimmt schon, außerdem hat er ja eine Haushälterin und Köchin im Haus gehabt. Vielleicht gefiel ihm deine Nase nicht, oder er war nur verstimmt, weil ich beim Telefonieren nichts davon gesagt hatte, daß ich nicht allein kommen würde. – Aber das ist es nicht. Ich meine etwas anderes, was dir hätte auffallen müssen.«

Ariane stieß ein mißverständliches Geräusch aus. »Du meinst, daß er regelrecht zusammengezuckt ist, als du behauptet hast, du könntest dieses komische Testament entschlüsseln?«

»Das auch. Daran ist aber noch was faul. Wie kommt es, daß jemand, der eifrig Bücher über die wildesten historischen und unhistorischen Themen schreibt, ausgerechnet bei diesem Testament sagt, er hält es für gefälscht? Hat ihn die Frage von echt oder falsch denn bei seiner Erlkönig-Saga gestört? Eigentlich müßte er auf die Sache doch richtig anspringen.«

»Vielleicht hat er dieses Ding wirklich mit Bronner schon bis zum Erbrechen diskutiert und keine Lust mehr?«

Baltasar wich einem Schlagloch aus. »Möglich. Glaube ich aber nicht. Wie gesagt, dieses karthagische Testament ist im Prinzip genau das, was Demlixh sonst immer sucht und verwertet. Ich kann mir eigentlich nur einen Grund denken: Er spielt die Sache herunter. Er ist so ungeheuerlich daran interessiert, daß er um jeden Preis vermeiden will, interessiert zu erscheinen.«

»Aber warum denn diese Verstellung?«

»Oh, da ist noch viel mehr Verstellung. Ich glaube kein Wort von dieser Fischvergiftung.«

Er schwieg, und Ariane starrte ihn von der Seite an, verblüfft. »Wieso? Was denn?«

Baltasar trommelte mit den Fingern der Rechten auf dem Lenkrad herum. »Paß mal auf. Demlixh erleidet eine Vergiftung, die ihn so schwächt, daß seine druidischen Freunde für ihn Steinchen aufbauen. Seine Haushälterin stirbt an der gleichen Vergiftung. In der Zeit, in der er mühsam zu genesen sich anschickt, korrigiert er die Fahnen seines neuesten Meisterwerks zu Ende, liest provencalische Zeitungen und schreibt mir einen Brief, in dem er mich auffordert, ihn zu besuchen. Typischer Rekonvaleszent, wie? Außerdem ist da noch etwas ganz anderes.«

Da er nicht weitersprach, fragte Ariane, was er meinte.

»Erinnerst du dich an den Artikel, den ich dem Reporter nach dem Überfall in Les Baux diktiert habe?«

»Natürlich.«

»Dann solltest du dich auch daran erinnern, daß gedruckt wurde, uns hätten mehrere Männer überfallen. Verstehst du?«

Ariane verstand. »Du meinst, er steckt dahinter?«

»Wenn er nicht dahintersteckt – wieso fragt er mich dann, ob ich mich an den dritten erinnern kann? Ich hatte gesagt, zwei von ihnen sind so und so groß und schlank. Wenn er nichts weiß als das, was im Artikel stand, könnte er vielleicht fragen: Wieviel waren es insgesamt, und wie sahen die anderen aus, aber niemals: Erinnern Sie sich an den dritten.«

Nach einer kleinen Denkpause setzte er hinzu: »Dann ist da noch etwas, das so nicht stimmen kann. Ich bin eitel, das will ich gerne zugeben; man braucht aber nicht besonders eitel zu sein, um ›Baltasar Matzbach‹ für einen ausgefallenen Namen zu halten, vom Träger gar nicht zu reden.«

Ariane sagte trocken: »Ausgefallen ist nicht das richtige Wort, aber ich will dich nicht durch Beleidigungen von deinen Ausführungen abhalten.«

»Danke. Zu liebenswürdig. Wenn ich nun Fritz Meier oder so hieße, dann wäre das was anderes. Was ganz anderes, sozusagen. Nun mal angenommen, du hättest ein Buch über Druiden geschrieben und eine Fußnote über einen gewissen Matzbach gemacht, und ein paar Tage später taucht ein Matzbach bei dir auf. Ich, zum Bleistift, würde sofort sagen: Halt, Moment, sind Sie das, oder sind Sie ein anderer, etwa Rimbaud?«

Ariane nickte. »Gegen den Inhalt deiner Ausführungen ist nichts einzuwenden. Aber was soll's?«

»Nur dieses: Demlixh hat von Anfang an gewußt, wer ich bin. Wozu spielt er Theater? Ich gestehe, ich kriege das nicht auf die Reihe.«

In Lacaze parkte Matzbach den Wagen vor dem kleinen Bistro-Restaurant unter den Arkaden am Kirchplatz. Das Lokal war erleuchtet, und Arianes Magen hatte auf dem letzten Teil der Strecke lauter gebrummt als der Motor des Wagens.

Sie nahmen eine umfangreiche und sehr erfreuliche Mahlzeit zu sich. Danach brachen sie auf, um zu ihrem Hotel zurückzukommen, da Baltasar dringende Telefonbedürfnisse verspürte, die er nicht von öffentlichen Fernsprechern in Lacaze aus erledigen wollte.

Gegen zehn Uhr erreichten sie ihr Quartier. Während Ariane sich in der Hotelbar niederließ, begab sich Matzbach auf das Zimmer, um ungestört zu telefonieren. Er erreichte Ducros, dem er einen kurzen, unvollständigen Bericht gab und den er um einige Auskünfte bat. Ducros notierte; dann sagte er: »Zu Ihrer Information: Der Wagen, den Bronner gemietet hatte, wurde am vergangenen Donnerstag zurückgegeben, die Rechnung bezahlt – alles legal. Aber es war nicht Bronner, der den Wagen zurückgegeben hat. Der Angestellte der Autovermietung ist ganz sicher, weil er sich beim Vermieten des Wagens mit dem über den Autodiebstahl erregten Bronner unterhalten hatte und sich deshalb gut erinnern konnte. Der Mann, der den Wagen abgegeben hat, war definitiv ein Südfranzose. Seine Unterschrift ist unleserlich. Er hat behauptet, sein Freund Bronner hätte abreisen müssen und ihn gebeten, den Wagen zurückzubringen.«

Baltasar und Ducros erörterten einige Minuten diese Sache. Danach versuchte Matzbach, Maspoli zu erreichen, und da er ihn nicht auftreiben konnte, störte er Ducros abermals. »Können Sie Maspoli ausfindig machen? Er soll morgen nachmittag herkommen. Ich brauche ihn.«

Ducros klickte mit der Zunge. »Was haben Sie denn vor?«

»Nichts Dramatisches, nur ein paar Ermittlungen. Mich interessieren Einzelheiten der Lebensführung von Demlixh.«

Ducros versprach, Maspoli aufzutreiben und ihn per Expreß abzuschicken.

Baltasar und Ariane verbrachten noch eineinhalb Stündchen lesend und gelegentlich gepflegt scherzend in der Hotelbar und erklärten anschließend den Tag für beendet.

8

Nachts erwachte Matzbach jäh mit dem schrecklichen Gefühl, etwas sehr Wichtiges vergessen zu haben. Nachdem er herausgefunden hatte, um was es sich handelte, schlief er unruhig wieder ein und begann morgens früh, gegen acht Uhr, zu telefonieren. Nach mehreren Fehlversuchen erwischte er Maspoli in seiner Redaktion.

»Was wollen Sie denn um diese Zeit?« Der Reporter gähnte. Matzbach erkundigte sich unwirsch, was er denn schon so früh bei seiner Zeitung treibe, statt, wie ein anständiger Mensch, zu Hause im Bett zu liegen und dort telefonisch erreichbar zu sein. Maspoli erzählte ihm daraufhin eine wirre Geschichte über nächtliche Schießereien in der Hafengegend.

»Jetzt will ich in das besagte Bett, nachdem ich mir die Nacht um die Ohren geschlagen habe. Ducros hat mir zwar Ihre Wünsche ausgerichtet, aber ich glaube kaum, daß ich auftauchen werde. Jedenfalls nicht vor dem Abend.« Er gähnte wieder, mitleidheischend.

Baltasar hatte keines. In groben Worten teilte er ihm mit, was er von schläfrigen Journalisten hielt, informierte ihn über seine Absichten und die Maspoli zugedachte Verwendung und äußerte einen Einkaufsauftrag. Maspoli ächzte.

»Eine Wünschelrute und ein Pendel! Ich werd' nicht mehr! Was wollen Sie denn damit?«

»Das geht Sie zunächst einmal einen feuchten Kehricht an. Haben wir ein Abkommen, oder haben wir keins? Sie kriegen die beste Story der Welt; dafür können Sie ja wohl ein bißchen einkaufen gehen.«

Nach einer Weile stimmte Maspoli unerfreut zu; Baltasars Drohung, die Sache ansonsten allein zu beenden und das Konkurrenzblatt zu informieren, wirkte.

Ariane, die bei dem Lärm natürlich nicht mehr schlafen

konnte, las demonstrativ, obwohl Matzbach wußte, daß sie jedes Wort mithörte. Ducros war als nächster an der Reihe.

»Was wollen Sie denn schon wieder?«

Baltasar wünschte ihm mild einen ersprießlichen Morgen. Dann sagte er: »Eine Bitte. Können Sie vielleicht meinen alten Freund Pierrot le Flonflon in Montpellier ausfindig machen?«

Ducros kicherte plötzlich. »Unter diesem Namen? Vielleicht mit Plakaten, oder wie?«

Baltasar räusperte sich. »Sie versprechen Diskretion? Gut. Dann will ich Ihnen seinen richtigen Namen sagen. Sie wissen, die Druiden sind da eigen ...«

Ducros notierte. Baltasar fuhr fort: »Er wohnte zuletzt, als ich von ihm hörte, noch immer wie in alten Zeiten in der Nähe von Saint-Brieuc.« Er gab auch diese Adresse durch. »Ich weiß nicht, was er in Montpellier treibt, ob er länger dort ist oder was. Jedenfalls brauche ich ihn.«

Ducros seufzte. »Warum rufen Sie ihn nicht einfach in Saint-Brieuc an? Vielleicht hat er ja einen Anrufbeantworter.«

Baltasar schnaubte wütend. »Pierrot hat viele gute Eigenschaften und ein paar miese Ticks. Dazu gehört, daß er sich bis an sein Lebensende nicht einem Telefon nähern wird. Er fürchtet, da seine Seele in seiner Stimme enthalten ist, erstere durch Ferngespräche zu verwässern und rettungslos über den Globus zu zerstreuen. Telegramme sind das Äußerste an Modernität. Er besitzt auch keinen Kühlschrank.«

Ducros brummte etwas Unverständliches. Baltasar fuhr fort: »Ich brauche nur seinen derzeitigen Aufenthaltsort, damit ich ihm ein Telegramm schicken kann.«

Beim Frühstück war Ariane äußerst schweigsam. Baltasar erging sich in wilden Spekulationen über die karthagischen Händler in Südfrankreich, als dieses noch nicht Südfrankreich und noch nicht einmal römisch war, sowie über die druidische Erforschung der Kathedrale von Chartres vermittels Ruten. Schließlich warf sie ihm todbringende Blicke zu.

»Halt mal endlich die Klappe, Dicker!« sagte sie. »Ich möchte an diesem Tag nichts von alledem hören.«

Sie wies aus dem Fenster in die Landschaft, die unter einer zaghaften Novembermorgensonne lag. »Heute will ich nichts tun, als mein Buch zu Ende lesen, im Tal herumlaufen, zwischendurch essen und trinken, vielleicht ein bißchen im *maquis* klettern. Vielleicht höre ich dir morgen wieder zu. Ich bin allmählich urlaubsreif. Verglichen mit den Abenteuern an deiner grünen Seite ist ja mein Job in Bonn geradezu erholsam.«

Baltasar nickte feierlich dazu.

»Es soll sein, wie Ihr sagt, Verehrteste«, meinte er friedfertig. »Ich werde mich der Nachforschung nicht entziehen, ohne jedoch Euch in ihre Fallstricke zu verwirren.«

»Oh, deine Metaphern«, seufzte sie, »oder welche Sorte Bildwerk das immer gewesen sein mag.«

Nach dem Frühstück erkundigte sich Matzbach beim Hotelpersonal nach Bronner und den Erinnerungen an ihn. Neben Trinkgeld und Sonderwünschen kam nicht viel heraus; lediglich die hübsche mollige Kellnerin schien genauere Reminiszenzen zu unterdrücken, was Baltasar interessant, aber nicht hilfreich fand. Substantielles konnte nur der Hotelier beisteuern.

»Ihr Freund hat mich nach dem *Syndicat d'Initiatives* in Draguignan gefragt, wie man hinkommt und so weiter. Ich habe es ihm erklärt, ihm aber auch gesagt, daß wir hier im Hotel viele Informationen haben, Heftchen, Broschüren, Land- und Postkarten und was er haben will. Womit ich ihm denn vielleicht helfen könnte? Daraufhin hat er mich nach den Museen der Umgebung gefragt. Ich habe ihm eine Liste der Museen im Departement gegeben. Offenbar hat er gefunden, was er suchte, er hat nämlich plötzlich gelacht und mich nach der besten Verbindung zu einem kleinen Ort gefragt.«

Baltasar horchte auf. »Das interessiert mich«, sagte er wahrheitsgemäß. »Was für ein Ort?«

Der Hotelier entschuldigte sich einen Moment, verschwand in einem Nebenraum und kam mit der fraglichen Liste wieder. Er suchte mit Hilfe seines Zeigefingers.

»Hier«, sagte er. »Das war's.«

Ein kleiner Ort, von dem Matzbach nie gehört hatte. Das dortige Museum – Heimatmuseum, vermutete Baltasar – hatte eine Spezialabteilung für phönizische Funde in Südfrankreich.

»Es ist nicht weit von hier«, sagte der Hotelier. Er beschrieb den Weg.

Da Ariane nicht zu finden war, konnte Baltasar sich nicht ordnungsgemäß abmelden. Trotzdem fuhr er fröhlichen Herzens los.

Serrac-le-Château liegt etwa zwanzig Autominuten südwestlich von Draguignan; ein kleiner Ort inmitten von Olivenhainen und Getreidefeldern, den nichts auszeichnet als das Schloß seines Namens, ein weitläufiges Gebäude aus dem frühen 18. Jahrhundert, von seinem Besitzer, dem letzten Sproß eines verblichenen Geschlechts, dem französischen Staat vermacht mit der Auflage, die Kunst- und Antiquitätensammlung zu hegen und nicht aufzuteilen. Seit einigen Jahrzehnten war neben der Sammlung spanischer und italienischer Meister und einem Schatz griechischer und römischer Gefäße und Skulpturen in einem Flügel des ehemaligen Familienschlosses eine bemerkenswerte Sammlung phönizischer und karthagischer Münzen, Amphoren, Schalen, Fresken und anderer Funde aus dem Umfeld der alten Faktoreien in der Provence angelegt worden. Baltasar Matzbach durchwanderte versonnen und unwissend die Gänge, Säle und Galerien. Schließlich bat er um ein kurzes Gespräch mit dem Leiter oder der Leiterin der phönizischen Abteilung.

Man führte ihn zu einem Büroraum im Keller. Hinter der Tür saß, wie ein kleines weißes Pappschild bekanntgab, der Archäologe Dr. Corvau.

Baltasar begrüßte ihn. »Bonjour, Monsieur Corvau. Sind Sie der Phönizier unter den Gästen dieses Waldes?«

Der Archäologe musterte ihn mißbilligend; offenbar hatte er keinen Sinn für Verfälschungen von La Fontaine-Texten. Er stand hinter einem überladenen, dschungelartigen Schreibtisch, umgeben von unidentifizierten Fund-Objekten und Bücherstapeln, Papierbergen, Kartons, Landkarten mit Fähnchen, einer Abbildung der Dame von Elche, einer schlechten Kopie der berühmten Hannibal-Büste und mehrerer Schachteln Kleenex-Tüchern. Er konnte nicht viel älter sein als Anfang Vierzig; der Schnurrbart unter seiner Hakennase ging mit Hilfe lateraler Lichtungen in einen Kinnbart über, der ihm eine gewisse Ähnlichkeit mit Pan oder anderen Ziegenböcken verlieh. Er trug Jeans und einen mehrfach gestopften dunkelgrauen Pullover, der von Papierschnipseln und musealem Staub übersät war. Auf dem Schreibtisch stand ein kleiner Schemel, auf diesem eine halbleere Milchflasche, neben der ein Päckchen Gitanes wie das letzte Detail eines überdimensionalen Schlachtengemäldes prangte.

»Sie wünschen, Monsieur?«

Baltasar zog wortlos das Testament des Mannes Maharbal in der lateinischen Version aus seiner Jacke und reichte es dem Archäologen.

»Kennen Sie das?« fragte er dabei, ohne sich weiterer Förmlichkeiten zu befleißigen.

Corvau warf einen unwirschen Blick auf das oberste Blatt, dann wurde er bleich und setzte sich. »Wo ... wie ... woher haben Sie das?«

Baltasar nahm unaufgefordert Platz, nachdem er einen Stuhl von zusammengerollten und verschnürten Papieren befreit hatte. Die Mischung aus Neonlicht und Andeutungen des äußeren Tages in einem trüben Fensterchen knapp unter der Decke ließ ihn die Augen zusammenkneifen.

»Warum fragen Sie? Kennen Sie das?«

Corvaus Gesicht nahm langsam wieder Farbe an; aus seinen Augen war jedoch der Ausdruck des Erschreckens noch nicht gewichen.

»Und ob ich das kenne. Es stammt von mir.«

Baltasar ließ sich seine Überraschung nicht anmerken. »Das ist interessant«, sagte er ohne große Betonung. »Wie ist es Ihnen denn abhanden gekommen, und woher hatten Sie es, wenn ich fragen darf?«

Corvau rieb sich die Augen, nahm einen Schluck Milch aus der Flasche, bot Matzbach eine Zigarette an und nahm selbst eine. Er inhalierte ein paar Züge, ohne zu antworten.

»Das ist eine längere Geschichte, Monsieur«, sagte er schließlich.

»Erzählen Sie; ich habe Zeit.«

Der Archäologe lehnte sich in seinem Bürosessel zurück, der zwischen den Altertümlichkeiten deplaciert wirkte.

»Ich will es Ihnen gern erzählen, in einer kurzen Fassung. Dann möchte ich aber wissen, wie Sie zu diesen Papieren gekommen sind. Einverstanden?«

Baltasar nickte. Corvau begann zu berichten. Vor etwas mehr als einem Jahr habe man beim Bau einer neuen Straßenbrücke über die Autobahn im Zuge von Ausschachtungsarbeiten ein Gewölbe freigelegt. Ein Teil des aus Ziegeln gemauerten Bauwerks sei bereits zerfallen gewesen, bevor die Bagger weiteres Unheil anrichteten. Der Bauleiter hatte angeordnet, an einer anderen Stelle weiterzubauen, und den nächsterreichbaren Archäologen alarmiert, Corvau.

»Leider war nichts heil geblieben, alles zertrümmert, von der Zeit, vom Druck der Erdmassen, zuletzt vom Bagger. Ein zertrümmerter Sarkophag könnte einmal etwas enthalten haben, vermutlich eine Leiche, aber nur Trümmer waren übriggeblieben. Das einzige, was heil und interessant war, war eine Steinröhre, an beiden Enden mit Ton verschlossen.«

Corvau kramte neben seinem Schreibtisch und hob dann mühsam und mit beiden Händen die Steinröhre hoch.

»Ich habe die Tonpfropfen entfernt und fand Papyrus. Es war kaum etwas zu entziffern. Was immer der Schreiber als Tinte verwendet hatte, war verblichen. Natürlich war es möglich, die Schrift zu rekonstruieren, aber das half mir nicht weiter; der Text war lateinisch, mit einer verwirrenden Menge von Kürzeln. Ich habe länger als ein halbes Jahr an der Transkription gesessen, und vieles davon war mehr geraten als entziffert und sicher.«

Corvau starrte abwechselnd auf Matzbach und auf das Papier.

»Als ich einigermaßen sicher war, eine Art durchlaufenden Text zu haben, habe ich ihn abgetippt und eine handschriftliche französische Übersetzung gemacht. Was Sie mir hier gebracht haben, ist eine Fotokopie meines Typoskripts. Wie Sie an die Kopie kommen, weiß ich nicht, ich weiß auch nicht, wer die Kopie angefertigt hat. Das Original liegt hier an einem Platz, zu dem nur ich Zugang habe, und ich habe nie eine Fotokopie angefertigt. Aber es ist mein Text; die Marginalien sind von mir.«

Baltasar beugte sich vor. »Warum haben Sie das nicht längst veröffentlicht?«

Corvau lachte bitter. »Wozu? Damit jemand die Hinweise entschlüsselt und die Dinge findet? Seit vier Monaten verbringe ich jeden freien Moment damit, mir den Kopf über die Geographie dieses Testaments zu zerbrechen. Ich bin sicher, daß in den aufgezählten Orten und Gegenden ein Schlüssel enthalten ist, mit dessen Hilfe man alles an den Tag bringen kann. Und der Finder wollte ich sein. Ich habe keine Lust, bis an mein Lebensende in diesem Schloßkeller zu hocken und zerbrochene Vasen zu kitten.«

Matzbach nickte verständnisvoll. »Der große Fund und die große Professur, ja?«

Corvau verzog sein Gesicht. »Man kann es sicher so ausdrücken.«

»Und deshalb das Geheimnis. Das verstehe ich. Aber ich verstehe nicht, wie dann bei all Ihrer Vorsicht eine Kopie angefertigt und in Umlauf gebracht werden konnte. – Haben Sie vielleicht jemandem davon erzählt?«

Corvau nickte. »Ja, natürlich. Ich habe den Kollegen hier im Schloß erzählt, ich hätte etwas, und das könnte etwas Großes werden. Aber ich habe weder gesagt, was es ist, noch in welche Richtung es geht, noch wo ich es aufbewahre.«

Baltasar hob die Brauen. »Und Sie sind sicher, daß die Originale – Ihre Papyri und Ihre Transkription – noch unberührt an der Stelle liegen, an der Sie sie zuletzt gesehen haben?«

Corvau wischte über den Hals der Milchflasche. »Ja, natürlich. Ich habe gestern abend wieder bis kurz vor Mitternacht daran gesessen. Da war noch alles da.«

Baltasar beugte sich vor und stützte die Ellenbogen auf die Schreibtischkante.

»Ich hatte angenommen, daß vor etwa zwei, vielleicht auch drei Wochen ein Freund von mir in dieser Angelegenheit hier war.« Er beschrieb Bronner.

Corvau nickte. »Ja, der ist hier gewesen. Er hat mir alle möglichen dummen Fragen über karthagische Faktoreien in Südfrankreich gestellt und mich gefragt, ob ich es für möglich halte, daß irgendwo noch karthagische Schriften, Münzen oder sonstige Funde von Bedeutung gemacht werden könnten. Ich habe natürlich gesagt, daß ich das für unmöglich halte. Er hat sich bedankt und ist gegangen.«

Baltasar nickte nachdenklich. »Das sieht ihm ähnlich, mit seinem Hang zur Geheimniskrämerei. Sie beide müßten eigentlich gut miteinander auskommen. Aber wahrscheinlich lebt er nicht mehr.«

Corvau blickte ihn mit einer verwunderten Frage in den Augen an.

»Er hatte, als er hier war, vermutlich genau dieses Papier in der Tasche und dachte, es wäre besser, nichts zu sagen. Inzwischen ist er verschwunden, ich bin durch Zufall in den Besitz der Kopie gekommen, und ich vermute, daß Bronner kurze Zeit, nachdem er hier war, genauer gesagt, letzte Woche, eben wegen dieses Papiers umgebracht worden ist.«

Corvau drückte seine Zigarette im Bruchstück einer Amphore aus, das ihm als Aschenbecher diente.

»Wer kann denn so was tun?« fragte er.

»Was meinen Sie?« fragte Baltasar zurück. »Ihn umbringen? Oder Ihnen Ihr Geheimnis klauen?«

»Beides. Wie kommt Ihr Freund an die Kopie? Und wer will ihm deswegen an den Kragen?«

Baltasar starrte düster das winzige Fensterchen an. »Ich weiß es nicht«, sagte er langsam. »Ich denke an verschiedene Menschen von finsterem Gemüt, aber das ist alles vage – nichts als Vermutungen. – Also, abgesehen von Ihren Kollegen hier im Museum, sagen Sie, haben Sie niemandem erzählt, daß Sie an einer interessanten Sache arbeiten?«

Corvau dachte nach; schließlich schüttelte er den Kopf. »Nein. Bestimmt nicht.«

»Ihrer Frau oder Freundin vielleicht? Als Erklärung, weshalb Sie immer so spät nach Hause kommen?«

Corvau verneinte. »Ich bin Junggeselle, Monsieur, und meine Liebschaften sind, nun, sagen wir, käuflicher Natur. Manchmal, Sie verstehen. Und wenn ich mich an Wochenenden in Toulon oder Marseille verwöhnen lasse, rede ich sicherlich nicht von Papyri. Ich glaube nicht, daß die Mädchen sich dafür interessieren.«

»Könnten Sie sich vorstellen, daß jemand in Ihrer Abwesenheit an Ihre Unterlagen geht und sie kopiert?«

Corvau zögerte. »Eigentlich bin ich fast immer da«, sagte er, »außer nachts. Aber nachts ist auch keiner meiner Kollegen hier.«

Baltasar betrachtete das archäologische Chaos des Raums; beiläufig fragte er: »Wenn Sie diesen Fund nun bearbeitet haben, vielleicht tatsächlich Schätze finden, wie stellen Sie sich dann eine Veröffentlichung vor?«

Corvau brach in einen Katalog von Möglichkeiten aus, zitierte Fachzeitschriften, Publikationen interessierter Laien und internationale Konferenzen. »Natürlich«, gab er zu bedenken, »ist die Sache unwichtig, kein Vergleich mit Troja oder den Pyramiden, aber es könnte immerhin helfen, hier rauszukommen.« Er machte eine umfassende Handbewegung.

Baltasar bedankte sich höflich und verließ die Kellerei der fragmentierten Historie. Vom Parkplatz ging er zurück zum Portal und kramte ein Stück Papier aus seiner Tasche.

»Ich wollte Monsieur Corvau eine Nachricht hinterlassen«, teilte er dem Pförtner mit. »Hat er einen Wagen draußen, daß ich ihm das Ding an die Scheibe klemmen kann?«

Der Pförtner zeigte ihm hilfsbereit Corvaus Wagen, einen antiken R 4, der in schätzungsweise siebzehn verschiedenen Farben nach-, über- und nebenlackiert war. Baltasar kritzelte etwas auf den Zettel, klemmte ihn hinter den Scheibenwischer, wartete, bis der Pförtner im Gebäude verschwunden war, nahm den Zettel wieder an sich und stieg in sein Mobil.

Ariane war nirgends zu finden. Baltasar ließ ihr eine Nachricht am Empfang und stieg nach kurzem Denken wieder in sein Gefährt. »Mittagszeit«, knurrte er dabei, »Essenszeit. Außerdem Zeit, die Offensive zu suchen. Bah. Alle lügen, die Welt ist schlecht, und ich weiß nicht, was es soll.«

Er steuerte wieder Lacaze an. Im Bistro servierte man ein *repas ouvrier,* mächtige Sachen für müde Feldarbeiter; kalten Fisch, kaltes Huhn, verschiedene Sorten Gemüse mit einer umwerfenden Knoblauchmayonnaise; vorher Salat und Pate, hinterher Käse und Kaffee. Matzbach schloß sich den essenden Arbeitern an. Er hockte an einem kleinen Ecktisch und dachte schmausend über sein weiteres Vorgehen nach. Wie so oft kam ihm der Zufall zu Hilfe. Einige Tische weiter saß ein älterer, grauhaariger Mann. Er trug einen dezenten, aber nicht ganz billigen Anzug, eine bizarr gemusterte Krawatte und Manschettenknöpfe mit Steinen. Baltasar, der Kiesel nicht von Diamanten unterscheiden konnte, vermutete, daß es sich nicht um Kiesel und bei dem stillen Esser nicht um einen Feldarbeiter handelte.

Der Mann las eine Zeitung, während er langsam und gründlich aß. Baltasar studierte sein Profil, die breite, kurze Nase, die arbeitenden Wangenmuskeln, den mayonnaiseträchtigen Mund, das Kinn, an dem ein Tropfen Rosé hing, den der Mann umständlich mit seiner Serviette abtupfte. Irgend etwas störte Matzbach; das eine Auge, das er sehen konnte, lag tief in einer Höhle unter der vorgewölbten, fast brauenlosen Stirn. Einmal, als der Esser aufblickte und den Kopf wandte, sah Baltasar beide Augen. Sie hatten etwas Fanatisches und gleichzeitig Entrücktes: Basaltseen in der Tiefe eines Kraters, dessen Inaktivität nicht gänzlich überzeugt.

Der Wirt räumte ab; Matzbach hörte, wie er den Mann fragte: »Und was wünschen Sie als Nachspeise, *Monsieur le docteur:* Käse, Eis, Obst, Gebäck?«

Baltasar, der gerade mit der rechten, verheilten Hand sein Weinglas zum Mund führte, reagierte augenblicklich. Mit einem kleinen Wehlaut ließ er die Trümmer fallen, die in seiner geballten Faust verblieben waren, und starrte auf die blutenden Schnittwunden. Der Wirt blickte zu ihm herüber, auch der *docteur* sah auf. Der Wirt machte einige schnelle Trippelschritte.

»Oh, das tut mir sehr leid«, sagte er, offenbar ernsthaft betroffen, »wahrscheinlich hatte das Glas schon einen Sprung. Das blutet aber sehr munter.«

Der Arzt war aufgestanden; er nahm eine karierte Serviette von einem Nebentisch und trat zu Matzbach.

»Monsieur«, sagte er knapp, »erlauben Sie? Ich bin Arzt.« Er bog Baltasars Finger auseinander und sah sich die Schnitte an. »Hm«, machte er mehrfach, dann meinte er: »Es sieht schlimmer aus, als es ist, Monsieur. Es könnten allerdings Splitter in Ihrer Hand sein. Wenn Sie bitte mitkommen wollen ...« Er wickelte die Serviette notdürftig um Baltasars Hand.

Matzbach folgte ihm brav. Der Arzt ging ihm schnellen

Schrittes voran und führte ihn in seine Praxis. Schweigsam und gründlich reinigte er Baltasars Hand, sprühte etwas auf die Schnitte in der Handfläche und an der Innenseite der Finger und bereitete Zellstoff für einen dünnen Verband vor. Baltasar studierte in der Zwischenzeit aufmerksam die Praxiseinrichtung, entdeckte jedoch nichts Auffälliges.

Der Arzt sah sich die Hand noch einmal an, bevor er den Verband anlegte, fielen ihm, offenbar erstmals, die verheilten Schnitte in auf dem Handrücken und an der Außenseite der Finger auf. Er schüttelte den Kopf. »Machen Sie solche Sachen häufiger, Monsieur?« erkundigte er sich.

Baltasar grinste ihn unverschämt und direkt an. »Selten, Doktor«, sagte er, »außer böse Menschen lauern mir in Les Baux mit einem Messer auf.«

Dabei beobachtete er den Mann scharf. Er war nicht sicher, aber er glaubte zu sehen, wie sich für einen Sekundenbruchteil die Pupillen des Arztes verengten.

Monsieur le docteur beugte sich über die Hand, zupfte am Verband und murmelte dabei: »Les Baux ... Les Baux ... warten Sie mal, ist das diese finstere Geschichte, die in der Zeitung stand?«

»Ach, haben Sie davon gelesen?«

»Mhm. Ich muß Ihnen aber gestehen, daß ich das für eine Erfindung der Redaktion gehalten hatte. Interessant, es ist also wirklich passiert. Wie war das denn?«

Er setzte sich Matzbach gegenüber auf die Kante seines Schreibtisches und verschränkte die Arme; sein Gesicht war interessiert, aber undurchsichtig.

Baltasar berichtete in groben Zügen von der Nachtvorstellung in Les Baux; ›die gröbsten Tricks‹, dachte er, ›sind vielleicht noch immer die besten.‹ »Na ja«, schloß er, »ich habe mir zwar ein paar Charakteristika der Männer gemerkt, aber da sie maskiert waren ...«

»Sie scheinen ein gutes Gedächtnis zu haben und gut zu beobachten«, sagte der Arzt nachdenklich. »Wenn Sie sich in einer solchen Situation und bei Dunkelheit noch irgend etwas merken können.«

»Oh«, sagte Matzbach fröhlich, »so gut ist mein Gedächtnis nun auch wieder nicht. Vor allem, das bißchen, was ich weiß, kann niemandem helfen oder schaden. Ich weiß, daß einer der Männer O-Beine hat, der Kleinste von ihnen, der, dem ich vermutlich die Hand gebrochen habe. Der zweite und der dritte waren schlank und größer.«

Er setzte hinzu: »Und der vierte hinkte ein wenig.«

Wieder das kurze Zucken der Pupillen. »Sie haben recht«, sagte der Arzt, »damit kann wirklich niemand etwas anfangen. Sogar eine Festnahme aller O-beinigen Männer mit gebrochener Hand wäre nicht besonders hilfreich. – Nun ja, Sie sind jedenfalls dort heil herausgekommen, und die neuen Wunden sind verbunden.

Ich schlage vor, wir begeben uns zu unserem Dessert.«

Sie standen auf. »Doktor, was schulde ich Ihnen?« fragte Baltasar.

Der Arzt winkte ab. »Vergessen Sie's«, sagte er.

Nach dem Ende des Mittagessens wanderte Matzbach verdauend und dösig ein wenig im Ort herum. Als er wieder zum Arkadenplatz kam, verließ ein schwarzer Buick die enge Durchfahrt neben dem Gotteshaus und steuerte in den Ort. Baltasar blickte unauffällig in den vorbeigleitenden Schlitten. Neben dem Fahrer saß ein drahtiger Mann, auf dem Rücksitz ein älterer Grandseigneur. Der Wagen verschwand unter den Platanen am Ende des großen Platzes.

»Ei«, sagte Baltasar halblaut, »wo mögen die denn gewesen sein?«

Er kletterte in seinen Pallas und fuhr an der Kirche vorbei. Es gab keine eindeutigen Hinweise in Form überfahrener Bäume oder vom Scheibenwischer erschlagener Rehe, aus denen Matzbach hätte ableiten können, daß der Buick über einen der kleinen Karrenwege gekommen war. Die wahrscheinlichste Herkunft des Straßenkreuzers war Demlixhs Landhaus.

Leise pfeifend fuhr Baltasar den Weg entlang. Vor dem *Manoir* des Phantastikers angekommen, parkte er offensichtlich und umständlich und stieg langsam aus. Demlixhs grauhaariger Angestellter erwartete ihn bereits am offenen Eingang.

»Ich bedaure außerordentlich«, sagte er höflich und in seiner originellen Sprachmischung, »aber Sie können heute nicht zu Herrn Demlixh. Bitte rufen Sie doch vorher an!«

Matzbach verzog das Gesicht zu einer Grimasse des heftigen Bedauerns. »Schade, sehr schade. Ich wollte ihn wirklich nur einige Minuten stören und ihm ein interessantes Projekt vorschlagen.«

Der Grauhaarige spreizte bedauernd die Arme ab. »Es tut mir wirklich leid, Herr Matzbach«, sagte er, »aber es geht nicht.«

Baltasar zog einen Flunsch. »Ist Herr Demlixh nicht da?« fragte er.

»Er ist anwesend, aber er hat Gäste und kann nicht gestört werden.«

Baltasar stieg wieder in seinen Wagen und wendete auf dem Hof, in einem großen, ungeschickt angesetzten Bogen. Die Terrassentür zu Demlixhs Lesesuite stand offen, aber im Haus war niemand zu sehen. Dafür sah Matzbach aus den Augenwinkeln etwas Weißes durch die Vegetation blitzen, dort, wo die Druiden ihr *Alignement* errichtet hatten.

Nachdenklich fuhr er ab. In Lacaze sah er eine ältere Frau, vermutlich eine Bäuerin, aus der Praxis von Herbin kommen. Er parkte unter den Platanen und ging zum Platz vor der Kirche zurück.

Im Bistro hockte er sich an die Theke und bat um Kaffee und Cognac. Der Wirt grinste ihn an.

»Na, was macht die Pfote?«

Baltasar hob die verbundene Hand. »Oh, geht schon wieder. Nur beim Gangschalten muß ich vorsichtig sein. So ein Glück, daß der Doktor gleich nebenan wohnt. Und daß er hier ißt.«

Der Wirt nickte, sagte aber nichts dazu. Baltasar nippte am Cognac.

»Obwohl mich verwundert«, sagte er, »daß in Lacaze ein Arzt lebt. Ich habe nichts gegen Ihren Ort, Monsieur, aber kann denn ein Doktor hier auskommen?«

Der Wirt zuckte mit den Achseln. »Ich weiß es nicht«, brummte er.

»Arbeitet der Doktor vielleicht noch irgendwo in einem Krankenhaus? Oder ist er immer hier?«

»Am Wochenende ist er meistens nicht da. Er fährt samstags früh weg. Wohin? Keine Ahnung.«

»Und was macht man, wenn jemand samstags krank wird?«

»Abwarten. Oder nach Draguignan fahren. Aber Sonntag nachmittag ist Doktor Herbin fast immer zurück.«

»Wohnt er auch nebenan? Allein?«

Der Wirt nickte. Aus seiner Haltung und seinem Gesicht konnte Baltasar entnehmen, daß er keine weiteren Fragen zu hören wünschte. Er trank in Ruhe seinen Kaffee und den Schnaps aus, zahlte und fuhr heim.

Im Hotel fand er einen ungeduldigen, nervösen und übermüdeten Maspoli vor, der Kaffee trank, rauchte und die Decke anstarrte, wenn er nicht auf den Boden sah oder die mollige Kellnerin zu irritieren versuchte. Baltasar setzte sich zu ihm. Maspoli reichte ihm ein längliches Päckchen mit einer Verdickung in der Mitte; Matzbachs feine Fingerspitzen verrieten ihm, worum es sich handelte.

»Rute und Pendel«, knurrte der Reporter. »So ein hirnverbrannter Blödsinn ...«

Baltasar wartete, bis er seinen Kaffee bekommen hatte, dann nahm er einen großen Schluck, verbrühte sich die Zunge, schimpfte lautlos und begann, Maspoli über die neuesten Ereignisse zu informieren. Er war zurückhaltend mit direkten Verdachtsäußerungen; Maspoli konnte jedoch zwischen den Sätzen hören und stellte Vermutungen an, die Baltasar nicht kommentierte. Schließlich seufzte Maspoli. »Na gut. Dann werde ich eben einen Bericht über das Leben des berühmten Autors Demlixh, der soeben knapp dem Tode entronnen ist, schreiben. Vielleicht wäre das tatsächlich interessant. Ich kann Ihnen nicht versprechen, daß meine Chefs dieser Meinung sind, aber ich werde versuchen, sie davon zu überzeugen, daß ich ein paar Tage hierbleiben sollte.«

»Braver Junge«, sagte Baltasar lobend. »Aus Ihnen kann noch mal was werden.«

Maspoli blinzelte. »Was denn? Schlagen Sie mal was vor.«

Baltasar bemerkte, daß er schon ewig keine Zigarre mehr geraucht hatte. Er kramte in seiner Jacke herum und fand tatsächlich im Etui noch ein Exemplar *pomposo stinkador.* Während er es anzündete, unterbreitete er Maspoli eine detaillierte Vorschlagsliste.

»Tellerwäscher oder, bei Ihrer Intelligenz, Fremdenführer für Analphabeten. Oder was halten Sie von der Einrichtung eines Büros für Nachforschungen – Garantiert kein Ergebnis? Selbstverständlich unter Ihrer Leitung?«

Maspoli legte ein Bein auf den Stuhl neben seinem. »Wissen Sie was?« sagte er. »Sie sind eine miese Kröte. Ich glaube, ich mag Sie. Wissen Sie, ob die Kellnerin noch frei ist? Ein paar Tage hier könnten mir ganz guttun.«

Sie besprachen das weitere Vorgehen; schließlich fuhr Maspoli zurück nach Marseille, um sich mit einer beeindruckenden Fotoausrüstung und dem Placet seiner Chefs zu versehen.

Baltasar verbrachte den Nachmittag teils hinter dem Hotel, wo er versuchte, die Handhabung der Rute zu memorieren und wieder einzuüben, teils am Tisch in seinem Zimmer. Dort pendelte er zunächst Flüssigkeiten aus (Kaffee und Leitungswasser, später Rotwein) und schwitzte dann über Provencekarten, die er vollschmierte, indem er mit einem Buch als Lineal und mit seinem Füller umfangreiche Flächen-, Winkel- und Entfernungsberechnungen anstellte. Außerdem machte er telefonisch mit der Gesellschaft, mit der Bronner seinen Rundflug über Südfrankreich absolviert hatte, einen Termin aus.

Ariane, offenbar innerhalb eines Tages von Matzbachs schlimmsten Auswirkungen erholt, fand den Dicken abends über dem wackligen Tisch brütend vor.

»Na?« machte sie.

»Ha«, gab er zurück. »Und du?«

»Oh, ich habe wunderschöne, anstrengende Spazierwege gefunden, ein halbes Buch gelesen und mich nicht nach dir gesehnt.«

»Es geht dir also gut, das freut mich.«

Sie lächelten einander an. Matzbach klopfte auf Papier.

»Was hast du? Hast du was erreicht?«

»O ja, sehr viel«, sagte Baltasar. Dann verzog er das Gesicht. »Ich kann nur nichts damit anfangen.«

Sie setzte sich aufs Bett. »Nun erzähl schon!«

Baltasar berichtete kurz von seinem Museumsbesuch. »Corvau lügt. Er will mir erzählen, der Fund, den er da gemacht hat, sei nicht so besonders wichtig, nur vielleicht hilfreich.«

»Ist das gelogen?«

»Es ist. Es ist nämlich so, daß es praktisch nichts Schriftliches aus Karthago gibt. Wenn also dieses Testament echt ist, dann stellt es sogar in der lateinischen Version einen bedeutenden Fund dar. Außerdem enthält es so viele verschlüsselte Informationen, daß ein gewissenhafter Historiker oder Archäologe es sofort veröffentlichen würde, auch wenn er noch nicht alles enträtselt hat. Es würde dann nämlich, wie ich die Burschen kenne, als Kodex Corvau in die Geschichte eingehen, und der ehrliche Finder bekäme zur Belohnung eine Forschungsdozentur der tunesischen Regierung oder so etwas. Der Fund ist also für Fachkreise von äußerster Sensationalität. Und der Mann hockt in seinem Keller und spielt die ganze Sache runter.«

»Vielleicht hat er Gründe dafür. Oder er glaubt nicht an die Echtheit.«

»Oho, daran glaubt er schon. Ich übrigens auch.«

»Ah, das ist neu. Seit wann?«

»Seit ich die Rätsel enträtselt habe.« Baltasar lehnte sich in seinem ächzenden Stuhl zurück und verzog das Gesicht zu etwas, was man großmütig als Zurückhaltendes-Aufleuchtenlassen-heftigen-Binnentriumphes bezeichnen könnte.

Ariane klemmte sich ein Kissen in die Achselhöhle, legte die Beine aufs Bett und wurde zu Maja Recamier in Freizeitkleidung. »So, enträtselt? Bist du hinter die geheimnisvolle Geographie der karthagischen Händler gekommen?«

»Ja, und eigentlich ist es entsetzlich billig.«

»Billig genug, um es mir überzeugend zu erklären?«

Baltasar grinste. »Ich glaube schon«, sagte er. »Jedenfalls im Prinzip. Sieh mal.«

Er breitete Karten auf dem Bett aus. Die erste, eine Europakarte, war unbemalt, die anderen – Detailkarten Südfrankreichs – waren kaum noch zu entziffern, da allenthalben Matzbachs Bleistift und Füller gewütet hatten.

»Also, was hat er gesagt? Seine vorletzte Reise zu Wasser und zu Land ...« Baltasar kramte seine Übersetzung heraus. »Hier. Also: ... ›führte mich von der Nordspitze der kleineren Insel im Nordwesten nach Arausio und zum kleinen Hafen östlich Massalias, von dort nach der Wüste, die Karthago nun ist.‹ Was, Fürstin meines Herzens, meinst du dazu?«

»Machst du jetzt wieder sokratische Spiele mit mir?«

»Ja, aber nur, um festzustellen, ob meine Gedankengänge so simpel sind, daß auch andere darauf kommen.«

»Danke für das ›simpel‹, du Arroganter.«

»So meine ich das nicht. Ich meine, ob ich mir da was zurechtgepfriemelt habe oder ob man ohne Halluzinationen zu den gleichen Schlüssen kommen kann.«

Ariane beugte sich über die Karte. »Kleine Insel im Nordwesten ...«, sagte sie halblaut.

»Kleinere«, korrigierte Baltasar mit Nachdruck.

»Das heißt, kleinere von wie vielen?« fragte Ariane. Baltasar schwieg. »Na klar«, sagte sie dann. »Wenn es drei wären, müßte es kleinste oder mittlere heißen. Logisch, eigentlich dürfen es also nur zwei sein. Das heißt, England ist die größere, Irland die kleinere. Also Nordirland?«

Baltasar nickte und setzte seinen Bleistift bei Belfast an. »Ob das damals auch schon so ungesund war?« fragte er beiläufig.

»Bestimmt«, sagte Ariane überzeugt. »Weiter. Nach Arausio? Was ist Arausio?«

»Das ist Lateinisch für Orange. Hier.«

»Ein ziemlicher Sprung.« Ariane summte leise und sah zu, wie Baltasar mit Hilfe eines mehrfach neu anzusetzenden Buchs eine einigermaßen gerade Linie von Belfast an die untere Rhône zog.

»Der kleine Hafen östlich von Massalia.«

Ariane rümpfte die Nase. »Das ist Marseille, klar, aber was ist der kleine Hafen? Gab es damals die ganzen Orte schon? Toulon, Hyères und so?«

Baltasar breitete die Arme aus. »Oh, das ließe sich wahrscheinlich feststellen, aber ich weiß es nicht genau. Ist auch nicht so wichtig. Ich lese das als ›der erste kleine Hafen östlich von Massalia‹. Zu klein, wahrscheinlich, um einen eigenen Namen zu haben, oder jedenfalls so klein, daß unser Freund Maharbal nicht sicher ist, daß man in ein paar Jahrhunderten den Namen noch kennen wird. Vermutlich ohne historische Bedeutung, was weiß ich.«

Ariane nickte. »Das könnte sein. Das heißt dann wahrscheinlich Cassis, oder?«

»Hm. Jedenfalls ist das ein guter Naturhafen, und näher an Marseille kann es kaum was gegeben haben.«

Er verlängerte die Linie. »Und bis Karthago«, sagte er. Die Linie überquerte das Mittelmeer, schnitt die Südwestecke Sardiniens ab und endete in der Bucht von Tunis.

Ariane blickte ihn fragend an. »Schön, eine gerade Linie von Belfast bis Tunis. Aber wie ist das mit der damaligen Kartographie? Vielleicht gibt das mit Maharbals Geographiekenntnissen eine Sinuskurve oder sonst etwas.«

Baltasar strahlte. »Siehst du, das hat mich zuerst auch beschäftigt. Aber ich glaube, ich habe das Problem gelöst. Die Römer haben sich ja immer ans Land gehalten, und die älteste Karte, die wir von ihnen kennen, die *Peutingeriana,* ist eine Routenkarte für spazierengehende Legionäre. Da spielt es keine Rolle, wo China genau liegt, Hauptsache, die Karte berichtet genug über Garnisonen und Tagesreisen zwischen ihnen. Die Karthager dagegen waren erfahrene Seefahrer. Gold aus Punt, Zinn von den Britischen Inseln und was weiß ich. Man kann also davon ausgehen, daß sie sowohl Himmelsrichtungen als auch Küstenlinien gründlich gekannt haben. Und wahrscheinlich hatten sie gute Karten. Die Weltkarte des Ptolemaios habe ich nicht im Kopf, klar, aber sie ist, was die Proportionen Europas angeht, so weit ich mich erinnere, viel genauer als die römische Ausgabe. Deshalb, denke ich, können wir davon ausgehen, daß dieser Maharbal, der angeblich überall gewesen ist, mit seinen sparsamen Angaben eine gerade Linie andeuten wollte.«

Er machte eine Pause. Dann sagte er nachdenklich: »Außerdem spricht, glaube ich, noch etwas dafür. Die Angaben sind so spärlich, daß das Ergebnis, die Aufschlüsselung, im Prinzip nur etwas Einfaches sein kann, zum Beispiel eine Linie. Ich glaube nicht, daß Maharbal selbst imstande war, Kurven zu berechnen, oder daß er es seinen nahen Nachfahren zutraute. – Aber weiter. Von Karthago dann über Syrakus nach Samos.«

Ariane deutete auf die genannten Weltgegenden, und Baltasar zog den Bleistiftstrich bis Samos.

»So«, sagte er, »was haben wir da?«

»Zwei Seiten eines vermutlichen Dreiecks«, sagte Ariane ungerührt, »mit einem stumpfen Winkel.«

Baltasar nickte wohlwollend. »Auch dein Unglaube wird dem hellen Licht der Erkenntnis weichen«, behauptete er. »Machen wir einfach mal ein Dreieck draus.« Er verband Belfast mit Samos. »So.«

Ariane betrachtete das Gebilde skeptisch. »Und weiter?«

»Weiter habe ich mir, wie eben schon, gedacht, daß Maharbals Karten einigermaßen genau waren und daß er ein einigermaßen einfaches System entwickeln mußte, um seine Schätze zu verbuddeln und Hinweise zu hinterlassen. Der Winkel bei Karthago ist stumpf, aber nicht sehr. Ich habe mir, im Hinblick auf die antiken Karten und die Schwierigkeiten der Projektion überhaupt, also im Hinblick darauf und auf das Gebot der Einfachheit habe ich mir gedacht, daß dieser Winkel vielleicht ein rechter sein soll. Oder daß Maharbal dies für einen rechten Winkel hielt.«

Ariane zuckte mit den Achseln. »Na ja, das wäre möglich«, sagte sie unentschlossen, »aber worauf soll das hinauslaufen? Ein rechtwinkliges Dreieck auf eine europäische Landkarte malen ...«

Baltasar gab ihr das als Lineal dienende Buch. »Miß mal Belfast–Karthago und Karthago–Samos«, sagte er.

Ariane maß. Drei Bücher lagen zwischen Nordirland und Tunesien, zwei zwischen Tunesien und der griechischen Weininsel.

»So ist es«, sagte Matzbach fröhlich. »Zwei Schenkel. Die beiden Katheten des Dreiecks, und die längere ist eineinhalb mal so lang wie die kürzere. So. Was macht er noch? Vor Korkyra, das ist Korfu, und zwar zwei Tagesreisen südwestlich von diesem, hatte er die Vision einer Landschaft in Illyrien, am Danubius, also an der Donau, und die Vision kam ihm senkrecht aus der Sonne.

Merkwürdige Vision, oder?«

Ariane rätselte über der Karte. Sie hantierte mit dem Buch an der Donau herum. Plötzlich sagte sie aufgeregt: »Hier, Moment mal. Wenn man auf der Grundseite dieses komischen Dreiecks die Senkrechte errichtet – und die Vision war doch senkrecht, oder? –, und zwar so, daß sie Karthago trifft, also den rechten Winkel über der Hypotenuse, dann fängt die Senkrechte ungefähr hier an, bei Belgrad.«

Baltasar reichte ihr den Bleistift; Ariane verband Belgrad und Tunis miteinander. Dann hielt sie ratlos inne. »Schön. Jetzt haben wir ein rechtwinkliges Dreieck mit dem Lot, aber die Vision wurde ihm doch zwei Tagesreisen vor Korfu zuteil, nicht in Karthago.«

Matzbach nickte. »Ich nehme an, er wollte es nicht allzu einfach machen oder schon einen Hinweis auf ein fortzusetzendes Verfahren einbauen. Wenn du jetzt nämlich Tunis–Samos als Hypotenuse nimmst und die Senkrechte zum rechten Winkel bei Belgrad ziehst, wo mußt du sie dann ansetzen? Ein Stück südwestlich von Korfu ungefähr. Was haben wir also? Ein rechtwinkliges Dreieck, das durch mehrfache Lotung in kleinere, ebenfalls rechtwinklige Dreiecke zerteilt wird.«

Baltasar nahm Buch und Stift an sich und stellte Fragen. »Was verbindest du mit Syrakus?«

Ariane grinste. »Zu Dionys, dem Tyrannen«, sagte sie, »schlich Damon, den Dolch im Gewande.«

»Setzen. Eins. Aber weiter. Bedenke, wir befinden uns im Bereich einer Zeichnung, einer geometrischen Mutmaßung. Fällt dir irgendeine geometrische Sache zu Syrakus ein?«

Sie überlegte. Plötzlich lachte sie. »Klar. Archimedes. Störe meine Kreise nicht.«

»Prachtvoll! Archimedes, Universalgelehrter, Erfinder des Flaschenzuges und so weiter. Und was fällt dir, außer Wein, zu Samos ein?«

Ariane dachte nach, fand aber nichts. Schließlich betrachtete sie noch einmal die Karte. Ganz klein stand auf Samos ein weiterer Name zu lesen. »Pythagóreion«, las sie. »Ist Pythagoras etwa von da?«

»Genau. Pythagoras der Schnarchsack, Erfinder des Dreiecks und der Seelenwanderung«, sagte Matzbach respektlos. »Womit wir unsere Dreieckshypothese ein wenig gestützt hätten, nicht wahr, denn ich denke mir, daß Maharbal ein kluges Kerlchen war. Und Archimedes wird uns gleich noch weiter helfen, der hat nämlich noch was erfunden.«

Langatmig erläuterte er die Zahl Pi, wichtig beim Kreis und beim Bau der Pyramiden, wie er gelehrt feststellte, »ungefähr drei Komma eins vier eins fünf neun zwei und so weiter. Aber angeblich hat Archimedes sie als zweiundzwanzig durch sieben angegeben. Und Maharbal sagt, man sollte sich Syrakus von Süden her nähern.«

»Ich bin zuständig für *Public Relations,* nicht für Buchhaltung«, wandte Ariane ein. »Was soll das alles?«

»Das habe ich mich lange und verbissen gefragt. Ich fragte mich, wozu läßt dieser tote Karthager uns im östlichen Mittelmeer Dreiecke malen, wenn er sein Zeug in der Provence verbuddelt hat? Und, dachte ich weiter, ob er Archimedes, störe meine Kreise nicht und Pi in einer seltsamen Weise mit Pythagoras vermengt hat? Aber dann ging mir ein anderes Lämpchen an. Er hat seine Reise von Norden nach Süden und weiter nach Osten beschrieben. Syrakus soll man von Süden aus anfahren. Kann das, dachte ich mir, heißen, daß man Archimedes von Süden aus anwenden soll? Also habe ich die Strecke Belfast–Tunis in zweiundzwanzig archimedische Teile geteilt und von Süden nach Norden sieben abgezählt.«

Er demonstrierte das Verfahren. »Und«, sagte er triumphierend, »wo kommen wir an? An der französischen Mittelmeerküste, genau gesagt in Cassis.«

Ariane maß nach und stimmte ihm zu. »Und was soll das alles?« fragte sie empört. »Wozu malen wir Dreiecke auf dem Meer, wenn es doch wieder an Land geht? Glaubst du, dieser

Maharbal hat seine Dreiecksvisionen da unten nur erzählt, damit wir in der Provence etwas Ähnliches machen?«

Baltasar nickte verdrossen. »Das meine ich, und ich verfluche ihn, weil er nicht genau gesagt hat, was wir mit den Dreiecken und Senkrechten anfangen sollen. Aber du hast mich eben auf einen prachtvollen Gedanken gebracht.«

»Ich? Wieso? Welchen Gedanken?«

»Was hieltest du davon, ein Buch über die Einführung der Zahl Pi als grundlegenden Faktor und Element eines jeden Vorgangs in der Buchhaltung zu schreiben?«

»Wenn das dazu führt, daß mein Gehalt mit Pi multipliziert wird, bitte sehr. Aber wie das in der Provence weitergeht, weißt du also noch nicht?«

Baltasar wackelte mit den Ohren. »Ich habe zwei oder drei Ideen, aber nichts davon überzeugt mich«, sagte er.

Er zeigte Ariane die verschmierten und mit vielerlei Geometrie bemalten Provence-Karten und erläuterte seine verschiedenen Ansätze.

»Aber ich bin noch nicht hinter die heilige Drei und die die Fläche verlassende Vier gekommen«, meinte er. »Wahrscheinlich ist es genauso einfach oder wirr wie die anderen Hinweise. Man wird sehen. – Was, Gespielin, hält dein Magen von einer läßlichen Atzung?«

Ariane seufzte. »Wenn ich dabei was zu essen kriege, ist mir der Wortlaut der Frage ziemlich egal.«

Später, als sie sich zur Ruhe begeben hatten und nur noch mühsam lasen, setzte Baltasar sich auf. »Ich sollte«, verkündete er der Welt, »zur Abwechslung wieder die Chinesen konsultieren.«

Ariane sah ihm mit klappernden Lidern zu. Baltasar warf sechsmal die drei Münzen in die Luft und notierte gewissenhaft die Ergebnisse. Er musterte das Resultat skeptisch. »Ein häßliches Hexagramm«, sagte er. »So furchtbar symmetrisch. Und keine veränderliche Linie. Na, mal sehen.«

Er schlug das *I Ging* auf und blätterte. Dann seufzte er. »Innere Wahrheit«, sagte er anklagend. »Natürlich habe ich innere Wahrheit. Ich bin durch und durch wahrhaftig. Was? Heiter und sanft soll ich sein, wenn ich das Land umgestalten will? Schweine und Fische? Ich werd' wahnsinnig. Die Macht des Vertrauens erstreckt sich sogar auf die lieben eßbaren Tierchen. Innere Wahrheit und Beharrlichkeit, und außerdem ist es förderlich, das große Wasser zu durchqueren.«

Er klappte das Buch zu. Ariane war beinahe wieder wach. »Willst du morgen schwimmen, du im Innern Wahrhaftiger?«

»Schweine und Fische!« sagte Matzbach empört.

Plötzlich sprang er auf. »Ha«, rief er, »und abermals ha. Wasser durchqueren! Natürlich. Wasser und Berge!«

Er zerrte die Europakarte aus dem Stapel und warf sie aufs Bett.

»Ha!« machte er. »Was ist das mit der inneren Wahrheit bei Maharbal? Berge werden abgetragen. Schweine weiden an ihren Hängen. Flüsse trocknen aus. Fische japsen.«

Ariane rieb sich die Augen. »Verwechselst du vielleicht Schweine und Ziegen?« fragte sie.

Baltasar winkte ab. »Sieh mal«, sagte er aufgeregt, »Berge und Flüsse als Landmarken, auch wenn sie nur noch als Spuren zu erraten sind. Das steht im Testament. Förderlich ist es, das große Wasser zu durchqueren und die innere Wahrheit der Schweine und Fische nicht zu untergraben. Das sagen die Chinesen. Na gut, suchen wir Schweine und Fische.«

»Du redest irr«, stellte Ariane sachlich fest.

Baltasar bohrte seinen Finger in die Karte. »Maharbal hat die Weisheit der Druiden gesammelt«, knurrte er, »und er reist von Belfast nach Tunis, ohne Druiden zu erwähnen. Sieh mal, welche Orte und Gegenden er auf seiner Reise berührt, ohne sie zu erwähnen. Wir sind der inneren Wahrheit seines Schweine-und-Fische-Berichts auf der Spur!«

Ariane folgte seinem Finger. »Nordirland«, knurrte er böse

weiter. »Später saßen die Fürsten und Dichter in Armagh herum, nicht weit von der Linie entfernt. Ob da zu Maharbals Zeit nicht wenigstens mal ein Priester aufgetaucht ist? Dann weiter. Wir überqueren das große Wasser und kommen wohin? Nach Anglesey, und diese Insel war unter dem Namen Mona später, laut Cäsar und Tacitus oder nur Tacitus oder was weiß ich, die Hauptinsel der Druiden. Weiter. Quer durch Wales mit Merlins Vorgängern und Hutzelhexen. Was kommt dann?«

Ariane las: »Salisbury.«

»Salisbury«, keifte Matzbach wütend. »Stonehenge, das damals längst stand und wo sich sicherlich ein paar schräge Vögel herumgetrieben haben. Weiter. Über den Kanal. Was ist da, knapp neben der Linie? Chartres. Die französischen Druiden behaupten, in der Kathedrale gäbe es eines der interessantesten Strahlungsnetze der Welt, und früher sei da ohne jeden Zweifel eine keltische Kultstätte gewesen. Orange an der Rhône. Cassis am Meer. Karthago am Meer. Hinterher reist er noch zu Pythagoras nach Samos, und Pythagoras hatte es mit der Seelenwanderung, genau wie die Druiden. Lauter seltsame Plätze, Kapitalen des Aberglaubens, die entweder an einem sichtbaren Wasser liegen oder über einem meßbaren Wassernetz. Und überall sind Hügel in der Nähe, wenn auch manchmal ein bißchen weiter weg. Ich glaube, ich muß mal darüber nachdenken.«

Ariane legte sich wieder hin, lächelnd. »Kapitalen des Aberglaubens, sagst du? Und was ist mit deinen alten Chinesen und den Schweinen und Fischen?«

»Das«, sagte Baltasar, wieder gelassen, »ist kein Aberglaube. Das, liebe Ariane, ist nichts als idiotischer Zufall.«

Er legte das Buch weg, verschränkte die Hände unter dem Hinterkopf und starrte an die Decke.

»Merkst du was?« fragte er dabei. »Oder hast du was gemerkt?«

»Nein.«

»Das war das erste Mal, daß die Chinesen mir nicht gesagt

haben, es sei förderlich, den großen Mann zu sehen. Was schließen wir daraus?«

Ariane kicherte. »Daß du nicht mehr in den Spiegel zu schauen brauchst.«

»Ah, bah. Daß ich ihn nicht mehr suchen muß. Weil ich ihn gefunden habe!«

»Interessant. Also du bist sicher, daß es sich bei deiner Neigung zu diesem Buch nicht um Aberglauben handelt?«

Baltasar machte glucksende Geräusche mit dem Kehlkopf. »Natürlich. Vergiß nicht, ich habe Urlaub, auch vom abendländischen Rationalismus. Ich weiß nicht, ob je ein Verbrechen mit Hilfe des *I Ging*, eines karthagischen Testaments und der Nichterwähnung druidischer Heiligtümer aufgeklärt worden ist, aber es passiert eben alles zum ersten Mal.«

»Bitte?!«

»Danke, keine Ursache. Also, ich brauche den großen Mann nicht mehr zu suchen, ich habe ihn gesehen. Aber wer ist es? Doktor Herbin? Edmund Demlixh? Der Archäologist Corvau? Oder Maharbal, dem ich heute ins Antlitz geschaut habe?«

Ariane gähnte herzzerreißend. »Viel Vergnügen, aber ich wäre dir dankbar, wenn du deine Meditationen über Männerantlitze leise vollziehen könntest. Und bitte nimm die Hände unter dem Kopf weg. Wenn du in dieser Position einschläfst, ist das schlimmste Schnarchen sicher.«

»Du verstehst mich nicht«, sagte Baltasar düster. »Niemand versteht mich. Es hat mich auch keiner richtig lieb. Alle spotten meiner. Ach, es ist widerlich.«

Mit dieser optimistischen Zusammenfassung schaltete er das Licht aus und drehte sich auf die Seite. Sekunden später begann er zu schnarchen. Ariane zog sich die Decke über die Ohren.

9

Nach dem Frühstück verfaßte Baltasar eine dirigierende Nachricht für César Maspoli, mit dessen Eintreffen er selbstsicher rechnete. Er hinterließ die Anweisungen in einem verschlossenen Umschlag an der Rezeption des Hotels und erkundigte sich dort, ob das Etablissement über eine entleihbare Schreibmaschine verfüge. Es verfügte.

Ariane übernahm die Kontrolle des Gefährts und steuerte den Pallas Richtung Autobahn, während Baltasar murrend, knurrend und schnurrend auf dem Beifahrersitz hockte, wie eine Lokomotive qualmte und Dreiecke auf provencalische Detailkarten malte. Ariane hütete sich, die vormittäglichen Inspirationen durch gezielte Fragen zu verwirren.

Nach ungefähr siebzig Minuten hatten sie den Flughafen Marseille-Marignane erreicht. Baltasar faltete nacheinander ein Dutzend Karten zusammen und stieg wortlos aus. Ariane verschloß den Wagen und folgte gehorsam, als der Dicke ihr winkte und mit einem seiner Finger auf die Cafeteria deutete.

Bei einem großen Café Créme setzte er ihr auseinander, was er – mit Hilfe, wie er sagte, chinesischer Schweine und Fische – auf den Landkarten ermittelt zu haben glaubte. »Ich müßte diesen Archäologen fragen, wo genau das Testament gefunden wurde«, sagte er, »aber ich bin sicher, daß es da war.« Er deutete auf einen Punkt nahe Brignoles, nördlich der Provence-Autobahn. Ariane ließ sich von ihm Feuer für ihr Zigarillo geben.

»Wie aufmerksam«, sagte sie. »Also, ich will ganz ehrlich zu Ihnen sein, mein Herr – diese Rechnerei mit Dreiecken und Senkrechten ist mir erstens zu wild, und zweitens überzeugt mich das noch gar nicht. Was ist mit Wasser und Bergen?«

Baltasar steckte die Karten in seine uferlos ausufernde Jackentasche. »Das«, äußerte er fröhlich, »hoffe ich, auf diesem Flug zu erfahren.«

Ariane teilte ihm ihr Unverständnis mit. Baltasar winkte ab. »Es hat keinen Sinn, das theoretisch zu erörtern.«

Sie begaben sich auf den langen Marsch zum Büro der privaten Fluggesellschaft, mit der William Bronner laut Quittung einen Rundflug über die Provence gemacht hatte.

Der Pilot erwartete sie bereits: ein hochgewachsener, blonder Nordfranzose, der nach einigen Jahren bei der französischen Luftwaffe nicht mehr vom Fliegen losgekommen war. Er schüttelte zunächst Arianes, dann Matzbachs Hand und klopfte auf eine blaugebundene Kladde.

»Wie Sie am Telefon gesagt haben, Monsieur«, meinte er, »habe ich alles vorbereitet. Wir können die gleiche Strecke abfliegen, die Ihr Freund mit mir geflogen ist.«

Er erinnerte sich gut an Bronner; Einzelgäste, die das Geld für einen Rundflug hinlegen, sind selten. Baltasar schob dem Piloten ein mitteldickes Päckchen 100-Francs-Noten über den Tisch.

Kurze Zeit später waren sie in der Luft. Der Pilot gab einige kurze Kommentare zur Landschaft und zu Bronners Sonderwünschen ab. Sie flogen über Les Baux hinweg, ließen Arles links liegen, überquerten die Rhône. Baltasar saß auf dem Platz, auf dem Bronner gesessen hatte, und er hoffte, daß er das gleiche sah wie weiland Bronner. Westlich von Nîmes gingen sie auf Süd-, dann gleich auf Ostkurs, überflogen Aigues-Mortes und den Étang de Vaccarès, danach zog der Pilot die Maschine in einem Bogen über das Mittelmeer.

Baltasar starrte aus dem Fenster, nickte, markierte Punkte auf seiner Karte; als sie über dem Meer waren, grinste er Ariane an. »Es ist förderlich«, sagte er munter, »das große Wasser zu überqueren.«

Ariane lächelte. Sie war gut gelaunt, genoß den Flug in der zweimotorigen Cessna und die Tatsache, daß es nicht ihr Geld war, das dafür verschwendet wurde.

»Wir überfliegen gleich die *Calanques* von Cassis, Monsieur«, sagte der Pilot. Baltasar nickte und zog aus einer Tasche seiner unergründlichen Jacke eine kleine Kamera hervor.

»Woher hast du die denn schon wieder?« fragte Ariane verwundert.

Baltasar hob die Brauen. »Ausnahmsweise, *maîtresse des maîtresses*, habe ich die nicht selbst gemacht, sondern erworben.«

Er deutete aus dem Fenster und knipste. Unter ihnen lagen die drei »Schlupfhäfen« westlich von Cassis. »Paß auf«, sagte Matzbach, »siehst du diesen wurmförmigen Hügel, links?«

Ariane nickte, obwohl sie mit der Wurmförmigkeit der Bodengestaltung nicht ganz einverstanden war. Die dritte *Calanque* sah, wie Baltasar betonte, wie ein Doppelwurm aus: ein mit Wasser gefülltes Wurmtal neben einem kleinen Wurmhügel.

»Na und?« fragte Ariane. »Was hat es mit den Würmern auf sich? Ich denke, du suchst Fische und Schweine?«

»Wart's ab.«

Die Cessna brummte nach Nordosten. Der Pilot hob die Hand und nannte den nächsten Namen, Brignoles. Die Autobahn glitt unter ihnen weg, und Matzbach machte wieder Aufnahmen, wobei er Ariane auf ein weiteres Wurmtal aufmerksam machte, dessen zugehöriger Hügel nicht zu finden war. Nordnordwestlich von Draguignan begann Baltasar wieder zu knipsen, und plötzlich brach er in schallendes Gelächter aus. Er markierte den nächsten Punkt auf seiner Karte. Der Pilot drehte sich um und starrte ihn noch verblüffter an als Ariane.

»Warum lachst du?« fragte sie.

Gleichzeitig stellte der Pilot fest: »Genau an dieser Stelle hat Monsieur Bronner auch gelacht. Was ist denn da so erheiternd?«

Baltasar schüttelte den Kopf, glucksend. »Das ist nicht zu erklären«, sagte er. »Das muß ich erst noch genau überprüfen, bevor ich es selbst glaube.«

Der Pilot schnitt eine Grimasse. Dann ließ er die Maschine

steigen. Sie überflogen die Ausläufer des Plâteau de Canjuer, »militärisches Sperrgebiet«, wie die Karten vermerkten. Baltasar winkte grüßend durch das Fenster, allgemein nach links. »Grüße an die Artillerie und die *Force de Frappe«,* sagte er.

Aus der Höhe waren nicht mehr viele Einzelheiten zu sehen.

»Hoffentlich werden die Bilder was«, murmelte Matzbach. Er knipste wieder, als sie über dem Ort Comps waren. Die Maschine kippte leicht ab und wurde auf Nordwestkurs gebracht. Unter ihnen zog sich der Große Canyon des Verdon hin. Die tiefe Schlucht war auch aus der Vogelperspektive atemberaubend. Baltasar knipste wie ein Wilder, während Ariane andächtig auf das zerklüftete Zickzack-Panorama hinabsah.

Als sie den Stausee am Ende der großartigen Schlucht erreicht hatten, gingen sie auf Südkurs. Baltasar fotografierte noch einige Male und machte ein überaus zufriedenes Gesicht. Über Brignoles schwenkten sie wieder Richtung Marseille ab, wo sie wenig später landeten.

Nach einem kurzen Abschied vom Piloten, der offenbar neugierig war und ebenso ergrimmt, weil Baltasar dieser Neugier kein sättigendes Futter gönnte, fuhren sie in die Stadt. Ariane, die chaotischen Großstadtverkehr in Frankreich nicht besonders liebte, war froh, auf dem Beifahrersitz Platz nehmen zu können. Matzbach steuerte fröhlich und schimpfend durch das Gewühl, fand einen genehmen Parkplatz und stellte den Motor ab.

»Ich muß«, sagte er, »ein paar Sätze mit unserem Freund Ducros wechseln. Willst du mitkommen? Du störst nicht. Du kannst aber auch so lange einen Kaffee trinken, wenn dir das lieber ist.«

Ariane zwinkerte ihm zu. »Hast du heute deinen liberalen Tag?«

»Ich mühe mich ab, mein schlechtes Ich zu unterdrücken«, gab Baltasar zurück.

Ariane entschied sich für einen Zeitungskiosk und ein nahes Café, während Baltasar in der Polizeipräfektur verschwand.

Ducros begrüßte ihn sichtlich schlecht gelaunt. »Ach, Sie«, knurrte er. Er saß, unrasiert und hohläugig, in einem stickigen Büro über Bergen von Papier. Baltasar nickte ihm zu, ging am Schreibtisch vorbei und öffnete das Fenster. Ducros runzelte die Stirn, dann grinste er. »Gute Idee«, gab er zu. »Hätte ich eigentlich selbst drauf kommen können.«

Matzbach hockte sich auf die Kante des Schreibtischs, der bedrohlich knirschte.

»Na, haben Sie etwas erreicht?« fragte er.

Ducros gähnte. »Ich habe drei kleine Taschendiebe festgenommen«, zählte er auf, »einen Dealer verhört, ungefähr zwei Dutzend Meldungen über gestohlene Wagen durchgesehen und noch nichts gegessen. Was wollen Sie noch mehr?«

»Oh, zum Beispiel Pierrot le Flonflon.«

»Ach, Ihren komischen Druiden? Bisher Fehlanzeige. Laut Auskunft aus der Bretagne ist er nicht zu Hause. Aus Montpellier habe ich noch nichts gehört.«

Matzbach zog eine Zigarre aus seiner Tasche, biß die Spitze ab, spuckte den Abbiß auf den Boden und angelte Ducros' Feuerzeug von der überladenen Tischplatte. Paffend erläuterte er: »Es geht ja nicht, daß hier plötzlich die Luft gut wird, oder? – Sagen Sie mal, wo wohnt dieser Obermafioso eigentlich, dieser Grimaud? Kann man ihn erreichen, wie viele Autos besitzt er, welche Farbe haben seine Schnürsenkel?«

»Brauchen Sie sonst nichts? Den Mädchennamen seiner Großmutter vielleicht?«

Baltasar kramte in seinen zahlreichen Hemd- und Jackentaschen, fand einen Zettel und schob ihn Ducros hin.

»Das«, sagte er, wobei er auf die Reihe von Zahlen und Buchstaben deutete, »ist die Nummer eines großen schwarzen Buick. Ich könnte mich dazu hinreißen lassen, Sie sympathisch zu finden, wenn Sie mir sagen, wem die Kiste gehört.«

Ducros seufzte. »Warum? Wo treibt dieser – was war das? Ein Buick? Aha. Also, wo treibt der sich denn rum?«

»Er war, mit einem Fahrer, einem eleganten Totschläger und einem distinguierten Herrn an Bord, gestern bei Demlixh. Zu einer Zeit, als Demlixh mitsamt seinen Druiden bei den aufgestellten Druidensteinen weilte.«

Ducros hob die Brauen. »Du liebe Zeit. Immer diese hirnrissigen Spinner. Normale Mörder reichen Ihnen nicht, wie?«

Baltasar sagte nichts. Ducros seufzte abermals und griff zum Telefon. Er wählte eine Nummer, verlangte eine bestimmte Person, hängte wieder ein.

»Gleich zwei Uhr«, sagte er verdrossen, »die haben's gut, machen Mittagspause.«

»Ihr Magen«, sagte Baltasar, »klingt wie eine verrostete Blechtrommel, in der ein Tausendfüßler Rollschuhlaufen übt.«

Ducros starrte ihn an. »Wenn Ihr Französisch nicht so unverschämt gut wäre«, knurrte er, »könnte man Sie glatt für ein menschliches Wesen halten. Sie Monstrum.«

Matzbach rutschte von der Tischkante. »Kommen Sie«, sagte er heiter, »in meiner monströsen Gelassenheit lade ich Sie zu einem kleinen Mundvoll ein.«

Sie setzten sich zu Ariane, die sich bereits etwas zu essen bestellt hatte. Ducros war Höflichkeit und Charme in Person. Anschließend an Essen und Charme gingen die beiden Kavaliere zurück in Ducros' Büro.

»So, Herr Präfekt«, sagte Baltasar, der seinen Versuch fortsetzte, den Schreibtisch durch seitliche Überlastung zu zerstören, »jetzt telefonieren Sie doch noch mal ein Weniges.«

Ducros tat, wie ihm geheißen. Diesmal erreichte er die gewünschte Person, gab die Autonummer durch und bat um Rückruf.

»Und was wollen Sie von Grimaud?« fragte er.

Baltasar stand auf und begann, im engen Büro auf und ab zu gehen. »Schauen Sie«, begann er, »ich glaube, ich habe dieses verdammte karthagische Testament enträtselt. Wenn ich mich nicht irre, weiß ich, wo dieser Maharbal seine Hinweise in latein, griechisch und karthagisch verbuddelt hat und wo er die Münzen, die Edelsteine und seine sämtlichen okkulten Reiseberichte deponiert haben könnte.«

Ducros bat um Aufklärung. Baltasar skizzierte ihm in groben Zügen Europa und etliche Dreiecke auf ein Blatt Maschinenpapier. Der Kommissar hörte kopfschüttelnd zu, rauchte und schnitt Grimassen.

»Na ja«, sagte er schließlich, »das klingt wie ein Goldgräberroman aus dem neunzehnten Jahrhundert. Ich will mich nicht weiter damit befassen. Was hat das mit Grimaud zu tun?«

Baltasar ignorierte den Einwurf. »Die Schatzgrüfte«, sagte er, »liegen also da oben zwischen Draguignan und der Verdon-Schlucht. Nun habe ich mich gefragt, was mein Freund Bronner in Les Baux getrieben hat. Er hat mir ja, wie Sie wissen, geschrieben, daß er jemanden nach Les Baux bestellt hat. Also hat Bronner wohl ähnliche Gedanken gedacht wie ich, denn er hat mich ausdrücklich auf den Rundflug hingewiesen. Diese bestimmte Bodenformation, eine Verbindung von Hügel und Wasser, ist zwar auch vom Boden aus zu entdecken, aber aus der Luft geht es leichter.«

Er rutschte vom Schreibtisch und ging zur Wand, an der eine Karte des Departements hing.

»Reicht nicht«, sagte er mißmutig. »Haben Sie die angrenzenden Karten irgendwo?«

Ducros kramte in seinem Schreibtisch herum, dann telefonierte er mit einer anderen Stelle im Haus und bat um Detailkarten. Baltasar hob die Hand.

»Nicht auflegen«, rief er mittellaut. »Fragen Sie doch, ob es auch noch ältere Karten gibt, so von vor fünfzig oder hundert Jahren.«

Ducros gab die Frage weiter, mit Zweifel in den Mundwinkeln. Dann hängte er ein. »Sie wollen im Archiv nachsehen«, teilte er Matzbach mit. »Wollen Sie auch noch einen Kaffee?«

Er verschwand und kam nach einigen Minuten mit zwei Tassen Espresso zurück.

»Also weiter!«

Baltasar weigerte sich. »Das geht nur mit Karten«, sagte er.

»Schönes Wetter heute«, maulte Ducros.

»Ja, die fliegenden Fische schwitzen«, antwortete Matzbach.

Beide verfielen in brütendes Schweigen. Das Telefon schrillte. Ducros nahm ab, lauschte, machte große Augen, dankte und hängte ein.

»Der Buick«, sagte er zögernd, »gehört Grimaud. Das heißt, nicht Grimaud, sondern seinem Adjutanten. Geschäftsführer. Rechte Hand. Was Sie wollen. Jedenfalls Evaristo.«

Baltasar widmete ihm ein herablassendes Lächeln, sagte aber nichts.

Einige Minuten später kam eine ältere Sekretärin mit mancherlei Karten herein, grüßte, legte ihre Bürde auf Ducros' Schreibtisch und ging wieder.

Baltasar befestigte die östlich angrenzenden Departements an der Wand und kam zum Schreibtisch zurück.

»Ich will Ihre Karten nicht versauen«, sagte er, »deshalb male ich Ihnen das erst mal so auf.«

Er deutete auf das große Dreieck im schwach erkennbaren Europa. »Hier. Belfast–Karthago–Samos–Belfast. Ein schönes, großes Dreieck. Ich nehme an, daß Maharbals Geographie gut genug war, um die Strecken als gerade Linien zu sehen, aber nicht so gut, daß er die genauen Winkel hätte messen können. Ferner glaube ich, daß er mit den damaligen Hilfsmitteln, Zahlen und so weiter die Sache absichtlich vereinfacht hat. Bedenken Sie: Winkelberechnungen mit römischen Ziffern, entsetzlich. Ich weiß nicht, welche Ziffern er verwendet hat, aber er hatte bestimmt keinen Taschenrechner zur Verfügung. Egal. Also nehmen wir an, er hält den Winkel bei Karthago für einen rechten Winkel. Kurz vor Korfu hat er, wie er schreibt, eine senkrechte Vision einer Landschaft an der Donau, im damaligen Illyrien. Wenn wir auf der Strecke Samos–Belfast einen rechten Winkel, ein Lot errichten, das den Scheitel Karthago trifft, sind wir in Belgrad. Wir haben jetzt im großen rechtwinkligen Dreieck ein kleines. Wenn wir in diesem kleinen die gleiche Prozedur vornehmen, ein Lot Richtung Belgrad errichten, haben wir einen Punkt knapp südwestlich von Korfu. Zwei Tagesreisen, schreibt Maharbal, und das kann hinkommen.«

»Nicht bei Gegenwind«, warf Ducros spöttisch ein.

»Bäh. So. Aber was sollen wir im Mittelmeer? Maharbal hat sich in der Provence niedergelassen. Die Geschichte mit Pythagoras, Dreieck, Archimedes und Pi habe ich Ihnen ja schon erzählt.

Wenn wir also – denken Sie an Syrakus von Süden! – die Strecke Karthago–Belfast von Süden nach Norden durch zweiundzwanzig teilen und sieben Teile abzählen, also die Strecke durch Pi dividieren, kommen wir in Cassis an Land, und den kleinen Hafen westlich von Marseille hat der Karthager ja ausdrücklich erwähnt. Also, denke ich mir, sollen wir wohl das von ihm im Mittelmeer *en gros* angedeutete Verfahren in der Provence *en détail* nachvollziehen. Die Strecke Belfast–Karthago ist eineinhalb mal so lang wie die Strecke Karthago–Samos. Der einzige andere Ort hier, den Maharbal erwähnt, ist Orange, das auf der großen Strecke liegt. Ich nehme also Orange–Cassis als Vertretung für Belfast–Karthago, messe die Entfernung, dreiunddreißig Zentimeter auf dieser Karte. Dann lege ich in Cassis einen rechten Winkel an. Wie gesagt, Orange ist Belfast, Cassis ist Karthago, diese Strecke hier, nach Samos, ist eins zu eineinhalb im Verhältnis zur großen Route, also auf dieser Karte zweiundzwanzig Zentimeter. So. Orange ist Belfast, Cassis ist Karthago, und Samos liegt nördlich von Draguignan.«

Ducros verfolgte die Malerei mit zusammengekniffenen Brauen. »Kompliziert, was Sie da so machen«, sagte er.

Baltasar leugnete das. »Was ist an einem rechtwinkligen Dreieck kompliziert? – Weiter. Die Senkrechte von der Hypotenuse nach Cassis beginnt in Gréoux-les-Bains beziehungsweise daneben. Das entspricht also Belgrad. So. Das gleiche Verfahren mit dem zweiten, kleineren Dreieck. Was entspricht der Stelle zwei Tagesreisen vor Korfu? Hier, die Ecke knapp nordöstlich von Brignoles. Nun hat Maharbal geschrieben, die Drei sei dreimal heilig. Ich schätze also, wir sollen diese Dreieckszerteilung dreimal vornehmen. Und zwar noch einmal nach rechts, nach Osten, nicht nach Norden, denn die Landschaft an der Donau will er ja nicht mehr sehen. Also teilen wir das Dreieck wie die anderen, Lot nach Brignoles, und wo sind wir? Bei Aups. So. Jetzt – soweit bin ich sicher, aber das Weitere ist Hypothese. Ein Quadrat. Sie wissen, was im Testament steht: Dreimal die Drei, dann die Vier, die die Fläche verläßt.«

Sein Gemälde sah etwa so aus:

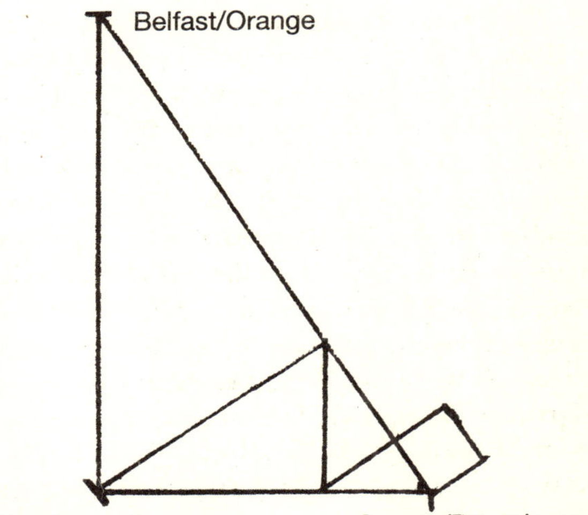

»Eine häßliche Figur«, kommentierte Ducros. »Aber nicht ohne Logik. Die Vier, die die Fläche verläßt – das könnte schon ein Quadrat sein. Und an der Stelle, klar; im Prinzip ist das eine Fortsetzung der Richtung.« Er wirkte plötzlich interessiert und höchstens noch halb so müde.

»Sehen Sie«, sagte Baltasar zufrieden, »sogar französische Polizisten können manchmal denken. Weiter. Maharbal redet von Bergen und Flüssen und rechnet damit, daß sie noch nach langer Zeit als Spuren erkennbar sind.«

»Er hat nicht mit Bulldozern gerechnet«, gab Ducros zu bedenken.

»Deswegen wollte ich so gern ältere Karten haben«, sagte Baltasar. »Was jetzt folgt, ist sehr lustig. Bei der Überlegung, welche Landmarke er wählen könnte, hat Maharbal sich offenbar von seiner verlorenen Heimat inspirieren lassen. Wenn Sie sich demnächst mal eine Karte von Tunesien anschauen, werden Sie feststellen, daß die Bucht von Tunis am unteren Ende einen kleinen, wurmförmigen Appendix hat. In der Nähe dieses Appendix lag einmal Karthago, und das Zentrum der Stadt befand sich auf einem ebenfalls annähernd wurmförmigen Hügel. Nun habe ich, da Karthago und Cassis in dieser Skizze verbunden sind, bei Cassis nach einer Entsprechung für dieses amphibische Gewürm gesucht.«

Er deutete auf die Detailkarte an der Wand. »Hier«, sagte er, »sehen Sie? Die dritte und letzte *Calanque* – ein Wasserwurm neben einem Hügelwurm. Wo sind die alten Karten?«

Ducros schob ihm den Kartenstapel zu. Baltasar nickte anerkennend. »Gutes Archiv haben Sie«, sagte er. Er entfaltete eine antiquierte Reliefkarte, die die Gegend um Brignoles lange vor dem Bau der Autobahn zeigte.

»Korfu und die senkrechte Vision«, murmelte er. Er suchte die Karte ab. Plötzlich lachte er. »Sehen Sie, da ist es. Eingefallen, aber noch erkennbar.«

Ducros stand auf und beugte sich über die alte Karte. Matzbachs Finger wies auf eine Stelle nordöstlich von Brignoles. Dort waren die feinen Umrisse eines entfernt wurmförmigen

Hügels zu erkennen, neben dem sich ein kleiner, weiter nördlich in den Fluß namens Argens mündender Bach schlängelte. »Und wissen Sie was?« fragte Matzbach triumphierend. »An dieser Stelle ist die lateinische Version des Testaments gefunden worden.«

Ducros pfiff leise durch die Zähne. »Wenn das stimmt«, sagte er, »dann haben Sie wirklich was geleistet. Das hieße dann, daß an den drei Punkten, an denen Sie das Lot auf der jeweiligen Hypotenuse errichtet haben, die Testamente vergraben wären?«

»Genau. Sehen Sie, hier.« Er schlug die nächste alte Karte auf. »Gréoux-les-Bains«, sagte er. »Hier macht der Unterlauf des Verdon einen wurmförmigen Schlenker, und da ist ein Hügel, der dazu paßt.«

Ducros machte klickende Geräusche mit der Zunge. »Das wird nichts werden«, sagte er. Er ging zur neuen Karte, blieb vor der Wand stehen und deutete auf die fragliche Stelle. »Sehen Sie: Hier ist der Verdon gestaut, und dabei ist der halbe Wurmhügel entfernt worden.«

Baltasar nickte. »Damit muß man rechnen«, sagte er munter, »aber das macht nichts. An der Stelle war bestimmt die karthagische Version des Testaments vergraben, und wer kann das schon lesen? Immerhin – ein zusammenhängender karthagischer Text wäre ein ziemlich sensationeller Fund. Egal. Weiter. Der dritte Punkt ist hier, bei Aups.« Sie beugten sich wieder über die alte Karte – auch diesmal fanden sie einen gewundenen Bach und einen gewundenen Hügel. Die neue Karte zeigte an der Stelle die ausgebaute, erweiterte Nationalstraße 557; der Bach fehlte völlig, und der Hügel war abgetragen.

»Sehr schön«, sagte Ducros. »Das überzeugt mich. Eine Frage – Sie haben einen Rundflug gemacht und moderne Karten. Wie, glauben Sie, hat dieser alte Karthager das alles entdeckt?«

»Oh, er schreibt, er sei ein rüstiger Greis und gut zu Fuß gewesen. Ich schätze, er hat sich das Grundschema mit den Dreiecken überlegt und dann an den entsprechenden Stellen nachgesehen, ob er einen geeigneten Platz zum Verbuddeln findet. Und wissen Sie, die Punkte sind ja nie so ganz genau anzupeilen. Hügel und Bäche gibt es reichlich, und diese wuselige Wurmförmigkeit läßt sich, böse Absicht vorausgesetzt, in viele Bodenformationen hineinlesen. Und ein rüstiger Greis kann sehr wohl Hügel umrunden, sich deren Form merken und, wenn er sie erklommen hat, die Windungen eines Gewässers werten. Ich halte das Ganze für eine Mischung aus Kalkül, Zufall und Unterstellung. Die meisten Hügel haben so eine Wurmform, jedenfalls in Andeutungen, und Bäche schlängeln sich nun mal häufig. Es ist bestimmt nicht so schwer gewesen, in der Nähe der von Maharbal dafür vorgesehenen Punkte diese sehr allgemeinen Landmarken zu finden.«

Ducros zündete sich eine neue Zigarette an und hustete. »Na gut. Kommen wir zu den Schätzen. Und, natürlich, den vergrabenen Reiseberichten. Wo sind die denn?«

Baltasar entzündete mit feierlichen Gesten eine Zigarre. Dann erklärte er dem Kommissar, welche Punkte ihm in Anbetracht der Dreien und Vieren innerhalb und außerhalb der Fläche des großen Dreiecks wahrscheinlich erschienen. Ducros lauschte stumm, inspizierte die angegebenen Punkte, starrte Matzbach an, und dann brachen beide in ein mehrstimmiges Gelächter aus. Ducros wechselte übergangslos zu einem ausgedehnten Hustenanfall. Schließlich japste er: »Toll, *c'est super* – wenn Sie da richtigliegen, also nein. Ein Staudamm, ein Schießplatz, eine Kirche und dieses Dings, nein, ist das schön. Vor allem – also, dessen Gesicht möchte ich sehen.«

Als sie sich beruhigt hatten, sagte Baltasar sanft: »Und bei all dem dürfen wir nicht vergessen, daß Bronner die Sache offenbar begriffen hatte. Und er ist mit Sicherheit umgelegt worden.«

Ducros hustete in den übervollen Aschenbecher. »Pah, puh. Aber was hat er in Les Baux gewollt? Das ist doch völlig außerhalb des Dreiecks.«

Matzbach nickte. »Ja. Ich weiß nicht genau, wie er es angestellt hat, aber nehmen Sie an, er hat den Interessenten erklärt, wenn man die große Strecke von Süden nach Norden teilt statt umgekehrt, dann muß man auch die Seiten verdrehen. Wenn Sie nämlich« – er malte wieder – »Cassis als Karthago, Orange als Belfast nehmen und den rechten Winkel nach Westen statt nach Osten anlegen, dann läge Samos nicht bei Draguignan, sondern irgendwo im Wasser, südlich der Rhônemündung. So. Nun nimmt er die heilige Drei als Aufforderung, die Strecke Cassis–Orange zu dritteln. Der Schlußteil beginnt dann hier, bei Cavaillon. Legt man in Cavaillon einen rechten Winkel an – denken Sie immer an die senkrechte Vision –, wo kommt man dann hin? Die Linie schneidet die Seite des großen Dreiecks genau südlich von Les Baux.« Er legte den Stift weg. »Ich weiß es nicht«, murmelte er; laut sagte er dann: »Die Angaben sind so vage, daß man sie überzeugend in viele Richtungen drehen kann. Vielleicht hat er auch andere Argumente gebraucht. Jedenfalls hat er jemanden nach Les Baux bestellt und ist zwei Tage lang immer wieder auf die alten Mauern geklettert, um nach dem Geladenen Ausschau zu halten. Das ist übrigens auch eine Erklärung für dieses idiotische Spiel. Ich hatte angenommen, er wartet darauf, daß jemand nach Les Baux selbst kommt, um dann in letzter Sekunde zu verschwinden. Alberne und kaum durchzuführende Idee, natürlich, denn was, wenn der böse Gast auftaucht, während Bronner nicht auf den Zinnen, sondern zum Beispiel auf dem Klo hockt? Also, denke ich mir jetzt, hat Bronner jemandem auseinandergesetzt, daß unterhalb des Berges, südlich, etwas verbuddelt sein muß. Er klettert immer wieder auf die Ruinen, um nachzusehen. Wenn die Schatzsucher gekommen sind und angefangen haben zu graben, kann Bronner getrost in seinen Wagen steigen und verschwinden, um an einer anderen Stelle, der richtigen, Nachforschungen anzustellen, unbeobachtet. So oder ähnlich könnte es gewesen sein. Vielleicht gibt es aber eine ganz andere Erklärung.«

Er machte eine Pause. Ducros schwieg und wartete. Baltasar fuhr fort: »Theoretisch gibt es eine Menge Interessenten. Der Archäologe – er hat das Ding entdeckt, bisher offenbar nicht enträtselt, obwohl es doch so einfach ist, hm, und er lügt. Er behauptet, die Sache wäre nicht wichtig, dabei ist der Fund allein des Testaments schon eine große Sache. Demlixh – er hat sich bei mir gemeldet, Bronner ist bei ihm gewesen, Demlixhs Haushälterin ist gestorben, und zwar an einer Fischvergiftung, an die ich nicht glaube, und Demlixh hat angeblich mit dem Tode gerungen – woran ich auch nicht glaube. Er war gut zurechtgemacht, als ich bei ihm war. Ich hatte mich ja angekündigt, und da hat er sich grau angezogen und mit hochgelegten Beinen in Filzpantoffeln den Genesenden markiert. Er schreibt phantastische Sachbücher, und für ihn ist dieser angeblich in China und Amerika gewesene Karthager doch ein Geschenk des Himmels – Mann, was kann er daraus für ein Garn spinnen! Der Doktor Herbin – er hat wahrscheinlich das Testament besessen und durch einen Windstoß verloren. Was wollte er damit, und vor allem: Wie ist er daran gekommen? Offenbar haben die Druiden etwas damit zu tun, denn Bronner hat in einem halben Satz mit Ausrufezeichen auf sie verwiesen. Ich weiß aber bisher nicht, was sie damit zu tun haben sollen. Schließlich Grimauds Leute, die Bronners Wagen gestohlen haben, in dem möglicherweise Material zu diesem Testament war – eine Kopie, eine Übersetzung, eine Skizze, was weiß ich. Jedenfalls fährt Grimauds Adlatus, wie ich gesehen habe, zu Demlixh.«

Erschöpft holte er Luft. Ducros warf ein: »Großartig. Eine Serie unbeweisbarer Mutmaßungen. Und weiter?«

»Weil das alles nur heiße Luft ist«, sagte Baltasar ernst, »will ich ein bißchen Verwirrung stiften. Ich werde Grimaud, wenn Sie mir endlich seine Adresse geben, ein Telegramm schicken und ihn an einen anderen Ort bestellen – nicht Les Baux, aber einen weiteren falschen Ort. Gleichzeitig schicke ich Demlixh einen irren Vorschlag für ein neues Buch mit ein paar Einzelheiten aus dem Testament, die ihn aufregen müßten. Er wird das bestimmt an seine Druiden weitergeben. Mal sehen, was passiert. Wenn Grimaud oder seine Leute auf das Telegramm reagieren, wissen wir, daß sie in Les Baux waren, denn ich werde natürlich nur in Andeutungen reden. Außerdem werde ich den Archäologen durch undeutliche Anspielungen verunsichern, wenn ich mich noch mal nach dem genauen Fundort erkundige. Man muß die Sache in Bewegung bringen.«

Ducros sah aus dem Fenster. Er spitzte die Lippen, als ob er pfeifen wollte. Halblaut sagte er: »Teurer Freund, Sie haben zu viele Kriminalromane gelesen. Die Verbrecher dazu bringen, sich in Bewegung zu setzen und dabei Fehler zu machen, wie? Sagen Sie mir doch lieber zuerst einmal, aus welchen Gründen Bronner umgebracht worden sein soll, wenn er nicht noch lebt.«

Baltasar betrachtete ihn mißmutig. »Weiß ich nicht«, murrte er. »Wenn ich das wüßte, wäre ich schlauer. Es ist klar, daß er nicht wegen dieses karthagischen Testaments umgebracht worden ist. Ich schätze, daß die vage Möglichkeit, vielleicht irgendwo irgendwas zu finden, kein ausreichender Anlaß für einen Mord ist.«

Ducros lächelte, zufrieden, wie es schien. »Also, fassen wir zusammen, Herr Detektiv«, sagte er gutgelaunt. »Sie haben da ein Testament, von dem Sie nicht wissen, ob es echt ist und ob Sie es richtig interpretieren. Ihre geometrische Auslegung der Hinweise ist beeindruckend, aber letzten Endes keineswegs sicher. Zweitens haben Sie eine Serie von Behauptungen und Vermutungen, die einen zur Zeit unauffindbaren deutschen Staatsbürger betreffen. Er kann sich genausogut mit einer kleinen Freundin in ein Hotel in den Alpen zurückgezogen haben und nun darauf warten, wie weit Sie, ein gefoppter Pseudodetektiv, in Ihren Bemühungen gehen. Drittens haben Sie, von der Voraussetzung ausgehend, daß Bronner nicht mehr lebt – was, wie gesagt, unbewiesen ist –, eine Reihe von möglichen Bösewichtern:

Doktor Herbin, Edmund Demlixh, irgendwelche Druiden, einen verkümmerten Archäologen, eine Bande von Wagenschiebern unter der Leitung des großen Grimaud. Und ich soll Ihnen irgendwas davon glauben?«

Baltasar grinste ihn an. »Genau, Ducros«, sagte er freundlich. »Sie sollen mir das alles abnehmen, und Sie sollen mir bei der Verifizierung dieser Märchen helfen.«

Ducros stemmte die Ellenbogen auf die Schreibtischplatte und starrte Matzbach ins Gesicht. »Ich will verdammt sein«, sagte er, »und ohne jeden Zweifel waren schon meine Eltern mit einer erblichen Geisteskrankheit belastet, aber ich werde Ihnen helfen. Ich bin nämlich inzwischen fast davon überzeugt, daß Sie recht haben.«

Baltasar trank seinen Espresso aus. Ducros musterte ihn, abwechselnd grinsend und kopfschüttelnd. Er zündete sich eine neue Zigarette an und hustete mitleiderregend.

»Eine andere Frage«, keuchte er schließlich, »ist unsere offensichtliche Zusammenarbeit.«

»Wie meinen Sie das?«

»In Cassis haben wir uns ja versteckt und angemault und so. Wenn Sie tatsächlich beobachtet werden sollten, dann wissen die Beobachter, daß Sie jetzt hier bei mir sind. Was machen Sie dann? Glauben Sie, irgendein, sagen wir, Testaments-Interessent fällt noch auf Ihre Verwirrungsversuche rein, wenn er damit rechnen muß, daß Sie alles mit mir abgesprochen haben? Und vor allem dürfen Sie eines nicht vergessen: Sie und Ihre charmante Freundin sind in Lebensgefahr.«

Baltasar wischte den Einwand vom Tisch. »Sie wollten mir«, sagte er, »den Bericht über Evaristo und Ihre beiden toten Kollegen zeigen.«

Ducros rümpfte die Nase, brach in eine Hustensalve aus und verschwand in einem Nebenzimmer. Als er zurückkam, knallte er die Tür hinter sich zu und warf Matzbach einen Ordner in den Schoß.

Baltasar blätterte. Beide Todesfälle waren ähnlich. Man hatte einen Tip aus der Unterwelt bekommen, daß an einem bestimmten Tag in der Bunkerbucht Heroin übergeben werden sollte. Beide Kommissare waren zum Zeitpunkt ihres jeweiligen Hinscheidens Evaristo auf den Fersen gewesen und schienen nur noch ein Steinchen zu einem Mosaik zu brauchen – hatten aber versäumt, die anderen Steinchen ihren Kollegen zur Kenntnis zu bringen. Nach Philiberts Tod fing Saintonges wieder von vorne an. Und hinterließ ebenfalls keine verwertbaren Informationen, wie Ducros brummend bemerkte.

Man hatte die holprige Zufahrt diskret überwacht – nichts tat sich. Philibert war allein – auf ausdrücklichen eigenen Wunsch und wegen des kaum für Versteckspiele geeigneten Geländes wohl auch aus Vorsicht – zur Bucht hinuntergeschlichen. Weiter weg stand ein Jeep auf einer Felsfläche, von der aus nur ein Ziegenpfad für Schwindelfreie zur Bucht führte. Der Jeep hatte dort schon lange gestanden. Irgendwann tauchte Evaristo neben dem Wagen auf und stieg ein. Man hielt ihn an und untersuchte den Kolumbianer und den Jeep gründlichst. Ohne Ergebnis – keine Waffe, kein Heroin. Der Bericht vermerkte lediglich, Evaristo habe Arbeitskleidung getragen – Cordhose und graue Tuchjacke – und sich über die Möwen beschwert, die im Sturzflug ihr Gedärm über seiner Jacke entleert hätten. Kommissar Philibert fand sich am Strand, mit einer Kugel im Kopf. Evaristo sagte, er habe ihn dort so angetroffen und sei schnell geflüchtet, »bevor man mir das in die Schuhe schiebt«.

Der zweite Fall verlief fast in allen Details gleich. Tip aus der Unterwelt, ein einsamer Jeep, Kommissar Saintonges klettert zur Bucht hinab, man hört keinen Schuß, nichts. Evaristo taucht neben dem Jeep auf und teilt den Beamten mit: »Da unten liegt schon wieder ein toter Kommissar. Wo holt ihr den Nachschub her?« Beide Male behauptet Javier Evaristo, er sei dort unten zum Baden gewesen und habe nichts gesehen oder gehört. Natürlich, meinte Ducros, habe Evaristo die Kollegen erschossen – aber wie, womit, wozu? Wie war er dorthin gekommen? Seit wann hatte der Jeep da gestanden?

Baltasar gab den Ordner zurück. »Ich werde darüber nachdenken, nachdem ich Ihnen nun den Rücken gekehrt haben werde«, sagte er. »Leben Sie wohl, und denken Sie an unsere Abmachungen.«

Ariane hatte die dritte Illustrierte ohne Begeisterung beendet. Sie atmete auf, als Baltasar sich wieder zu ihr setzte, diesmal ohne Ducros.

»Na, was habt ihr ausgebrütet?«

Matzbach setzte ihr auseinander, was er mit dem Kommissar zusammengefügt hatte, und verwies auf die möglichen Risiken des weiteren Vorgehens.

Ariane winkte ab. »Darüber haben wir nun schon ein paar Unterredungen geführt«, sagte sie. »Du brauchst mich ja nicht gerade in die Schußlinie zu stellen, aber mitmachen werde ich schon.«

»Du klingst so verändert«, stellte Baltasar fest. »Gestern wolltest du von allem nichts wissen.«

»Gestern ist lange her. Inzwischen habe ich mich einen ganzen Tag erholen können – Luxus! – und einen schönen Rundflug über Camargue und Provence gemacht. Ich bin bester Laune.«

Maspoli hatte Baltasars Anweisungen an der Rezeption vorgefunden und seinerseits einen Zettel hinterlassen. »Ich sehe Sie abends«, lautete der einfallsreiche und inhaltsschwere Text. Baltasar schnaubte und entwendete der Hoteldirektion die versprochene Schreibmaschine. Ariane holte sich ein weiteres Exemplar ihrer assortierten Reiselektüre und setzte sich neben eine Tasse Kaffee an die Hotelbar, während Matzbach mit der Maschine aufs Zimmer ging.

Es kostete ihn eine kleine Weile und viele Verschreiber, bis er die französische Tastatur und Typenverteilung begriffen hatte. Dann legte er gewaltig los. Zunächst entwarf er in bestem Französisch ein Telegramm an Monsieur Grimaud, dessen Adresse Ducros schließlich doch herausgerückt hatte. Es war knapp und mysteriös.

»Wenn Sie das kleine Spitzendreieck nach Osten klappen und vom Scheitel das Lot auf die Hypotenuse werfen, werden Sie zweifellos verstehen, weshalb ich am Sonntag eine Wanderung von der klaren Quelle zu unklaren Gipfeln unternehme. Meine Interessen sind finanzieller Natur, und die von Bronner über Sie gesammelten Informationen gehen der Präfektur erst zu, wenn mir etwas zustößt. Bieten Sie?«

Er kicherte zufrieden. Dann machte er sich an die ungleich schwierigere Aufgabe, den Phantastiker Edmund Demlixh zu irritieren. Er brütete eine lange Zeit und sog abwechselnd an der Zigarre und an den Fingern. Schließlich skizzierte er den genauen Verlauf seiner Nonsens-Kette und begann zu tippen.

»Sehr geehrter Dr. Demlixh – Im Zusammenhang mit Ihrer bemerkenswerten Arbeit über den Erlkönig als außerirdischen Genetiker möchte ich Sie auf einige weitere Eigenarten der europäischen Überlieferungen aufmerksam machen, die damit verbunden sein könnten. Zweifellos sind Ihnen ältere Darstellungen bekannt, die die Christophorus-Legende illustrieren: Der Riese trägt das winzige, unendlich schwere Christuskind über einen Fluß. Lassen Sie sich nicht durch die Tatsache beirren, daß die jüngste transzendentale Personaldebatte des Vatikans Christophorus (neben anderen) als nie existiert habend bezeichnet und ohne Ausfertigung von Zeugnissen, die ihm einen anderen Job ermöglichen würden, entlassen hat; bekanntlich sind die Beschlüsse des Vatikans sowohl für das Christentum als auch für die mittelalterliche Legendenbildung bedeutungslos.

Auf den meisten alten Christophorus-Darstellungen findet

sich ein Hutzelmännchen mit Kapuze und Laterne. Leider ist die Ikonographie nicht einheitlich: Der Kapuzengreis steht mal auf dem Ufer, zu dem Christophorus wankt, mal auf dem, das er verlassen hat. Bei dem Greis handelt es sich um den heiligen Cucuphatus, Cucufatus, Cucuphates o. ä. Die Herkunft des Namens wird von der Religions- und Brauchtumsforschung, soweit sie sich der Sprache befleißigt, von der kapuzenartigen Verhüllung abgeleitet, *cucullatus*, ›der mit Kopfverhüllung‹. Vermutlich gab es einen Märtyrer, der unter Diokletian mehrere Tode gleichzeitig erlitt und heilig wurde, weil die Natur intervenierte. Als man ihn verbrennen wollte, ereignete sich ein löschender Wolkenbruch; als man ihn mit Pferden vierteilen wollte, weigerten sich die braven Tiere, einen Schritt zu tun; als man ihn ertränkte, teilte sich das Wasser. Erst mehrere Verfahren in geeigneter Kombination setzten seinem Leben in dieser schnöden Welt ein Ende.

Dieser (historische?) Hintergrund ist weniger interessant als die symbolischen Ausschmückungen späterer Zeit. Denken Sie an T. S. Eliot und das Tarock, den ›Tod durch Wasser‹ und sein Gegenteil, die mysteriöse, das ›ewige Leben‹ spendende Taufe durch Wasser. Tod und ewiges Leben sind gleichermaßen geheimnisvoll, ›verhüllt‹, beide stehen in der Überlieferung und im Mythos in enger Verbindung zueinander und zu Wasser. Nun gilt es als wahrscheinlich, daß in die Verehrung des Riesen Christophorus, der ›das Leben‹ trägt, als Antipode der Tod eingeschoben wurde, repräsentiert durch den verhüllten Kapuzengreis, der jedoch, da der Tod als durch die Taufe überwunden gilt, mit seiner Laterne den Weg zum rettenden Ufer weist. (Das ist leider, wie gesagt, nicht einheitlich, und außerdem ziemlich wirr.)

Kluge Menschen, die sich von Berufs wegen damit befassen, haben nun die These aufgestellt, dieser kleine Kapuzenmann sei eine populäre Weiterentwicklung vorchristlicher Unterweltgottheiten, eng verwandt – zweiten Grades, denke ich, Vetter oder so – mit dem Fährmann Charon, und habe nichts mit dem möglicherweise historischen Cucuphatus gemein. (Es fällt hierbei auf, daß die Namenstage von Christophorus und Cucuphatus zusammenfallen: 25. Juli.) Ich schlage jetzt einen großen Bogen, den Sie sicher nachvollziehen können. Eine eingehende Argumentation, die den Reiz eines Buches ausmachen könnte, ist in einem kurzen Brief unmöglich.

Fassen wir die Elemente zusammen: Tod, Leben, Wasser, Kapuze, Riese, Zwerg, Laterne (Licht), Verhüllung. Was ist mit dem verhüllenden Nebel, den der Elfenkönig/Erlkönig über den Übergang von einer Art Leben zu einer Art Tod legt? Wie steht es mit der verhüllenden (kapuzenartigen?) Tarnkappe des *Zwergs* (Zwergenkönigs) Alberich = Elferich und dem Nibelungenschatz im Wasser? Was ist mit der falschen Nonne des Lieds von den zwei Königskindern, die beim Übergang über ein Wasser eine Laterne ausbläst und den Jüngling zum Tod befördert? Hat nicht auch eine Nonne eine verhüllende Kopfbedeckung? Wie steht es mit den wallenden Nebeln über gewissen heiligen Seen der keltischen Tradition, was ist mit dem Fischerkönig des Grals-Mythos? Sie werden bei intensiver Nachforschung eine furchterregende Menge ähnlicher Bilder in allen Mythenkreisen finden, und hierbei spielt es keine Rolle, ob das jeweils heilige Wasser der Styx, der Nil, der See von Tenochtitlan oder der Brahmaputra ist.

Zusammengefaßt: Mir scheint die übernatürliche, d. h. für uns auf der Grenze von Tod und Leben, Jenseits und Diesseits (oder gar außerhalb) balancierende Akrobatenfigur des Elfenkönigs in Ihrem geschätzten Werk unterrepräsentiert zu sein. Der betreffende Charakter bei Goethe (oder Poul Anderson) ist wohl nur ein Glied in einer unendlich langen Kette gleichartiger oder ähnlicher Figuren. Und vergessen Sie nicht die verhüllten Druiden, denen das Wasser so wichtig ist!

Ich denke, Sie werden mir wegen dieser Vorschlagsliste nicht böse sein – fassen Sie sie bitte nicht als Mängelkatalog, sondern als Anregung für ein zweites Erlkönig-Buch auf. Bei Gelegenheit würde ich über dieses Thema gern länger mit Ihnen diskutieren, wenn ich mich aufdrängen darf. Zunächst jedoch bin ich vollauf mit der Enträtselung dieses karthagischen Testaments beschäftigt, das in Zusammenhang mit den oben angeführten Phänomenen steht. Ich habe – wie ich glaube – berechtigte Hoffnungen, in den nächsten Tagen jene Stelle zu finden, an der Maharbal die Aufzeichnungen über die druidischen Lehren vergraben hat. Auch bei der Enträtselung (Enthüllung) des Testaments spielt Wasser eine wichtige Rolle. Tod und Leben sowieso.

Was halten Sie eigentlich von der Behauptung des Karthagers, er sei jenseits des Meeres im Sonnenuntergang gewesen, was ja wohl nur Amerika heißen kann?

Übrigens schulde ich Ihnen als Kollege (gewissermaßen) eine kleine Information, die diskret zu behandeln ich Sie bitte – lassen Sie nicht verlauten, von wem Sie es gehört haben. Ich wurde nach meinem Besuch bei Ihnen von einem Kommissar befragt; seinen Andeutungen entnehme ich, daß man Zweifel an der Vergiftung hegt und Ihre arme Haushälterin exhumieren und obduzieren will. Ich finde die darin enthaltene Unterstellung empörend. Aber vielleicht irre ich mich. Ich hatte nur das Gefühl, ich sollte es Ihnen mitteilen.

In der Hoffnung, Sie bald mit interessanten Funden überraschen zu können, verbleibe ich mit besten Grüßen

Ihr B. Matzbach.«

Er rauchte eine Zigarre, entspannt und ständig grinsend. Danach steckte er den Durchschlag des Briefs ein. Das Original faltete er säuberlich, schob die Blätter in das vom Hotel zur Verfügung gestellte Kuvert und versah den Umschlag mit Demlixhs Adresse; dabei bedauerte er den Briefträger ob des langen Wegs.

Er verließ das Zimmer, erstand am Empfang eine Briefmarke und warf das Schreiben in den Briefkasten neben der Bushaltestelle vor dem Hotel. Der Kasten sollte noch abends geleert werden; Matzbach rechnete damit, daß Demlixh den Brief am folgenden Tag erhalten würde und verschob die Aufgabe des Telegramms an Grimaud bis zum Morgen.

Ariane und Baltasar saßen beim Abendessen, als Maspoli auftauchte. Der Reporter war nicht allein; er schleppte einen kleinen, drahtigen, dunkelhaarigen Mann an ihren Tisch.

»Alphonse Deschamps«, stellte er ihn vor. Sie setzten sich. Baltasar betrachtete den neuen Gast.

Deschamps konnte nicht viel älter sein als Ende Zwanzig. Er trug eine zerschlissene blaue Hose, ein Flanellhemd und eine ältliche Jacke; sein Gesicht und die Hände waren vom Wetter gezeichnet, die kräftigen Finger hatten stumpfe, rissige Nägel mit Trauerrändern.

»Alphonse ist Bauer«, sagte Maspoli überflüssigerweise. »Sein Vater hat einen kleinen Hof in den Bergen hinter Lacaze – Lavendel und ein bißchen Gemüse zum Eigenbedarf. Alphonse arbeitet für ihn und andere, wenn er gebraucht wird.«

Deschamps nickte und lächelte verschmitzt. Er hatte wache Augen. »Springender Ernteeinsatz, Sie verstehen«, sagte er. Dann wandte er sich an Ariane: »Madame, darf ich rauchen?«

Ariane erlaubte es ihm großzügig und ließ sich nicht beim Essen stören.

Maspoli blätterte zerstreut in der Speisekarte und erzählte unzusammenhängende Geschichten über seinen Tageslauf. Er war am Vormittag zum Hotel gekommen und hatte Matzbachs Anweisungen vorgefunden. Danach war er nach Lacaze gefahren, um in den beiden Lokalen des kleinen Orts Erkundigungen über das Leben des großen Autors Demlixh einzuziehen. Jemand hatte ihm den Tip gegeben, zu einem Feld zu fahren und Deschamps zu suchen.

»*Et voilà* – hier sind wir.«

Maspoli schob Deschamps die Speisekarte zu.

Matzbach hatte seinen großzügigen Tag. »Betrachten Sie sich beide als eingeladen, *Messieurs*«, sagte er.

Als auch Deschamps gewählt und bestellt hatte, kamen sie zur Sache. Alphonse Deschamps bedurfte offenbar nicht der Vermittlung durch den Reporter. Er konnte seine Sache selbst vorbringen.

»Ich will Ihnen zuerst sagen«, stellte er halblaut fest, »daß ich nicht immer hier auf dem Land war. Ich bin als Junge nach Marseille gegangen, habe im Hafen und in Fabriken gearbeitet, später auch in Toulon. Dann bin ich in eine Messergeschichte verwickelt worden und habe einige Zeit auf Staatskosten leben dürfen. Deshalb habe ich das, was ich weiß, nicht weitererzählt, bis heute. Wenn es um einen Schriftsteller und einen Arzt geht – wer glaubt da schon einem vorbestraften Landarbeiter?«

Er sagte das ohne Bitterkeit, so wie man sich über Regen oder andere unabwendbare Naturereignisse äußert.

Der Kellner brachte Rotwein; Maspoli vermißte sichtlich die mollige Serviererin, die für einen anderen Teil des Speiseraums zuständig war.

Deschamps trank einen Schluck. »Also, um es kurz zu machen«, sagte er, »ich war mit Louise befreundet, der Haushälterin von Demlixh.«

In der nächsten Stunde erfuhren sie viele interessante und uninteressante Dinge aus Deschamps' Leben, aus dem Haushalt des Phantastikers und aus der langen, wirren Liaison zwischen Alphonse und der verblichenen Louise.

»Wissen Sie, wir waren beide nicht besonders treu«, sagte Deschamps. »Natürlich sind die Möglichkeiten, sich zu zerstreuen, auf dem Land begrenzt, aber es gibt sie. Ich war mit einer netten Person aus Draguignan befreundet, neben Louise, und Louise hatte sich in einen dieser komischen Druiden vergafft, die manchmal bei Demlixh rumhängen. Natürlich wußte sie nicht, wer er ist, die sind ja immer maskiert, aber sie hat von seinem Gang geschwärmt. Und dann ist Ihr Freund Bronner gekommen, Monsieur, und den hat Louise wohl auch ganz interessant gefunden. Sie sehen, auf dem Land ist was los.«

Ariane hatte dem Monolog mit Aufmerksamkeit gelauscht. »Sie sehen nicht so aus, als ob Sie sehr traurig wären, Monsieur Deschamps«, sagte sie.

Deschamps schnitzte ein abstraktes Muster in sein Steak und hob die Brauen. »Doch, natürlich bin ich traurig«, behauptete er.

»Sehen Sie: Wir hatten uns schließlich geeinigt, daß wir vielleicht doch mal heiraten sollten, und ich hatte meine Beziehungen zu dieser Dame in Draguignan abgebrochen. Und schwupps ist Louise tot, einfach so, und ich kann wieder von vorn anfangen.«

Maspoli grinste. »Was mir an ihm so besonders gefällt«, sagte er, »ist seine Sentimentalität.«

Deschamps aß ungerührt weiter. »Zur Sache«, sagte er. »Der Polizei habe ich nichts gesagt, sie hat mich auch nicht gefragt. Am Tag, als abends diese geheimnisvolle Fischvergiftung geschehen sein soll, habe ich mich nachmittags kurz mit Louise getroffen. Ich hatte auf einem Feld oberhalb von Demlixhs Villa zu tun, und sie ist raufgekommen und hat mich gefragt, ob ich abends zu ihr kommen und mit ihr in der Küche essen wollte. Sonst, sagte sie, macht Bronner nur wieder lange Finger.«

»Was war das für ein Tag?« fragte Matzbach interessiert.

»Der Dienstag«, sagte Alphonse. Matzbach kalkulierte: Es mußte sich um den Dienstag handeln, an dem Bronner und er frühmorgens telefoniert hatten – den Dienstag, an dem Bronner aus Les Baux verschwunden war.

»Also: Bronner war an dem Tag bei Demlixh?«

»Ja, Monsieur. Louise kam nach dem Mittagessen aufs Feld. Sie meint, niemand vermißt sie, weil die Herren erregt und verärgert miteinander diskutieren. Abends soll es einen Lammrücken geben, und da muß sie ohnehin noch Kräuter sammeln. Sie sagt noch, Gott sei Dank nur Lammrücken und keinen Fisch oder so was, also wird sie nicht so viel zu tun haben. Ich hatte aber keine Lust, abends mit ihr Reste zu essen.«

Matzbach strahlte. »Schön. An dem Tag, an dem Louise an einer Fischvergiftung gestorben ist und Demlixh sich auf den Tod strapaziert hat, hat es also gar keinen Fisch gegeben?«

»So ist es, Monsieur.«

»Und Bronner ist von Les Baux aus zu Demlixh gefahren?«

»Ja, Monsieur. Das heißt, ich kann Ihnen nur sagen, was Louise mir gesagt hat.«

Sie beredeten die Angelegenheit noch eine Weile. Schließlich fragte Baltasar: »Sagen Sie, Alphonse – könnten Sie morgen und übermorgen den Friedhof nachts im Auge behalten?«

Deschamps wiegte zweifelnd den Kopf. »Ich kann das sicher nicht allein, irgendwann muß jeder schlafen. Ich könnte allenfalls ein paar Kumpel bitten, sich mit mir abzuwechseln. Aber man kommt nicht sehr nahe ran, das ist ja überall offen. Vom Wald aus, vielleicht ... Aber warum eigentlich?«

Baltasar erklärte seine Hintergedanken. Deschamps grinste und war Feuer und Flamme. »Natürlich helfe ich. Tolle Idee. Meinen Sie, er macht das?«

Baltasar biß sich auf die Unterlippe. »Ich hoffe. Ich schätze, Herbin ist der Kopf, und Herbin ist nicht da. Vielleicht hilft uns das, und unser Freund macht einen Fehler, an dem Herbin ihn sonst hindern würde.«

Deschamps nickte. »Das kann sein. Die sind ja ... befreundet. Louise hat mir erzählt, daß Herbin oft mit ihm zusammenarbeitet und, eh, auch übernachtet. Sie wissen schon.«

Baltasar hatte gerade begonnen, Maspoli und Deschamps in die Geheimnisse der karthagischen Testaments-Geometrie einzuweihen, als er zum Empfang gebeten wurde.

Ducros war am Telefon. »Ich glaube, ich habe was«, sagte er. »Ein Dorf bei Aubagne.« Er nannte den Namen. »Außerhalb, in einem unzugänglichen Waldstück, gibt es ein Herrenhaus. Ohne Telefon, ohne Zufahrtstraße, ohne Elektrizität. Vermutlich treffen die Druiden sich da jeden Samstag.«

Baltasar war hingerissen. »Schön. Wie haben Sie das erfahren?«

Ducros hustete. »Durch eine Ihnen widerliche Vorgehensweise: Polizeiroutine, Anfragen an alle Stationen und so.«

Baltasar brummelte in seinen nichtvorhandenen Bart. »Hören Sie«, sagte er dann, »können Sie jemanden abstellen, der unauffällig ab, na, sagen wir, sechs Uhr früh ein Auge auf Doktor Herbin wirft?«

Ducros war nicht erfreut. »Die Kollegen im Departement Var werden mich für verrückt halten, aber bitte sehr. Ich sehe zu, was sich machen läßt. Ich rufe Sie morgen früh noch mal an. Ich warte nämlich auf eine weitere Routinemeldung.«

Später verschwand Deschamps in seinem alten 2 CV. Maspoli entschuldigte sich ebenfalls; die mollige Kellnerin hatte Dienstschluß. Ariane und Baltasar nahmen ein Grinsen und eine Flasche Wein mit aufs Zimmer.

10

Am nächsten Morgen gab Baltasar telefonisch sein Telegramm an den Herrn der Unterwelt, Grimaud, auf. Nach einem reichhaltigen Frühstück, an dem Maspoli teilnahm – der erfreut war, wieder von der Molligen bedient zu werden –, rief Matzbach das Museum zu Serrac-le-Château an, um Monsieur Corvau zu sprechen. Der Pförtner teilte ihm, nicht ohne eine gewisse Empörung, mit, am Samstag sei selten jemand vorhanden, außer armen Lohnsklaven wie ihm und dummen Touristen. Matzbach bat ihn um die Privatadresse des Archäologen. Zum Glück hatte Corvau Telefon.

Er meldete sich nach dem dritten Piepser. Matzbach begrüßte ihn freundlich und erkundigte sich dann nach dem genauen Fundort des Testaments.

»Eh, ein Stück nordöstlich von Brignoles, Monsieur. Warum fragen Sie?«

»Ach, sehen Sie, ich glaube, ich habe die Hinweise entschlüsselt. Und ich hatte mir ausgerechnet, daß man es wohl bei Brignoles gefunden haben muß. Ich danke Ihnen; das war im Prinzip der letzte genaue Tip, den ich noch haben mußte.«

Corvau war interessiert und aufgeregt. »Sie haben das Testament enträtselt?« fragte er. »Aber, aber, das ist ja phantastisch. Wie, wie sind Sie …? Ich meine: Wie geht das, wie funktioniert die Verschlüsselung?«

Baltasar grinste in die Muschel. »Kann ich im Moment noch nicht genau sagen«, meinte er. »Ich werde Sie aber informieren. Das heißt – haben Sie heute Zeit?«

Corvau bedauerte. »Tut mir leid, nein, ich bin verabredet.«

»Wie steht's mit Montag?«

»Das geht. Montag ist das Museum geschlossen, und bis jetzt habe ich nichts vor. Warum?«

»Ich werde am Montag einen kleinen Spaziergang unternehmen, bei dem ich hoffe, die Auszüge aus der Bibliothek von Alexandria zu finden. Und vermutlich ein bißchen Edelmetall. Wenn Sie abends Zeit haben …«

»Wo vermuten Sie die, diese Funde?«

»Das möchte ich im Moment noch für mich behalten, mein Lieber. Sagen wir – gegen acht Uhr? Ach was, so lange brauche ich nicht. Moment – von Cas … hm, also bis nach Draguignan bei der Güte der Straßen etwa eineinhalb Stunden … obwohl man auch anders fahren könnte. Na ja, kommt etwa aufs gleiche raus. Sagen wir: gegen sieben Uhr.« Er beschrieb den Weg zum Hotel. Corvau stimmte zu.

»Mal sehen, ob er angebissen hat«, murmelte Baltasar, als er wieder am öden Frühstückstisch saß. Er berichtete von seinem absichtlichen Versprecher. Ariane war skeptisch. »Genausogut kann er aus Cas … Cassis machen statt Castellane«, gab sie zu bedenken.

Baltasar winkte ab. »Nichts da! Er wird die Karte untersuchen und feststellen, daß es von Castellane nach Draguignan sechzig Kilometer Schlängelstraße durch die Berge sind und daß ich, wenn ich nicht unbedingt über Castellane will, die Straße um die Verdon-Schlucht auch in anderer Richtung verlassen kann. Dann wird er sich sagen, was will der am Verdon? Und dann wird er die Geschichte mit der Vier, die die Fläche verläßt, nachdem es bis dahin um heilige Dreien und Dreiecke ging, begreifen. Er ist ja nicht dumm. Natürlich«, sagte er bescheiden, »nicht so intelligent wie ich. Sonst hätte er das Testament längst entschlüsselt.«

Maspoli war noch nicht ganz wach. »Was wollen Sie denn am Montag im Verdon? Sie haben doch erst für morgen Grimaud und Konsorten zu einem Spaziergang an einer ganz anderen Stelle eingeladen?«

»Richtig. Aber da gehe ich nicht hin.«

Maspoli nickte. »Sie haben sicher Ihre Gründe«, sagte er, »aber erwarten Sie nicht, daß ich noch irgendwas davon verstehe.«

Baltasar malte ein großes Dreieck auf die Papierserviette, die er vom Frühstück übrigbehalten hatte. »Sehen Sie«, sagte er, »das berühmte Dreieck Belfast–Karthago–Samos oder Orange–Cassis–Draguignan. Bronner hat irgendwem weisgemacht, die Strecke Orange–Cassis müßte gedrittelt werden, also etwa hier und hier. Das letzte Drittel beginnt in Cavaillon. So. Dann hat dieser Maharbal ja senkrechte Visionen gehabt, also legt Bronner im oberen Drittel eine senkrechte Linie an. Und die schneidet die Hypotenuse irgendwo in den Vaucluse-Bergen. Nun ist Bronner ein cleveres Kerlchen. Gewesen. Er hat nämlich seinen Gesprächspartnern klargemacht, da die ursprüngliche Reiserichtung des Karthagers Nord-Süd war und jetzt die Strecke Süd-Nord geteilt werden soll, müßte man auch Ost-West vertauschen. Er klappt das Dreieck also um und hat den Schnittpunkt nicht in den Vaucluse-Bergen, sondern bei Les

Baux. Da hatte er eine von vornherein falsche Verabredung mit irgendwem. Anschließend ist er getürmt und hat sich, wie wir seit gestern wissen, nach Lacaze zu Demlixh begeben – Demlixh kann also nicht der gewesen sein, mit dem er sich in Les Baux verabredet hatte. Und auch nicht Demlixhs Druiden, denn dann wäre Bronner wahrscheinlich nicht anschließend nach Lacaze gefahren. Nehme ich jedenfalls an. Also tippe ich auf Grimauds Leute. Das ist nicht zwingend, wohlgemerkt, und ich kann nicht ›Was zu beweisen war‹ dahinterschreiben.«

Er bestellte eine neue Runde Kaffee bei der molligen Serviererin, die Maspoli mit besonderer Aufmerksamkeit bediente. Ariane verkniff sich einen Kommentar, und Matzbach fuhr in seiner Lesung fort.

»Jetzt habe ich Grimaud ein Telegramm geschickt. Den Wortlaut kennen Sie ja, Meister. Wenn Grimauds Leute irgendwie mit der Sache zu tun haben, wovon ich überzeugt bin, werden sie zum Spaziergang auftauchen. Ich habe Grimaud angedeutet, daß er das oberste Dreieck nach Osten legen soll, also wieder umklappen. Wenn er dumm ist, schickt er seine Jungs in die Berge hinter Murs. Wenn er clever ist, macht er etwas anderes, und zwar wird er dieses ominöse Dreieck noch mal, wie der Karthager vorschreibt, durch Senkrechte unterteilen, bis er aus dem oberen Dreieck drei Dreiecke gemacht hat. Der letzte Schnittpunkt der letzten Senkrechten liegt dann oberhalb der Abtei von Sénanqùe, ungefähr auf halber Strecke nach Fontaine-de-Vaucluse. Ich habe ihm geschrieben, daß ich von der Quelle, also von Fontaine aus, spazierengehen werde.«

Maspoli zwinkerte. »Ihre Geometrie in allen Ehren«, sagte er, »aber ich kenne die Gegend ein bißchen. Wilder *maquis,* mit ein bißchen Krüppelgebüsch und viele, viele Steine. Ich glaube, als Ihre Leute im Krieg hier überall saßen, hat sich da oben einiges an Widerstand getan. Das Gebiet ist kaum zu kontrollieren. Fontaine bis Sénanqùe, das dürften an die fünfundzwanzig Kilometer sein, ungefähr. Sie wollen also nicht hingehen?«

Matzbach grinste. »Ich denke nicht daran«, sagte er. »Aber oben auf der Höhe gibt es eine Stelle mit viel Grün und ein wenig Wasser, laut Karte. Ich könnte mir vorstellen, daß Grimauds Leute mich dort erwarten. Wenn sie tatsächlich hingehen, weil sie meinen, da könnte was sein, wissen wir, daß sie etwas mit dieser Testamentseröffnung zu tun haben. Wenn nicht – Pech gehabt. Ich jedenfalls werde nicht durch diese Geröllhalden latschen.«

»Wer denn?«

»Ein paar Leute von Kommissar Ducros, in Zivil, versteht sich. Morgen ist Sonntag, da fallen Spaziergänger nicht weiter auf.«

Maspoli seufzte. »Und was machen Sie in der Zeit?«

Ariane meldete sich wieder. »Das wüßte ich auch allmählich ganz gern«, sagte sie.

Baltasar nuckelte an einer unangezündeten Zigarre und schlürfte Milchkaffee. »Ich warte«, sagte er großartig. »Unter anderem auf Ducros. Er müßte eigentlich bald anrufen.«

»Diese Affäre ist mir inzwischen viel zu verwickelt«, befand Ariane, »als daß ich noch viel dazu sagen könnte. Nur eines, lieber Baltasar: Du spinnst.«

Kurze Zeit später holte der Hotelier Matzbach ans Telefon. Kommissar Ducros, in schlechter Samstagslaune, hustete ausgiebig. »Also«, sagte er dann, »ich habe noch was für Sie. Erstens die Adresse von Ihrem komischen Druiden. Er ist in Montpellier bei einer Nichte oder so. Haben Sie was zu schreiben?«

Matzbach notierte. Die Nichte hatte, im Gegensatz zu ihrem druidischen Onkel, nicht die Angst, beim Telefonieren die Seele zu verlieren; sie besaß deshalb einen Fernsprecher.

»Zweitens. Halten Sie sich fest. Ich habe die Kollegen in Arles gebeten, sich bei den Bauern südlich von Les Baux zu erkundigen, ob da jemand irgendwas gesehen hat. Gerade ist der Bericht gekommen.«

Matzbach war äußerst interessiert. »Ich bin äußerst interessiert, äußerst interessiert«, sagte er.

»An dem Morgen, als Bronner mit Ihnen telefoniert hat, bevor er abgehauen ist, haben da unten zwei Wagen gestanden. Sie kennen die Gegend ja. Unterhalb der Felsen ist noch ein kleiner Sockel, dann fängt die Ebene mit Wein und Oliven und Weizen und was weiß ich nicht alles an. Zwei Wagen sind über einen Feldweg bis an den Felssockel gefahren. Da scheint übrigens an einer Stelle früher mal eine kleine Quelle gewesen zu sein – soviel zu Ihrer Theorie mit Hügeln und Wasser.«

»Woher haben Sie das alles, und was waren das für Wagen?«

»Zwei Bauern haben sie gesehen. Sie waren weiter weg und konnten nicht viel mehr sagen als zwei Wagen, davon einer groß und schwarz und amerikanisch, wahrscheinlich Ihr Buick mit Grimauds Leibgarde und Evaristo. Der andere normal, Peugeot oder Renault oder so. Einer der Bauern sagt, er hätte da auch weißgekleidete Leute gesehen.«

Matzbach schnalzte. »Interessant. Also offenbar Grimauds Leute und Druiden. Hätte ich nicht gedacht. Aber das macht nichts. Ich habe dafür auch was für Sie.«

Ducros lauschte, ohne zu husten, während Baltasar von Alphonse Deschamps und seiner Geschichte berichtete. »Hoho«, machte er schließlich, »also kein Fisch an dem Tag? Das wird ja immer verrückter. Grimaud, Druiden, ein irrer Autor, ein Archäologe, Sie und jetzt auch noch keinerlei Fisch! Lassen Sie mich nachdenken ...«

Er schwieg eine Weile. Baltasar lauschte dem Knacken in der Leitung.

»Passen Sie auf«, sagte Ducros plötzlich energisch. »Wir machen zuerst mal so weiter wie vorgesehen. Morgen gehen ein paar Leute mehr als sonst in den Bergen hinter der Abtei spazieren. Montag vormittag werde ich mit den nötigen Papieren und ein paar Kollegen aus dem Departement Var den Friedhof von Lacaze aufsuchen und diese Haushälterin ausgraben. Dann werden wir sehen, wie das mit dem Fisch steht. Was machen Sie am Montag?«

Baltasar kicherte hohl. »Ich habe neue Pläne«, sagte er. »Ich werde gleich in Draguignan meine Luftbilder von gestern abholen; der Fotograf hat mir versprochen, daß sie bis zum Mittag entwickelt und abgezogen sind. Wenn Sie nichts anderes von mir hören, werde ich am Montag eine ganze Reihe unauffälliger Verfolger in die Verdon-Schlucht führen und mich anschließend aus dem Staub machen, um andere Fragen zu klären.«

Ducros begann wieder zu husten. Er bat um genauere Erklärungen. Baltasar gab sie ihm. Der Polizeibeamte schwieg eine ganze Weile. Dann sagte er mehrere unfeine Wörter. »Sie, tut das nicht weh, so ein krummes Gehirn zu haben?« fragte er endlich.

Mit Maspoli verabredeten sie das weitere Vorgehen und einen Treffpunkt am Montagmittag. Er versprach, noch einmal alle Einzelheiten des Abenteuers mit Deschamps zu besprechen. Danach packten Ariane und Matzbach ihre Koffer. Baltasar beglich die Rechnung, dankte für Hilfe und Entleihen der Schreibmaschine und telefonierte mit einer Dame in Montpellier.

Dann holten sie die entwickelten Fotos vom Rundflug ab – die schnelle Arbeit war natürlich nur gegen Extrapreis entstanden. In einem Café zeigte Baltasar Ariane seine Fotofunde, und sie lachten heftig.

Über die Autobahn rasten sie nach Aix-en-Provence, wo Baltasar Wanderschuhe und eine Kutte sowie einen Rucksack kaufte und ein längeres Gespräch mit dem Besitzer eines Tierladens führte, in dem man alles bekommen konnte, vom Kaiman bis zur Brieftaube. Sie aßen gemütlich zu Mittag, dann fuhren sie nach Montpellier, um die Nichte des großen Druiden Pierrot-le-Flonflon heimzusuchen.

Mit erfreuter Verblüfftheit drückte Ariane die Hand von Gaston Pennec. Sie hatte sich einen Druiden anders vorgestellt.

Monsieur Pennec war klein, kugelförmig, hatte ein zartrosa Gesicht und eine weißgeränderte Tonsur. Seine Nichte trug Schwarz. Sylvie Ladurie begrüßte sie herzlich.

»Willkommen«, sagte sie, als sie in das geräumige Haus in einem guten Vorort von Montpellier traten. »Fühlen Sie sich wie zu Hause. Von Ihnen habe ich ja schon viel gehört, Monsieur Matzbach.«

Im Wohnzimmer, durch das man mit einem Pferd hätte reiten können, tranken sie Kaffee und Cognac. Pennec nutzte die Gelegenheit, als seine Nichte sich für einige Minuten entschuldigte.

»Ihr Mann war Professor an der hiesigen Universität«, sagte er. »Medizin. Außerdem hatte er natürlich auch eine Praxis. Er ist vor ein paar Wochen mit dem Wagen verunglückt. Ich bin hergekommen, um ihr ein bißchen zu helfen. Ach, du weißt ja nicht, daß ich das Zahnärzteln aufgegeben habe und pensioniert bin, nicht wahr? Ich habe also Zeit für solche verwandtschaftliche Hilfe. Außerdem ist sie ein liebes Mädchen. Und in der Bretagne hätte ich ja auch nichts über deine neuen Eskapaden erfahren.«

Madame Ladurie erschien wieder. Die Zerbrechlichkeit ihrer Gestalt wurde durch die Trauerkleidung noch betont, aber sie wirkte gelassen. Aus einer kostbaren Limoges-Kanne goß sie Kaffee nach.

»Wie lange haben Sie einander nicht gesehen?« fragte sie Matzbach.

Baltasar musterte Pennec. »Oh, gründlich seit achtundsechzig, glaube ich, und dann haben wir uns zwischendurch noch mal kurz gesehen, aber was zählt das? Alle drei Jahre eine Postkarte, das reicht bei guten alten Freunden.«

Pennec kicherte. »Erinnerst du dich noch«, sagte er, »an dieses irrsinnige Labyrinth, das du damals gebaut hast?«

Ariane ächzte. »Ein Labyrinth hat er gebaut?«

»Ei freilich«, sagte Baltasar auf deutsch. Dann, auf französisch: »Was sollte denn so einer wie ich sonst bauen? Die Pyramiden sind längst erfunden, und eine Neuauflage wäre langweilig. Die richtig guten alten Labyrinthe dagegen, wo gibt's die schon heute? Also habe ich eines gebaut. Pierrot war natürlich der erste, der sich darin verlaufen hat.«

Pennec zupfte an der Spitze seiner Nase herum. »Ja, aber ich bin wieder herausgekommen«, sagte er.

»Er hat seinen Weg herausgependelt«, erläuterte Baltasar. »Was mich auf diese Geschichte in der Provence bringt.«

Er legte den Fall Bronner/Demlixh/Grimaud/Druiden/Archäologe/Maharbal in allen Einzelheiten dar. Madame Ladurie machte zweimal frischen Kaffee, bis Matzbach am Ende seines Epos angekommen war. Ariane lauschte einerseits wehrlos, andererseits aber nicht ganz ohne Interesse, denn in dieser zusammengefaßten, übersichtlichen Form hatte sie die Geschichte, deren sie einen Teil miterlebt hatte, noch nicht vernommen.

»Stellt sich mir im Moment die Frage«, sagte Baltasar abschließend, »ob wir bis Montag früh in Montpellier bleiben. Ich rechne damit, daß die unfreundlichen Brüder spätestens morgen, wenn sie mich nicht im *maquis* von Vaucluse finden, böse werden und anfangen, mit spitzen Gegenständen nach mir zu suchen.«

Pennec blickte seine Nichte an. Sie nickte. »Natürlich. In diesem Haus ist Platz genug. Leider.«

Matzbach verneigte sich im Sitzen. »Das ist unendlich gütig von Ihnen, Madame, aber wir nehmen durchaus mit einem nahen, empfehlenswerten Hotel vorlieb.«

Sie lehnte energisch ab. »Das kommt überhaupt nicht in Frage. Wenn Sie nicht darauf bestehen, heißt das.«

Beim Abendmahl sprachen sie über bedeutende Dinge; erst später, als sie wieder im Wohnzimmer saßen, in dem ein Kamin für Atmosphäre sorgte, kam Baltasar auf die wirren Ereignisse zurück.

»Pierrot, was weißt du über diesen Druiden Phérex? Er

scheint das Oberhaupt der Truppe zu sein, die sich hin und wieder bei Demlixh aufhält und ihm zur Genesung ein *Alignement* errichtet hat.«

Pennec beugte sich vor, ergriff einen Haken und stocherte im Kamin. »Das ist alles Unsinn«, sagte er. »Wir wissen bis heute nicht, ob die Leute, die die Dolmen und *Alignements* errichtet haben – nennen wir sie einfach die Megalith-Leute –, die Steine an diesen Stellen aufgestellt haben, weil dort starke Erd-, Wasser- oder sonstige Strahlen waren, oder ob die Strahlen dort heute gemessen werden können, weil die Steine da stehen. Sicher haben bestimmte Strahlenfelder und bestimmte auf ihnen stehende Steinformationen heilende oder schädliche Wirkung. Es ist aber eine völlig idiotische Annahme, Druiden könnten einfach so irgendwo Steine aufstellen und damit jemanden heilen. Humbug, absoluter Schwachsinn.«

Matzbach nickte. »Das weiß ich wohl«, sagte er. »Ich frage mich aber, wozu sie diesen Zirkus veranstalten.«

Pennec zuckte mit den Achseln. Sylvie Ladurie schlug vor: »Vielleicht, um etwas zu verbergen, was sie an der gleichen Stelle getan haben …«

»Sie meinen, sie haben dort etwas vergraben?«

»Könnte das nicht sein?«

Matzbach nickte nachdenklich. »Ich habe mir das auch schon überlegt. Aber wozu dieser Aufwand? Selbst wenn die arme Haushälterin nicht an einer Fischvergiftung gestorben ist, sie ist auf jeden Fall auf dem Friedhof von Lacaze beerdigt worden. Natürlich könnten die Druiden da oben Bronner vergraben haben; aber wozu dieser Hokuspokus?«

Ariane zog an ihrem erlöschenden Zigarillo. »Wenn sie tatsächlich Bronner umgebracht haben, wo sollten sie ihn denn besser vergraben als da?«

»Aber damit schreien sie doch laut: Hier ist etwas Besonderes!«

»Eben. Sie rechnen vielleicht damit, daß alle so reagieren wie du – hier ist ein Hinweis, also kann die Leiche hier nicht sein, denn niemand wäre so blöd, die Stelle auch noch zu markieren, etwa durch Megalithreihen.«

Matzbach schwieg. Pennec zwinkerte Ariane zu, und Sylvie Ladurie lächelte.

»Könnte sein«, gab Baltasar schließlich widerwillig zu. »Aber es gefällt mir nicht.«

»Es würde aber einiges erklären«, sagte Pennec. »Außerdem stützt das die Behauptung, eine Fischvergiftung habe stattgefunden und Demlixh sei krank.«

»Kommen wir zurück auf Phérex und seine Druiden«, sagte Baltasar. »Was weißt du darüber?«

Pennec zupfte wieder an seiner Nase. »Du weißt, daß in Europa zur Zeit ungefähr fünf Millionen Druiden organisiert sind, nicht wahr? Vor allem in England und Frankreich. Ich kann nicht jeden einzelnen kennen.«

Baltasar beugte sich vor, nahm Pennec den Schürhaken aus der Hand und setzte ihm die rußige Spitze auf die weiße Hemdbrust.

»Lügner«, sagte er ruhig, »schweigsamer Druidenschützer, alberner alter Onkel.«

Pennec nickte. Verdrossen sagte er: »Jajaja. Ja.«

»Also, du kennst Phérex?«

»Hmpf.«

»Persönlich?«

»Hm-hm.«

»Was will er?«

Pennec seufzte. »Na gut. Also, ich kenne ihn nicht persönlich, aber ich habe einen gewissen Verdacht …«

Sylvie Ladurie lachte plötzlich laut auf. »Onkel«, sagte sie fröhlich, »so kenne ich dich ja gar nicht. Ich danke Ihnen, Monsieur Matzbach, für diese Offenbarung.«

»Wollen wir nicht die Madames und Messieurs weglassen?« fragte Baltasar.

»Gern, Baltasar. Sie haben mir hier einen ganz neuen Onkel gezeigt.«

Pennec richtete sich empört zu seiner stattlichen Größe von ein Meter sechzig auf. »Ich bin immer noch derselbe«, murrte er, »aber ich denunziere nicht gern Druidenbrüder, selbst wenn ...«

»Wenn was?« Baltasar blickte ihn an, als wollte er ihn hypnotisieren.

»Na gut. Also, dieser Phérex ist ein ehrgeiziger Mann. Er hat so ungefähr sämtliche traditionellen Prüfungen abgelegt und dem Vernehmen nach längst die Schwelle zwischen einfacher Anwendung druidischer Kenntnisse und Magie überschritten. Wir brauchen jetzt hier nicht über Magie zu diskutieren, an die ich auch nicht glaube, ich sage Ihnen nur, was ich gehört habe. Jedenfalls scheint Phérex sich in den Kopf gesetzt zu haben, alle europäischen Druiden wieder in einer einheitlichen Organisation zusammenzufassen.«

»Was heißt wieder?«

»Das ist eine gute Frage. Sagen wir also, erstmalig. Und das Projekt ist auf keinen Fall uninteressant, denn mit den Druiden ist es ähnlich wie mit den Freimaurern, eher noch schlimmer. Was glaubst du, wie viele Regierungschefs, Minister, Manager, Parteifunktionäre, Wissenschaftler und so weiter dem einen oder anderen druidischen Zirkel angehören? Und was man erreichen könnte, wenn man alle unter einen Hut brächte?«

»Und das hat dieser Phérex vor?«

»Angeblich. Vermutlich. Ich weiß es nicht genau. Das Projekt ist für einen Mann in einem Jahrhundert zu groß, aber er könnte es vorantreiben. Dazu kommt, was du nicht vergessen darfst, der allgemeine Wiederaufschwung der Irrationalität. Vor allem die jungen Leute wollen doch wieder an allen denkbaren Unsinn glauben, sogar an Demlixhs Theorien über außerirdische Genetiker. Bhagwan. Mun. Scientology. Hare Krishna. Was du haben willst. Manche glauben sogar wieder an den Kapitalismus und an den Sozialismus sowieso. Sogar an den Frieden, neuerdings, obwohl nach all den Jahrtausenden klar sein sollte, daß dazu der menschliche Charakter nicht ausreicht. Also, kurz gesagt, die Aufklärung ist endgültig vorbei, darüber sind wir uns ja wohl alle einig, und die neuen finsteren Jahrhunderte beginnen mit allerlei Aberglaube.«

»Als ob das je abgerissen wäre ...«, bemerkte Ariane.

»Nun, wie man's nimmt – immerhin haben europäische Staaten eine ganze Weile Realpolitik betrieben und versucht, ihre inneren und äußeren Affären rational zu regeln. Hitler und Stalin wollen wir dabei aus dem Spiel lassen; die Ausnahme erprobt die Regel. Jedenfalls haben Kirchen, Sekten und Weltanschauungen selten so viele junge, überzeugte Anhänger gehabt wie im Moment. Und wenn nun ein ehrgeiziger und fähiger Druide auf den Gedanken kommt, aus einem eher geheimen Bund, der noch dazu ziemlich elitär ist, eine Massenbewegung zu machen, sollte man das wohl ernst nehmen, denn es wird vermutlich machbar sein. Wenn man es geschickt anfängt.«

Baltasar klopfte mit dem Schürhaken auf den Boden. »Also, Pierrot, um zusammenzufassen: Du meinst, Phérex will einen Geheimbund zu einer Sekte oder Religion aufblähen.«

Pennec nickte. »Mit allem, was dazu gehört. Organisation, Geldbeiträge, Schulen, Schulungen, Hierarchie, höhere Weihen, Kampftrupps, was du willst. Er gehört nicht mehr den regulären druidischen Organisationen an. Es ist jetzt etwa zehn Jahre her, daß er seinen eigenen Verein aufgemacht hat.«

»Ja gut, aber was hat er den Leuten zu bieten?« fragte Ariane ein wenig ratlos. Pennec lächelte sie an. »Nichts, natürlich«, sagte er. »Außer dem, was jede Kreuzfahrerbande ihren Mitgliedern bietet: Zusammengehörigkeitsgefühl, undurchsichtige und daher glaubwürdige Riten, eine gänzlich abstruse Weltanschauung mit Jenseits und Wiedergeburt, moralische Regeln für das tägliche Leben, Macht durch Aufstieg in der Hierarchie, das Gefühl, anders und besser zu sein als der Rest der Welt. Sie sehen, liebe Ariane: Nonsens, Humbug, wie ich bereits sagte, aber es gibt viele Leute, ungefähr neunzig Prozent der Bevölkerung, die sich durch solche Dinge ködern lassen.«

Sylvie warf ein: »Mir scheint, daß das ein großes Unternehmen ist. Wenn er schon seit zehn Jahren daran arbeitet, dieser Phérex, warum hat man dann noch nicht mehr von ihm gehört? Müßte er nicht längst weiter sein, groß und mächtig, Chef einer großen Gemeinschaft? Andernfalls hat er doch nie eine Chance, zu Lebzeiten mehr daraus zu machen, oder?«

Pennec kratzte sich am hinteren Ansatz der Tonsur. »Das ist eine schwierige Frage. Es kann durchaus sein, daß er sich stark genug fühlt, um bald in die Öffentlichkeit zu gehen.«

Baltasar zündete sich eine neue Zigarre an. »Wie ist es mit Geld?« fragte er. »Wer so eine Organisation aufziehen will, braucht Startkapital und einen ständigen Zustrom von Mitteln, um die Sache weiterlaufen zu lassen.«

Pennec nickte lächelnd. »Das ist richtig, und da liegt sicherlich eines unserer Hauptprobleme. Du weißt, wir sind ziemlich zurückhaltend. Die meisten Druiden haben einen normalen Beruf, von dem sie leben, und wenn sie als Druiden auftreten, sind sie meistens maskiert – außer wenn kein Außenstehender dabei ist. Wir wissen aber in der Regel wenig voneinander. Ich kenne eine Reihe Druiden, deren Beruf ich nicht kenne. Vielleicht ist Phérex privat Steuerinspektor oder Ölmillionär. Oder er hat einen Sponsor. Vielleicht erpreßt er jemanden, um an Geld zu kommen, oder er macht unsaubere Geschäfte.«

»Paßt das zum Ethos der Druiden?«

»Du weißt selbst, daß es nicht paßt. Aber vergiß nicht: Er ist abgesprungen, und allein sein Machtstreben, sein Ehrgeiz sind, wenn man so will, undruidisch.«

Baltasar blies eine machtvolle Drachenwolke an die Decke. »Ich weiß«, sagte er süffisant, »weil ich von dir in gewissen Techniken ausgebildet worden bin. Was eure restliche Überlieferung, eure Glaubensbekenntnisse, euer Ethos angeht – sei mir nicht böse, aber da habe ich mich in den letzten fünfzehn Jahren nicht geändert. Ich halte dies alles für phantasievollen Blödsinn, angefangen von euren moralischen Lehrsätzen, den bardischen Triaden, bis hin zu deiner Behauptung, mit Hilfe eurer Techniken, der Rute und der sonstigen Kenntnisse sei Magie möglich.«

Ariane blickte besorgt von Baltasar zu Gaston Pennec und zurück. Sie fand nur Sympathie und Augenzwinkern auf beiden Seiten. Pennec fing ihren Blick auf.

»Seien Sie unbesorgt, Ariane«, sagte er, »wir haben dieses Gespräch schon mehrmals geführt. Im übrigen nehme ich das alles auch nicht so furchtbar ernst. Das sehen Sie ja schon daran, daß ich mir statt eines furchterregenden gallischen Kriegsnamens diesen albernen Pierrot le Flonflon zugelegt habe. Ich könnte mich ja auch Vercingetorix nennen.«

»Weißt du, was Phérex macht, kennst du seinen richtigen Namen, seinen Beruf?«

»Nein. Ich weiß auch nicht, wie ich das schnell herausfinden sollte. Vielleicht, wenn ich ein Jahr lang alle Bekannten aus den gewissen Kreisen fragte, vielleicht könnte ich dann durch Zufall jemanden treffen, der mehr über Phérex weiß ...«

Baltasar starrte auf den Aschekegel seiner Zigarre. Langsam und halblaut fragte er: »Machst du mit?«

Sylvie Ladurie blickte die beiden Männer an. »Wobei?« fragte sie, fast ein wenig ängstlich.

Pennec übernahm die Antwort. »Bei der Feststellung, ob mein abtrünniger Bruder ein Verbrecher ist.«

Baltasar nickte. »Es kann gefährlich werden«, sagte er.

Pennec hob die Hände. »Das Leben ist ein Notbehelf«, kommentierte er. »Und eine fade Suppe ohne salzige Erlebnisse. Ich mache mit. Wann geht es los?«

»Zwei Übernachtungen hier«, sagte Baltasar lächelnd, »gute Unterhaltungen, Wein und angenehme Stunden. Montagmorgen fahren wir zum Verdon. Morgen fahre ich mal eben nach Arles und gebe von dort ein Telegramm an den finsteren Grimaud auf. Während seine Leute, hoffentlich, in den Bergen hinter Fontaine-de-Vaucluse herumturnen. Dann werde ich ihm sagen, wo die karthagischen Erbstücke wirklich vergraben sind. Habe ich dir eigentlich schon die schönen Fotos gezeigt, die ich von den Fundstätten aus der Luft gemacht habe?«

11

Der eigentliche Große Canyon des Verdon beginnt südwestlich der Kleinstadt Castellane und windet sich zunächst nach Südwesten, dann nach Nordwesten bis zu seinem Ende bei Moustiers-Sainte-Marie. In bizarren Formationen ragen zu beiden Seiten der Schlucht die Felswände Hunderte von Metern fast senkrecht empor. Neben den Felskunstwerken der Natur zeichnet die Schlucht sich durch eine vielseitige Vegetation aus und ist bei mutigen Wanderern mit guter Kondition ebenso beliebt wie bei Wildwasserfahrern. Der Verdon ist mehrfach gestaut; im Oberlauf nördlich von Castellane wurde ein Wasserkraftwerk angelegt, das in unregelmäßigen Abständen überschüssige Wassermengen in die lange Schlucht abläßt. Fußwanderer sollten daher, heißt es in den Broschüren, nicht durch das Flußbett waten, sondern sich an die Wege halten, die manchmal durch lange, düstere Tunnels, dann wieder über himmelstürmende, steile Eisentreppen führen, wenn das Ufer unpassierbar ist. Unterhalb der Schlucht wurde der Verdon erneut gestaut; dort bildet er den See von St. Croix. Mehrere hochgelegene Straßen führen um die Schlucht bis in Höhen von tausend Meter; südlich erhebt sich das Plateau von Canjuer, von dem bei günstigen Winden das Grollen der artilleristischen Übungen zu vernehmen ist: militärisches Sperrgebiet.

In der Nähe des Point Sublime, unterhalb der Ortschaft Rougon, führt eine Straße zu einem Parkplatz unmittelbar oberhalb des Verdon; etwa fünfzehn Kilometer weiter flußab windet sich ein anstrengender Serpentinenweg von einem kleinen Lokal einige hundert Meter hinab ins Tal. Den Wanderern wird empfohlen, mit dem schwierigen Abstieg zu beginnen und die durchwanderte Schlucht auf dem nicht sehr schwierigen Kletterstück unterhalb des Point Sublime zu beenden.

Matzbach sah das natürlich anders – mit gewisser Berechtigung. »Wenn die Ganoven alle da sind«, sagte er munter, »werden sie vermutlich damit rechnen, daß ich an diesem Wandererlokal in die Unterwelt steige. Da sie vorsichtig sind, haben sie wahrscheinlich allenthalben Posten aufgestellt. Wir werden jetzt zum Point Sublime fahren. Ätsch.«

Ariane steuerte. Auf dem Rücksitz saß Sylvie Ladurie neben ihrem druidischen Onkel; sie hatten es sich doch nicht nehmen lassen, die Expedition zu begleiten. In einer Aufwallung makabren Empfindens hatte sie abends erklärt: »Wenn schon die Möglichkeit groß ist, nach meinem Mann auch meinen Onkel zu verlieren, will ich diesmal wenigstens dabeisein.« Danach hatte sie kurz mit feuchten Augen geschnüffelt. Pennec sah Matzbach über die Schulter; der Dicke konsultierte soeben wieder seine alten Chinesen.

»Hah«, machte er. Er steckte die Münzen ein und blätterte. »Nummer einundzwanzig, das Durchbeißen. Da ist ja wohl was dran. Die Dinge betrachten, das Ding zwischen den Mundwinkeln durchbeißen und Gericht walten lassen. Der Kandidat, behauptet die Wandellinie Vier, beißt auf Knorpelfleisch und erhält dafür metallene Pfeile. Beharrlichkeit und die Beachtung der Schwierigkeiten bringen förderliches Heil. Nun ja. Ich glaube, das hätte ich mir in dieser Lage auch ohne Chinesen sagen können. Knorpelfleisch und Metallpfeile. Ich habe schon wieder Hunger, aber ich sehe keine Bogenschützen.«

Auf dem Parkplatz am Ende der Straße standen mehrere Wagen. Einer, besonders unauffällig halb hinter einem Felsbrocken, war mit zeitunglesenden Männern besetzt.

»So, ihr Lieben«, sagte Baltasar fröhlich. »Haltet euch an die

Verabredungen. Ihr habt nichts zu tun, als intelligent und bedrohlich herumzusitzen und den Eindruck zu erwecken, als würde bei euch spätestens demnächst etwas überaus Wichtiges passieren.«

Er streichelte Arianes Wange, nickte Sylvie zu, steckte seinen Finger in Pennecs Bauch und stieg aus. In voller Ausrüstung prangte er dort: Wanderschuhe, Kniebundhose, Pullover, ein weißer Rucksack. Winkend ging er dorthin, wo eine kleine Treppe vom Parkplatz in die Tiefe führte.

Als sein Kopf verschwunden war, gab Ariane seufzend Gas und steuerte den Pallas wieder bergan. Der kleine Wagen schoß hinter dem Felsbrocken hervor, überholte sie und raste dem Point Sublime entgegen. Dort befand sich ein kleines Hotel mit guter Speisekarte und einem Telefon.

Pennec räusperte sich. »So weit stimmt seine Kalkulation offenbar«, sagte er. »Diese Burschen da vorn werden wohl im Wandererlokal anrufen und ihre Genossen alarmieren. Die werden einen Alarmstart machen und herkommen, um hinter dem Dicken in die Schlucht zu turnen. Sehr gut. Der Vorsprung müßte für ihn ausreichen.«

Ariane fuhr langsam. Wo die Straße vom Parkplatz wieder auf die Strecke Castellane-La Palud mündete, bog sie links ein. Der kleine Wagen, der hinter dem Felsbrocken gewartet hatte, stand auf dem Parkplatz vor dem Hotel am Point Sublime; ein Mann saß hinter dem Steuer, der zweite kam gerade aus dem Hotel. Beide starrten den Pallas an. Pennec kicherte.

Nach einiger Zeit kamen ihnen schnellfahrende Wagen entgegen, darunter ein großer schwarzer Buick. Pennec zog den Kopf ein, als die Autos sie passierten; Ariane sah in einem der drei Wagen weißgekleidete Gestalten.

Pennec drehte sich um und sah durchs Rückfenster. »Man muß ja nicht unbedingt erkannt werden, bevor es sein muß«, meinte er. »Die Kollegen Druiden werden sich ohnehin noch wundern.«

Nach längerer Fahrt erreichten sie das Wandererlokal über dem Schlund. Ariane parkte weithin sichtbar. Sie stiegen aus und betraten die Gaststube. Es war kurz nach Mittag. An einem Tisch saß César Maspoli und stocherte lustlos in einem Salatteller herum. Sie setzten sich zu ihm.

»Na, soweit alles klar?« fragte er.

Ariane stellte ihn Pennec und Sylvie vor. Maspoli war schlagartig bester Laune. Seine Miene sagte deutlich, daß Sylvie Schwarz gut stand oder umgekehrt.

»Ducros hat heute früh zugeschlagen wie vorgesehen«, berichtete der Reporter. »Sie haben das Grab dieser Haushälterin geöffnet. Raten Sie doch mal, was im Sarg war?«

Ariane zuckte mit den Achseln. »Ein Leichnam«, sagte sie brutal.

Maspoli schüttelte heftig den Kopf. »Steine«, sagte er triumphierend. »Natürlich hat Ducros jetzt Demlixhs Villa leer geräumt. Demlixh und dieser komische Majordomus sind mit ihm nach Draguignan gefahren, für eine längere Unterhaltung. Der Bestatter aus Lacaze ist auch dabei. Er schwört alle Eide, daß er eine vorschriftsmäßig aufbereitete Leiche in die Kiste gelegt hat.«

Pennec rieb sich die Hände. »Das klappt ja wie bestellt«, sagte er. »Wenn der Dicke zur Villa kommt, wird ihn jedenfalls niemand stören.«

Sie waren noch beim Studium der Speisekarte, als der unauffällige Wagen mit den beiden unauffälligen Männern vorfuhr. Sie stiegen aus, kamen in den Schankraum und setzten sich mit ihren Zeitungen an einen Tisch in der Nähe der Tür.

»Die werden fluchen«, sagte Maspoli leise, »weil bei diesen dicken Felsen und den Höhenunterschieden ihre Walkie-talkies und Autotelefone nichts bringen. Ich glaube, ich werde immer dann dringend telefonieren müssen, wenn einer von den beiden aufsteht und in Richtung Telefon geht.«

Matzbach stieg leise pfeifend die Treppe hinab, die nach wenigen Metern in einen unebenen Pfad voller Steine überging. Der Pfad wand sich abwärts, lief um einen Felsvorsprung zu einer ausgemauerten Haarnadelkurve, in der sich wieder einige Treppenstufen fanden; danach ging es steil nach unten zu einer wackligen Holzbrücke über ein Nebental. Der Verdon war nicht mehr weit; Baltasar warf einen nachdenklichen Blick über die Brücke, dorthin, wo ein fast flaches Uferstück zu sehen war. »Vielleicht sollte man wirklich mal da langgehen«, murmelte er.

Eine Weile später fuhren drei Wagen auf den Parkplatz: ein Buick, ein Peugeot und ein Golf. Aus dem Peugeot stiegen drei Gestalten in Weiß, aus dem Buick ein Herr mit grauen Schläfen und Nadelstreifen sowie ein weiterer Mann mit ausdruckslosem Gesicht und durchtrainierter Figur. Im Golf saß ein einzelner Mann. Einer der Weißen debattierte halblaut mit dem Graumelierten, der schließlich nickte und dem Mann im Golf einen Wink gab. Der Wagen wurde wieder in Bewegung gesetzt und fuhr rasch bergauf. Buick und Peugeot mit je einem Mann Besatzung blieben zurück; die drei weißgekleideten Druiden, der Graumelierte und sein Gardist stiegen unter Protestgeräuschen die Treppe hinunter und machten sich auf den Weg in die Schlucht.

Etwa zwanzig Minuten später stieg schwer atmend ein Mönch die Treppe zum Parkplatz hinauf. Er trug eine braune Kutte, seine bloßen Füße steckten in Sandalen, und auf dem Rücken, unter der Kapuze, baumelte ein brauner Rucksack. Auf dem Parkplatz blieb er stehen, zog seufzend ein Tuch aus einer Tasche der Kutte und fuhr sich damit über die glänzende Rodung auf seinem Haupt, die von einem dünnen Haarkranz umstanden war. Dann kratzte er sich den langen, grauen Vollbart und näherte sich dem Buick.

Der Fahrer blickte ihm mißtrauisch entgegen und öffnete langsam das Fenster.

»Eine schöne Gottesgabe, diese Schlucht«, sagte der Mönch. Mit dem Daumen wies er über seine Schulter zurück. »Aber erschöpfend. Du hast nicht zufällig ein wenig Wasser für mich, mein Sohn?«

Der Fahrer schüttelte bedauernd den Kopf. »Nein, Pater«, sagte er. »Aber vielleicht …« Er drehte sich um, kramte auf dem Rücksitz, dann hob er eine Thermoskanne hoch. »Darf es auch schwarzer Kaffee sein?« fragte er.

Der Mönch streckte die Hand aus. Der Fahrer goß den Becher der Kanne voll und reichte ihn aus dem Wagen.

»Herzlichen Dank, mein Sohn«, sagte der Mönch. Er trank den Kaffee in einem langen, glucksenden Zug aus und gab den Becher zurück. »Ich werde dich«, verkündete er lächelnd, »in mein Dankgebet einschließen. *Adieu.*«

»Auf Wiedersehen, Pater«, sagte der Fahrer. Er schraubte die Kanne wieder zu.

Der Mönch ging den Berg hinauf. Schnaufend marschierte er, bis er die Straße von Castellane nach La Palud erreicht hatte. Dann wandte er sich nach rechts. Hinter der nächsten Kurve stand auf einem kleinen Aussichtsparkplatz ein ramponierter Deux-Chevaux. Der Mönch öffnete die Beifahrertür und ließ sich aufatmend auf den Sitz fallen.

»Fahr zu, Alphonse«, sagte er.

Deschamps grinste ihn von der Seite an, drehte den Zündschlüssel und ließ den Wagen auf die Straße rollen. »Sieht sehr echt aus«, sagte er dabei. »Nehmen Sie eigentlich auch die Beichte ab, Monsignore?«

Matzbach öffnete den braunen Rucksack, den man von beiden Seiten verwenden konnte und der innen weiß war. Er riß sich die Tonsurperücke und den Vollbart ab und stopfte beides in den Rucksack, in dem Socken, Wanderschuhe und anderes steckte.

»Kurs Lacaze«, sagte er. Er wühlte unter den Socken und fand sein Zigarrenetui.

Gegen 15 Uhr überquerten sie den Hof zwischen Demlixhs Villa und den Stallungen. Deschamps navigierte vorsichtig den unebenen Weg entlang, der dem Bach aufwärts folgte und zum eichenbestandenen Hügel führte, auf dem die Druiden ihre Steine errichtet hatten. Deschamps starrte sorgenvoll in den Rückspiegel.

»Ich finde, die Polizisten hätten außer Demlixh und seinem Butler auch diesen furchtbaren Hund mitnehmen können«, sagte er.

Ein riesiger Köter undefinierbarer Abstammung zerrte kläffend an seiner Kette und versuchte, das Schlußstück durchzubeißen. Matzbach grinste plötzlich. »Zwischen den Mundwinkeln muß man etwas durchbeißen«, sagte er, »sonst kommt man nie zu Knorpelfleisch und Metallpfeilen.«

»Fehlt Ihnen was?« Deschamps blickte ihn besorgt an.

»Wir sollten«, sagte Baltasar, »dieses Siezen lassen. Wir riskieren schließlich gemeinsam unseren Hals hier, oder?« Danach setzte er Deschamps auseinander, daß er morgens ein chinesisches Orakel befragt hatte.

»Schau mal«, knurrte er schließlich. Sie hatten den Hügel erreicht und waren ausgestiegen. Baltasar breitete die Karte auf dem Wagendach aus.

»Ich habe dir doch von diesem Karthager erzählt und seinem Testament. Es läuft darauf hinaus, daß man ein Dreieck Orange–Cassis–Draguignan malt und es durch Senkrechte unterteilt, bis man drei Dreiecke hat. Die erste Senkrechte geht von Cassis hier oben nach Gréoux-les-Bains. Die zweite von Gréoux nach Brignoles. Die dritte von Brignoles nach Aups. So. Bei Brignoles ist die lateinische Version des Testaments gefunden worden, also werden die beiden anderen bei Gréoux und Aups gewesen sein. Sieh dir mal die Luftaufnahmen an.«

Baltasar zeigte Deschamps die dritte *Calanque* von Cassis: wurmförmiges Wasser neben wurmförmigem Hügel. Die Fundstelle des Testaments: wurmförmiger Bachlauf neben halb abgetragenem wurmförmigem Hügel. Den wahrscheinlichen Fundort bei Gréoux: der unterste Verdon-Stausee. Auf einer älteren Karte, die er aus dem Rucksack zog, war an dieser Stelle eine wurmförmige Krümmung des Verdon neben einem wurmförmigen Hügel zu sehen. Der Hügel war gesprengt, versetzt oder anderswie entfernt worden, der Verdon bildete einen See.

»Das können wir vergessen, genauso wie den dritten Punkt«, sagte Matzbach. Das Foto der Gegend bei Aups: ein ausgetrockneter Bachlauf neben einem kaum noch erkennbaren Hügel, über den die Nationalstraße 557 lief. An der Stelle, an der – analog zur Fundstelle bei Brignoles – des Karthagers Testament hätte gewesen sein können, befand sich eine kleine Transformator-Station, und die gesamte in Frage kommende Fläche war betoniert.

»So. Weiter! Dreimal heiliges Dreieck, dann kommt die Vier, die die Fläche verläßt. Ich bin davon überzeugt, daß man jetzt die letzte Dreiecksseite, die Strecke Aups–Draguignan, zum Quadrat machen soll. Die Eckpunkte des Quadrats sind Aups, Draguignan, Comps-sur-Artuby und ein Punkt am Ende des Verdon-Canyons. Der Karthager hat aber an vier Stellen etwas vergraben. Aups scheidet aus, weil da eines der Testamente gewesen sein muß. Wo ist der vierte Punkt? Einer, denke ich, der von den anderen drei gleich weit entfernt ist. Also ziehe ich beide Diagonalen durch das Quadrat und erhalte – vier Dreiecke. Dreimal ist die Drei heilig, dann kommt die Vier, die die Fläche verläßt. Der vierte Punkt liegt oben auf dem Plateau von Canjuers – wahrscheinlich unter einem Bunker. Es hat keinen Sinn, da oben zu suchen; außerdem sind allenthalben Krater von den Schießübungen, und niemand wird uns erlauben, da zu graben. Ist auch zu gefährlich. Da, die Ecke bei Comps: ein kleiner Hügel, daneben eine wurmförmige Krümmung des Artuby. Wo der karthagische Schatz liegen sollte, steht die Kirche. Hä.«

Auf einer alten Karte zeigte Matzbach Deschamps dann den

vermeintlichen Vergrabungsplatz am Ende der Verdon-Schlucht: ein Punkt mitten im heutigen See von St. Croix. Und kichernd zeigte er ihm, auf der Karte und auf dem entsprechenden Luftfoto, den vierten Punkt, an dem ein Teil der karthagischen Legate liegen mochte, und Deschamps brach in wieherndes Gelächter aus.

Der Hügel oberhalb von Demlixhs Villa war wurmförmig, und der kleine Bach krümmte sich wie ein Regenwurm. »Wer immer vor ein paar Jahrhunderten diese Villa gebaut hat«, keuchte Matzbach, der sich von Deschamps' Gelächter hatte anstecken lassen, »wußte sicher nicht, auf welch kostbarem Fundament das Haus errichtet wurde.«

Deschamps sagte nachdenklich: »Könnte es nicht sein, daß Sie … daß du dich um ein paar Meter verrechnet hast?«

»Natürlich. Aber nur ein paar Meter. Wenn, was ich annehme, dieser Maharbal überall ähnlich gebuddelt hat wie bei Brignoles, kann man das fast berechnen. Sieh mal, der Hügel. Da ungefähr ist der Mittelpunkt des Hügels. Der Bach macht eine Schlangenlinie um das Hügelende. Wenn wir jetzt vom Mittelpunkt des Hügels eine Linie zum Bach ziehen, den Bachbogen als Teil eines Kreises ansehen, den gedachten Kreis vervollständigen – was dann? Die Linie von der Hügelmitte zum Bach berührt den Mittelpunkt des angenommenen Kreises. Genau an der Stelle ist bei Brignoles das Testament gefunden worden. Nun kann es sein, daß sich im Lauf der Jahrhunderte der Bachlauf hier und da geändert hat. Aber auf dem Schießplatz auf dem Plateau ist überall da, wo einmal diese kleine Quelle auf den alten Karten war, heute Beton, Bunker, Keller – egal, ob wir ein paar Meter abweichen. Und rund um den Punkt am Verdon ist überall See, und rund um den Punkt in Comps ist überall Kirche. Und hier steht die Villa, stehen die Ställe. Der Schatz ist futsch.«

Sie packten die Karten weg. Deschamps holte Hacken und Schaufeln und ein Abschleppseil aus dem Wagen; Matzbach bat ihn um die Wünschelrute, die er ihm vor einigen Tagen anvertraut hatte. Deschamps zog sie unter der Rückbank hervor.

Sie gingen einmal um den kleinen Hügel herum. Ein Kranz von Eichen warf Schatten auf drei Granitsäulen, die in einer Reihe auf dem Hügel standen. Der Bach umspülte die Nordostseite der Anhebung.

Die Menhire ragten etwa mannshoch aus dem Boden. Baltasar zog sich die Kutte über den Kopf und warf sie in den Wagen. Dann ging er mit der Rute über den Hügel, langsam, seitwärts. Deschamps rauchte drei Zigaretten und sah unruhig zu. Er fürchtete sich vor dem Hund, der in der Ferne noch immer jaulte und bellte und auf seiner Kette herumbiß, und er rechnete damit, daß irgendwann demnächst Demlixh und sein Majordomus heimkehren würden, denn er glaubte nicht, daß die Polizei ihnen etwas nachweisen konnte – wer immer die Steine in den Sarg gelegt und die Leiche der armen Louise entfernt hatte, sicher nicht der Schriftsteller eigenhändig.

Matzbach ließ sich Zeit. Er untersuchte den Hügel sehr gründlich, mehrmals, von verschiedenen Seiten her. Schließlich kam er zum Wagen und warf die Plastikrute auf den Rücksitz.

»Seltsam«, sagte er. »Die Steine sind zwar in einer Reihe, aber nur zwei von ihnen stehen auf einer Strahlungsader. Dafür ist unter dem dritten ein Hohlraum.«

Er bat Deschamps um eine Zigarette. Alphonse gab ihm Feuer und fragte: »Und was heißt das?«

Matzbach rümpfte die Nase. »Das wüßte ich gern. Angeblich haben die Druiden diese Reihe errichtet, um heilende Erdstrahlen zu sammeln und dem kranken Demlixh so zu helfen. Die Strahlen da vorn sind aber negativ. Und außerdem, wie gesagt, steht der letzte Stein nicht auf der Ader, sondern daneben. Also entweder haben die Jungs nicht richtig gemessen, oder es ist Absicht. Komm mal mit.«

Sie gingen langsam über den Hügel. An einer Stelle neben der Steinreihe waren Abdrücke im Boden. »Sieht so aus, als ob sich hier manchmal jemand mit einem Stuhl oder so hinsetzt«, sagte Deschamps, nachdem er den weichen Boden genau betrachtet hatte.

Matzbach sah plötzlich etwas anderes. Summend ging er zu einer Eiche und befingerte die Rinde etwa in Kopfhöhe. Deschamps folgte und sah ihm über die Schulter. Die Rinde zeigte zahlreiche kleine Einschnitte, teils neben-, teils übereinander.

»Was soll das denn sein?«

Matzbach spitzte die Lippen. »Entweder heilige Zeichen«, sagte er, »oder etwas ganz Einfaches. Einer der bösen Buben, die Ariane und mir in Les Baux an den Kragen wollten, hat ziemlich zielsicher mit einem Messer geworfen. Dafür muß man üben ...«

Er drehte sich um. »An die Arbeit! Ich bin gespannt, was wir unter dem dritten Stein finden.«

Sie holten die Hacken. Deschamps blickte Matzbach mit gerunzelter Stirn und zusammengekniffenen Augen an. »Womit rechnest du?«

»Vielleicht«, sagte Baltasar gedehnt, »mit Bronners Leiche. Und der von Louise.«

Die Sonne näherte sich dem waldigen Hügelrand. Deschamps und Matzbach hatten gehackt und geschaufelt, daß es Baltasar eine Wonne gewesen wäre, zuzusehen. Der dritte Menhir war beinahe frei. Deschamps legte das Abschleppseil um den Stein und befestigte es an der Hinterachse des 2 CV. Er schnitt eine skeptische Grimasse, stieg ein und ließ den Motor an.

Matzbach stellte sich hinter den Stein und drückte. Der Motor jaulte, die Räder drehten sich auf der Stelle. Weiter weg jaulte der Hofhund. Langsam bewegte sich die Spitze des Menhir, dann neigte der granitene Monolith sich gemessen und würdevoll, als wollte er eine Eiche zum Tanz herausfordern, und endlich fiel er um.

Deschamps schaltete den Motor ab und stieg aus. Matzbach stand neben dem Loch und starrte in die Finsternis der Erde.

»Wir müssen noch ein bißchen hacken«, sagte er melancholisch. »Da ist eine Tonschicht.«

Die Sonne war schon untergegangen, als sie endlich den Fund begutachten konnten. Sie lehnten am Wagen und rauchten; auf dem Wagendach lagen Münzen und eine leere Tonröhre.

»Wahrscheinlich sind noch mehr Münzen da unten«, klagte Matzbach paffend. »Aber wen, im Prinzip, interessieren die Münzen? Warum hat dieser dumme Karthager nicht besser aufgepaßt!«

Anders als bei dem Fund nahe Brignoles war hier die Röhre nicht sicher verschlossen gewesen. Es mochte ein Vermögen an Münzen im Boden liegen und auf tapfere Gräber warten – doch die Papyri des Karthagers hatten die Lagerung in feuchter Erde nicht überstanden.

Matzbach sah sich um. »So was Albernes«, murrte er. »Wahrscheinlich ist der Bach früher anders verlaufen, deshalb habe ich mich mit der Villa verrechnet. Egal. Teilen wir?«

Deschamps blickte skeptisch auf die Münzen. »Ich fürchte«, sagte er, »die Republik gönnt einem so was nicht. Das gehört wahrscheinlich dem Erbe der Nation, nicht dem Finder.«

»Du kannst deine Hälfte deiner Republik vermachen«, sagte Baltasar. »Ich nehme meine Hälfte mit. – Aufbruch!«

Sie fuhren los. Den Menhir, den sie ohnehin nicht spurenlos hätten aufrichten können, ließen sie liegen. Als sie die Villa passierten, kommandierte Baltasar: »Halt!«

»Was ist los?«

Er öffnete die Tür und setzte ein Bein auf den Boden. »Ich habe mir eben gedacht, daß es auf eine weitere ungesetzliche Maßnahme nicht ankommt. Ich werde mir mal schnell die Schreibstube von Demlixh ansehen.«

Deschamps seufzte. »Ich werde froh sein, wenn ich wieder normal auf dem Feld arbeite.«

»Dein Vergnügen. Paß auf – fahr bis über die Brücke und versteck dich mit dem Wagen rechts unter den Bäumen, da, wo die Steigung anfängt. Wenn Demlixh kommt, sieht er dich nicht, und ich als Fußgänger kann hier ungesehen verschwinden. Ich komme nach, wenn ich fertig bin.«

Deschamps wollte protestieren, aber Matzbach war schon fort. Alphonse sah, wie er die leichte Glastür aufdrückte, dann die zweite, die von der Veranda ins Haus führte.

Deschamps seufzte und fuhr den Weg Richtung Lacaze, über die Brücke, manövrierte den Wagen unter die dunklen Bäume und rauchte nervös eine Zigarette nach der anderen. Nach etwa einer Stunde, die ihm wie ein Jahr im Dunkeln vorkam, öffnete sich die Beifahrertür, und Matzbach stieg ein.

Deschamps zuckte zusammen. »Kannst du nicht husten oder trampeln?« fragte er vorwurfsvoll. »Außerdem ist mindestens Mitternacht, wie?«

Baltasar schnaubte. »Fahr los«, sagte er. Er hielt etwas in der rechten Hand, das aussah wie eine zusammengerollte Menge von Papieren.

Deschamps fuhr los. Niemand kam ihnen entgegen. Als sie Lacaze erreichten, seufzte Baltasar zufrieden. »Wie üblich«, meinte er. »Die unwahrscheinlichen Zufälle sind mit mir. Wir wollen ein Häppchen essen.«

Deschamps parkte den Wagen gegenüber von Doktor Herbins Haus, das erleuchtet war. Sie betraten das kleine Restaurant. Baltasar suchte sich eine Mahlzeit aus, wies Deschamps an, brav alles Gewünschte zu bestellen, und verschwand, um zu telefonieren.

»Alles in Ordnung«, sagte er, als er zurückkam. »Ducros hat die beiden eben laufen lassen; sie müßten in kurzer Zeit hier sein. Demlixh und sein Butler. Und Maspoli hat bei Ducros angerufen; auch am Verdon ist alles gut abgelaufen. Die lieben Menschen sind in der Erwartung, mich hinter der nächsten Biegung anzutreffen, durch die Schlucht gestolpert. Maspoli hat sie mit dem Fernglas entdeckt, als sie mit dem Aufstieg zum

Wandererlokal beschäftigt waren. Ariane, Sylvie und Pierrot sind daraufhin losgefahren. Die beiden Wachtposten haben hektisch telefoniert, und dann sind die drei zusätzlichen Wagen vom anderen Ende angerauscht. Die müden Wanderer sind eingestiegen, und alle Mann hinter meinem Auto her. Ich schätze, Ariane und die anderen sitzen jetzt in Manosque in einem kleinen, feinen Restaurant und speisen. Und außerdem schätze ich, daß gleich die netten Verfolger dort ankommen werden. Maspoli meint, in der Ebene funktioniert das Walkie-talkie wieder, und der kleine Wagen ist gleich hinter Ariane hergebraust. Dann werden wir weitersehen.«

Ariane, Sylvie und Pennec aßen langsam und genüßlich. Es war so abgemacht, und den Appetit brauchten sie am Ende dieses Tages wahrhaftig nicht zu spielen. Sie wußten, daß der kleine Wagen mit den beiden Posten ihnen gefolgt war, deshalb waren sie nicht sonderlich überrascht, als die Tür des Restaurants sich öffnete.

Der graumelierte Gentleman trat zu ihnen an den Tisch. »Erlauben Sie?« fragte er höflich. Ariane wies auf einen Stuhl.

Er setzte sich und betrachtete sie nacheinander. »Verraten Sie mir doch bitte«, sagte er dann halblaut, »was diese Komödie bedeuten soll.«

Ariane blickte auf die Uhr. Kurz nach acht. Also, wenn alles geklappt hat, kein Grund, die Sache noch lange hinauszuschieben.

»Machen Sie uns doch das Vergnügen, Monsieur ...?«

»Evaristo«, sagte der Graumelierte. »Welches Vergnügen?«

»Mit uns ein Glas Wein zu trinken. Wir sind mit dem Essen bald fertig, dann können wir zurück nach Lacaze fahren und dort wird sich alles aufklären.«

Evaristo sah sich um. Das Restaurant war nicht voll, aber gut besetzt – ein schlechter Platz für Gewaltmaßnahmen. »Nun gut«, sagte er. »Ich nehme an, Sie werden keine Einwände dagegen haben, daß wir gleich die Besatzung der einzelnen Wagen ein wenig anders organisieren als bisher.«

Ariane hob kurz die Brauen. »Ich nehme an, Sie werden sich nicht nach meinen Einwänden erkundigen«, sagte sie kühl.

Pennec winkte dem Kellner und bat um Kaffee. »Drei Kaffee«, sagte er deutlich und absichtsvoll.

Evaristo bestellte gelassen einen vierten.

Demlixh und sein Majordomus kamen schlecht gelaunt zur Villa. Sie sahen sofort, daß eingebrochen worden war. Der Butler wendete den Wagen, während Demlixh ins Haus stürzte.

Einer Eingebung folgend brach der Butler das Wendemanöver ab und fuhr den holprigen Weg entlang, an dessen Ende er im Licht der Scheinwerfer den Menhir liegen sah.

Demlixh kam aus dem Haus gerannt. »Um Gottes willen«, schrie er, »mein neues Manuskript!«

Der Butler tauchte wieder vom Weg zum Druidenhügel auf und berichtete. Demlixh schüttelte völlig verwirrt den Kopf. »Einen Menhir umgestürzt, ein Loch gegraben? Ja, aber was soll denn das? Was steckt dahinter? – Kommen Sie, ich habe die Gendarmerie angerufen, aber bis die kommen, das kann eine Weile dauern. Ich habe einen Verdacht. Zum Friedhof von Lacaze!«

Drei Gendarmen, Kommissar Ducros und ein wegen seiner Deutschkenntnisse abgestellter Kollege aus dem gastgebenden Departement hockten außerhalb der Friedhofsmauern und kamen sich albern vor. Es war kalt und dunkel, Ducros durfte nicht rauchen und nicht einmal husten und klapperte mit den Zähnen.

»Ich wüßte zu gern«, sagte er, »was dieser Fettkloß auf dem Friedhof vorhat. Auf der anderen Seite ist es wohl besser, daß ich es nicht weiß. Wahrscheinlich müßte ich es ihm sonst verbieten.«

Kommissar Bourgoing zuckte mit den Achseln, was niemand sehen konnte. »Ihr Fall, Ducros«, murmelte er. »Sie haben sich von diesem Matzbach die Regeln vorschreiben lassen. Wenn es nach mir ginge, würde ich ihn ins nächste Irrenhaus einliefern. Aber bitte sehr – machen Sie nur weiter. Das hier ist besser als Fernsehen.«

Deschamps fühlte sich unwohl auf dem Friedhof. Mißmutig sah er im Mondlicht Matzbach an, der vor dem Grab der armen Louise stand.

Der Friedhof ähnelte den meisten derartigen Stätten in Südfrankreich: ein Hügel außerhalb des Orts, Kieswege, Steinkreuze, Steinplatten. Die jüngeren Gräber wie das der Haushälterin waren erst provisorisch abgedeckt, da das endgültige Denkmal fehlte. In der Mitte des Friedhofs stand eine kleine offene Kapelle.

»Und jetzt?«

Baltasar räusperte sich und ging zur hinteren Mauer. »Ducros«, sagte er sanft, »haben Sie noch was für mich?«

Der Kommissar hustete. »Ja«, sagte er verbittert. Im Gegensatz zu den beiden Figuren auf dem Friedhof konnte er hinter seiner Mauer, im Schatten, nicht einmal das Mondlicht genießen.

»Sprechen Sie schon, aber bleiben Sie bitte liegen!«

»Aye-aye, Mylord«, knurrte Ducros. »Also – Herbin ist Samstag früh spazierengegangen. Er wurde außerhalb des Orts von einem Wagen aufgelesen.«

Baltasar steckte einen seiner unmäßig dicken Daumen in den Mund. »Schön«, sagte er. »Lassen Sie mich raten. Der Wagen war klein und bunt, ein vielfach lackierter R 4, und er ist mit Herbin zum Druidentreff in das Kaff bei Aubagne gefahren.«

Ducros schluckte. »Woher wissen Sie das schon wieder?«

»Nur gut geraten. Sehr schön. Dann, glaube ich, haben wir alles zusammen. Deschamps hat in der Nacht von Samstag auf

Sonntag, kurz vor Mitternacht beobachtet, wie Demlixh düstere Maßnahmen auf dem Friedhof traf.«

»Maßnahmen? Was für Maßnahmen?«

Bourgoing mischte sich ein. »Was hat er denn getan? Und was genau hat Deschamps gesehen?«

Baltasar kicherte. »Deschamps hat gesehen, daß Demlixh auf den Friedhof ging und etwas tat – was, weiß er nicht. Aber ich weiß es, und Sie werden es auch bald wissen. Deschamps war zu weit weg, da vorn, im Gebüsch. Lassen Sie sich überraschen!«

Er ignorierte die Proteste der Beamten und ging zurück zu Louises Grab. Deschamps sah ihm entgegen.

»Und jetzt?«

»Jetzt machen wir ein kleines Quiz«, sagte Matzbach. »Paß auf. Louise ist beigesetzt worden, vor eineinhalb Wochen, aber heute morgen war der Sarg leer. Hat Demlixh, als du ihn beobachtet hast, irgendwas vom Friedhof entfernt?«

»Nein.«

»Also ist, wenn wir erstens davon ausgehen, daß Demlixh die gute Louise umgetopft hat, und zweitens annehmen, daß er sie nicht so deponiert hat, daß sie später von Komplizen abgeholt werden konnte – wie habe ich den Satz angefangen? Ah. Also können wir, wenn das so ist, davon ausgehen, daß die Leiche noch auf dem Friedhof ist, nicht wahr?«

Deschamps nickte.

Baltasar fuhr fort: »Ein intelligenter Einfall übrigens. Wo soll man eine Leiche verstecken? Natürlich unter anderen Leichen – überall sonst würde sie doch auffallen, aber hier? Hier sind Leichen sozusagen vorgeschrieben. Denkst du, daß Demlixh, der ein Phantast ist, in einem Anfall von Panik die Nerven hat, eine Leiche einfach auf den Friedhof zu legen, statt sie auf der Viehweide zu verbuddeln?«

Deschamps sah sich um, als rechnete er mit einer Invasion von Geistern. »Ich glaube nicht«, sagte er halblaut, »daß Demlixh bessere Nerven hat als ich.«

»Siehst du«, sagte Baltasar befriedigt. »Wem würdest du, von denen, die in Frage kommen, so etwas denn zutrauen?«

Deschamps zögerte keine Sekunde. »Herbin«, sagte er.

»Ja, nicht wahr? Herbin ist Demlixhs Liebhaber und Mitarbeiter. Außerdem ist er Arzt, und Ärzte haben aus Berufsgründen mehr mit Leichen zu tun als Schriftsteller …«

Ducros steckte den Kopf über die Mauer. Er hatte alles, wenn auch mühsam, mit angehört. »Wieso Mitarbeiter?« fragte er.

Baltasar hob die Papiere hoch, die er die ganze Zeit zusammengerollt in der linken Hand getragen hatte. »Das geht aus diesen Dingern hervor«, sagte er, »und das werden Sie alles gleich noch hören. Und jetzt ziehen Sie bitte den Kopf ein. Sie sehen da albern aus, Mann.«

Deschamps sah sich wieder auf dem Friedhof um, diesmal suchend. »Ja, aber wo hat Herbin Louise versteckt?«

Baltasar seufzte. »Herbin hat Louise nicht versteckt. Demlixh hat Louise versteckt, als Herbin nicht erreichbar war. Und er hat sie da versteckt, wo Herbin zuvor Bronner versteckt hat.«

»Was? Bronner? Wie …: wieso?«

»Das ist eine lange Geschichte. Verschoben auf später. Demlixh ist zu phantastisch und nicht kaltblütig genug, um auf so einen einfachen, genialen Einfall zu kommen. Herbin hat Bronner hier irgendwo versteckt, wo niemand ihn je suchen wird. Und Demlixh, in einem Anfall von Panik, hat Louise aus dem Grab geholt und an der gleichen Stelle versteckt.«

Deschamps schüttelte sich. »Ich weiß nicht, was du an dieser Leichenversteckerei so lustig findest.«

Matzbach kicherte. »Ich habe ein schwarzes Herz«, sagte er der Wahrheit entsprechend. »Wollen wir suchen?«

Deschamps hob hilflos die Hände. »Wo? In jedem einzelnen Grab?«

Baltasar ging langsam über den Friedhof. In der rechten Hand hielt er die Wünschelrute. Dabei knurrte er: »Die Gräber sind viel zu gut vermauert, das würde jedem Besucher auffallen, wenn man da dran herumkratzen wollte. Es muß woanders sein.«

Plötzlich lachte er. »Natürlich, da. Wo sonst? Wie dumm von mir.«

Mit Deschamps im Gefolge – und aufmerksam, wenn auch diskret, von Ducros und Bourgoing beobachtet – umrundete Baltasar die kleine, offene Kapelle. In einer Ecke des Friedhofs stand ein baufälliger Schuppen mit den notwendigen Werkzeugen, neben ihm lag ein Kieshaufen. Baltasar blickte auf die Uhr.

»Es mag gerade noch gehen«, sagte er.

Deschamps nickte und griff zu einer Schaufel. Baltasar kletterte auf den Kies, klemmte seine Papierrolle zwischen die Beine und hantierte mit der Wünschelrute.

»Hohlraum«, murmelte er, »die Rute bestätigt die Logik. Wie absurd.«

Dann griff auch er zur Schaufel.

Bergab näherten sich die Lichter eines Wagens. Matzbach zog eine Taschenlampe aus seiner Jacke und legte die kleine Lichtquelle ohne Zeichen von Gemütsregungen eingeschaltet auf die Friedhofsmauer.

Deschamps deutete auf die Lehmfläche, die sich unter dem Kies zeigte. »Bruchlinien, wie zusammengesetzt. Und Einschläge wie von einer Spitzhacke.«

Ducros hustete ein letztes Mal vorsichtig. »Mitgehört«, sagte er unterdrückt.

Demlixh stürzte auf den Friedhof, gefolgt von seinem Butler. Der Autor blieb stehen, als hätte ihn der Schlag getroffen.

Matzbach legte ruhig einen großen Lehmfladen beiseite. »Kommen Sie, Demlixh«, sagte er freundlich auf französisch, »wollen Sie uns nicht helfen? Sie kennen das Verfahren doch schon.«

Der Phantastiker schnappte nach Luft. »Ich ... wieso, ich, nein, also, was machen Sie da überhaupt?« Er sprach deutsch.

»Ich erforsche die Bodenschätze hier«, teilte Baltasar ihm mit, »in der Absicht, sie nutzbringend auszubeuten.«

Demlixh hob einen Fuß, ließ ihn sinken, trat dann vor und machte Anstalten, sich auf Matzbach und Deschamps zu stürzen. Baltasar blieb gebückt, ließ den Lehmfladen fallen, den er eben erst aufgeklaubt hatte, und zog eine Pistole aus den Tiefen seiner Jacke.

»Frieden, mein Freund«, sagte er. Er deutete auf ein besonders monumentales Grab hinter Demlixh. »Setzen. Und Sie auch, Mister Butler.«

Alphonse Deschamps hatte sich längst in sein Schicksal ergeben und hob weitere Lehmfladen auf. Demlixh ließ sich auf die Marmoreinfassung des von Matzbach bedeuteten Grabes sinken und rang die Hände.

»Lieber Herr Matzbach«, sagte er atemlos, »so tun Sie doch die Pistole weg. Das ist alles ein entsetzliches Mißverständnis.«

»Ich denke nicht daran, die Pistole wegzulegen«, beteuerte Baltasar glaubwürdig. »Und was soll denn hier ein Mißverständnis sein?«

Die Szene war albern. Der Mond glomm hernieder, Demlixh hatte die Hände vors Gesicht geschlagen, der Butler hockte stumm hinter seinem Herrn und Arbeitgeber, und Deschamps klaubte Lehmfladen auf, während Baltasar sich grinsend aufrichtete. Er hatte die Papierrolle wieder zwischen den Knien und die Pistole in der rechten Hand; mit der linken ergriff er die Taschenlampe und beleuchtete Demlixhs Charakterkopf. Hinter der Mauer lauschten die Gendarmen den unverständlichen Vorgängen in deutscher Sprache; Ducros kaute auf den Fingernägeln, und Bourgoing hielt sich die Nase zu, um nicht in ein schrilles Gelächter auszubrechen.

»Was für ein Mißverständnis, Herr Kollege?« fragte Baltasar sanft.

Demlixh ließ die Hände sinken und blickte auf. Seine Miene drückte Ratlosigkeit und Furcht aus.

»Meinen Sie die Leiche von Louise oder die von Bronner?« erkundigte Matzbach sich freundlich.

Demlixh schwieg und starrte in den Lichtkegel wie hypnotisiert.

Deschamps räumte mit Todesverachtung weitere Lehmfladen beiseite.

»Wissen Sie«, sagte Matzbach nachdenklich auf französisch, »wir sollten französisch sprechen, damit der gute Alphonse versteht, was wir hier verhandeln. Er hat es nämlich redlich verdient. Kennen Sie Alphonse Deschamps eigentlich?«

Demlixh schüttelte den Kopf.

»Er war mit Louise befreundet. Sie wollten heiraten. Nehmen Sie es als Beweis für die Innigkeit ihrer Beziehungen, daß Louise ihm an dem Tag, an dem sie – und Sie angeblich auch, Demlixh – eine Fischvergiftung erlitten haben, daß Louise ihm an dem Tag erzählt hat, was es abends bei Ihnen zu essen geben würde. Nix Zahnbrasse, *mon ami et cher collègue,* sondern Lammrücken. Für Sie und für Bronner, mit dem Sie sich prächtig gestritten haben, an dem Tag. Sie sehen, Alphonse hat es wirklich verdient, daß wir in einer ihm verständlichen Zunge reden. Außerdem hat er am Samstagabend zugesehen, wie Sie hier Bohrversuche angestellt haben.« Demlixh sperrte Mund und Nase auf. »Was ... wo?« »Sie, mein Lieber, hier auf dem Friedhof. Louise umbetten, dorthin, wo Herbin Bronner versteckt hatte.«

Demlixh seufzte. Er entspannte sich sichtlich und begann zusammenzusacken.

Baltasar sah ihm dabei zu und fuhr, immer noch auf französisch, fort: »Wissen Sie, Sie sind ein bißchen leichtsinnig gewesen. Manchmal sind versteckte Löcher offensichtlicher als offene – man erkennt sie an der Art, wie sie camoufliert wurden. Sie sind vor zehn Jahren nach Lacaze gezogen und haben Doktor Herbin kennengelernt; Ihr erstes Buch, das in Lacaze entstand, haben Sie Ihrem lieben Freund R. H. für Rat und Hilfe gewidmet. In den späteren Auflagen haben Sie die Widmung tilgen lassen, weil Ihnen zu der Zeit klargeworden war, daß es Ihnen, Ihren Büchern und Herbins im Aufbau befindlicher Druidenkirche nicht sehr hilfreich wäre, wenn jemand, zum Beispiel ein findiger Journalist, einen bestimmten Bericht veröffentlichen könnte. Etwa: Der große Demlixh ist nicht nur schwul, sondern er läßt sich auch von seinem Geliebten, einem Arzt namens R. H., seine Bücher vorschreiben und finanziert ihm mit den Tantiemen den Aufbau einer druidischen Sekte, an die keiner von beiden glaubt, sondern mit der sie nur noch ein bißchen mehr Geld und Macht scheffeln wollen. Damit niemand auch nur auf die Idee kommen kann, haben Sie die Widmung später nicht mehr drucken lassen.«

Demlixh blickte ihn aus tieftraurigen Augen an und schwieg. »Seit ich mir erlaubt habe, Ihr neues Manuskript zu entwenden, weiß ich auch, weshalb Sie mir erzählt haben, daß Sie alles selbst tippen. Damit niemand erfährt, daß Ihre Manuskripte in zwei verschiedenen Handschriften und in zwei Sprachen entstehen und daß die besseren Passagen in französisch und in der Handschrift von Doktor Herbin verfaßt sind. Bei diesem epochalen Machwerk mit dem Arbeitstitel *Druidenbibel* kommt noch hinzu, daß Sie beide nette Kommentare eingestreut haben, aus denen hervorgeht, daß keiner von Ihnen auch nur ein Wort von all dem glaubt, was Sie da schreiben. Übrigens finde ich diese vorgeschlagenen homo- und heterosexuellen Initiationsriten degoutant, mein Lieber, wenn ich auch sicher bin, daß sie Ihre theoretische Sekte zusammenschweißen würde. Sagen Sie: Sind alle Ihre Bücher in dieser Form von Kollaboration entstanden, oder haben Sie früher wirklich selbst was geleistet?«

Demlixh senkte den Kopf, hob ihn wieder, dann legte er die verschränkten Arme auf die Knie und darauf den Kopf, die Schultern zuckten.

Baltasar fuhr erbarmungslos fort. »Dieses blödsinnige karthagische Testament – wissen Sie, wo der einzige noch aufzufindende Teil des Schatzes lag? Unter dem dritten Menhir dieses idiotischen und übrigens falsch vermessenen *Alignement!* In Ihrem Hinterhof, sozusagen. Ha, ha, ha. Und der arme Bronner, dem das Testament in Les Baux wahrhaft zugeflogen ist, hat ganz nebenbei entdeckt, wie es mit Ihren Schriftwerken steht. Er hat, während er die Schlüssel zum Testament suchte, noch ganz andere Dinge herausgefunden, zum Beispiel Herbins Kirchenpläne und Einzelheiten über Verbrechen einer Unterweltbande. Grimaud und Evaristo sind Ihnen ja sicher ein Begriff.«

Demlixh blickte wieder auf. »Mein Gott, das wissen Sie auch?« sagte er.

Bourgoing raufte sich geräuschlos die Haare und flüsterte in Ducros' Ohr: »Wie kann man nur so irrsinnig und so unverschämt bluffen! Wissen Sie, ob er oft pokert? Der Dicke weiß doch überhaupt nichts – aber offenbar stimmt alles. Und Demlixh fällt drauf rein.«

Ducros nickte und hustete lautlos, was ihm die Tränen in die Augen trieb.

»Schließlich kam Bronner dahinter, daß sein Leben in Gefahr war, weil er zuviel wußte, und da hat er versucht, alle Leute, die auf Sie aufpassen könnten, in eine falsche Gegend zu locken, mit Hilfe einer falschen geometrischen Lösung, um dann noch einmal ungestört mit Ihnen zu reden. Er wußte genau, daß Sie der schwache Punkt sind. Er hat also alles nach Les Baux gelockt, gewartet, bis Evaristo und die Druiden angefangen hatten zu buddeln, und dann ist er zu Ihnen gekommen. Das war, als Louise Kräuter für den Lammrücken suchte. Er hat Ihnen alles ins Gesicht gesagt, was er wußte, und Sie haben die Nerven verloren und ihn umgebracht. Dann hat Herbin, als er später zu Ihnen kam, diese tolle Idee gehabt, die Leiche in der Nähe anderer Leichen zu verstecken. Und eine zweite Leiche zu produzieren, die arme Louise. Ich weiß nicht, ob nur aus Vorsicht oder weil sie vielleicht den toten Bronner gesehen hatte.«

Demlixh, offenbar benommen, nickte unwillkürlich. Matzbach schickte in seinem Herzen Stoßgebete zum Olymp und machte tapfer weiter.

»Also mußte Louise auch dran glauben. Gleichzeitig war das eine tolle Publicity – Sie wurden angeblich krank, die Weltpresse berichtete darüber und auch über das *Alignement* und die heilenden Druiden. Tolle Propaganda und gleichzeitig Beseitigung einer unwillkommenen Zeugin. Und dann haben Sie sich von mir bluffen lassen, als ich Ihnen den Cucuphatus, den Übergang vom Leben zum Tod, den ganzen restlichen Unsinn und die drohende Exhumierung ans Herz gelegt habe.«

Demlixh richtete sich auf. Mit trockener Stimme sagte er: »Was wollen Sie von mir haben, wenn Sie den Mund halten?«

Baltasar grinste, was der immer noch von der Taschenlampe geblendete Demlixh nicht sehen konnte. »Eine Information«, sagte er fröhlich. »Was ich nämlich nicht weiß und gern wüßte, ist, wie Sie Bronner umgebracht haben. Aber das kommt bei der Obduktion ohnehin raus.«

Demlixh sagte mechanisch: »Mit einer Holzfigur ... Was haben Sie gesagt, Obduktion? Wollen Sie das alles an die Polizei ...?«

Baltasar schwieg einen Moment. Er dachte einen Gedanken über Herbins theoretische Risikobereitschaft zu Ende und kicherte plötzlich. Ein Wagen bog um die Ecke neben der Kirche, ein zweiter, ein dritter.

»Armer Demlixh«, sagte Matzbach höhnisch, »und dabei war alles so ganz unnötig. Herbin hat ja wohl der guten Louise Gift verabreicht, nicht wahr? Wie sind Ihre medizinischen Kenntnisse? Minderwertig, nehme ich an. Wahrscheinlich hätte man bei einer Obduktion nichts gefunden als das Gift, das offiziell auf dem Totenschein steht. Aber Sie haben Herbin nicht geglaubt, daß man nichts finden wird, und als ich Sie gewarnt habe, haben Sie die Nerven verloren und Louise hier neben Bronner gelegt. Um mir hiermit zu beweisen, daß es kein richtiges Gift war.«

Bourgoing verdrehte die Augen; Ducros lag neben ihm und biß sich in den Handrücken, um nicht herauszuplatzen.

Demlixh brach plötzlich in Tränen aus. Matzbach machte mehrfach »Ts, ts, ts«, dann sogar »tsk« und richtete den Strahl der Taschenlampe auf die bremsenden Wagen.

»Da kommen Ihre Freunde«, sagte er, »aber die werden Ihnen auch nicht mehr helfen können.«

Drei weißgekleidete Druiden kletterten aus den Wagen, zusammen mit Javier Evaristo, seinem stummen Begleiter und dem Fahrer, dazu noch Ariane, Sylvie und Gaston Pennec. Alphonse hatte längst aufgehört, weiter Lehmfladen zu sortieren; er stand neben Baltasar und starrte auf die Neuankömmlinge.

Bourgoing zischte kaum vernehmlich durch die Zähne; die drei Gendarmen zogen leise ihre Waffen. Auch die beiden Kommissare klammerten sich an kaltes Eisen.

Javier Evaristo sah blinzelnd in den Lichtkegel der Taschenlampe. »Also«, sagte er, »was soll diese Komödie mit den Spaziergängen in der Provence? Und dieses alberne Rendezvous auf dem Friedhof?«

»Ach«, machte Baltasar erstaunt, »sind Sie nicht dieser kolumbianische Speichellecker, der bellt, sobald sein Boß mit dem Schwanz wedelt?«

In Evaristos Gesicht zuckte irgendwo ein Muskel, aber er schwieg. Seine rechte Hand hing merkwürdig unlocker neben der Jackentasche. Sein Begleiter drehte sich aus dem Schein der Lampe. Die Druiden und der Fahrer standen schweigend und abwartend herum.

»Interessante Dinge habe ich über Sie gehört«, sagte Baltasar weiter, immer noch höhnisch. »Obwohl ich nicht glaube, daß Ihr Spatzenhirn auf die Idee mit den Brieftauben gekommen ist. Das war Grimaud, oder? Bronner meinte auch, Sie wären nur ein Schuhabtreter.«

Evaristo trat einen halben Schritt vor. »Was sind das für blödsinnige Andeutungen?«

»Oh, Sie sind leichtsinnig gewesen beim zweiten Mal«, sagte Baltasar wegwerfend, »wie man es von Ihnen nicht anders erwarten kann. Philibert war eine Sache, aber als Sie Saintonges umgenietet haben, hätten Sie den Bunker am Strand genauer untersuchen sollen. Da war nämlich ein Clochard in der Nähe, der hat da unten sein Quartier gehabt damals. Er hat natürlich nichts gesagt, aber Bronner hat ihn gefunden, und ich habe seine unterzeichnete Aussage in der Tasche.«

Bourgoing und Ducros ächzten; beide gaben keinen Sou mehr für Baltasars Seele, wegen der schwarzen Lügen, und auch nicht für seinen Leib, wegen Evaristos zu erwartender Reaktion. Wenn alles so weiterging, wie es nun aussah.

»Was denn für eine Aussage? Wieso Bunker? Und was ist das mit dieser Taubengeschichte?«

Baltasar bewegte die Lampe. »Sagen Sie doch bitte Ihren Genossen, Sie sollen sich so hinstellen, daß ich sie sehen kann«, forderte er Evaristo auf. Der rührte sich nicht. Baltasar stieß Deschamps mit dem Knie an; Alphonse bückte sich daraufhin wieder zu seinem Lehm. Das hatte außerdem den Vorteil, daß er durch einige Gräber gedeckt war.

»Immer, wenn einer von Ihnen das Gefühl hatte, der zuständige Kommissar wäre ihm auf den Fersen, wurde etwas inszeniert«, sagte Baltasar munter. »Mal verschwand ein Kumpel von Ihnen, der in Gefahr war, zuviel erzählen zu können. Oder Sie und Grimaud inszenierten eine über dunkle Kanäle der Polizei mitgeteilte Heroinlieferung. Ich nehme an, Sie haben es bei Philibert ähnlich gemacht, aber ich weiß es nur bei Saintonges. Sie wissen natürlich, daß Grimauds Yacht beobachtet wird, wenn er auf dem Meer herumschippert. Er kann also schlecht Heroin an Bord nehmen. Aber er kann Sie in die Nähe eines Schiffes bringen, das eine kleine Menge bestelltes Heroin an Bord hat. Ein paar Tage vorher stellt einer Ihrer Leute einen Jeep in der Nähe der vereinbarten Bucht ab. Sie wissen, daß ein Kommissar dort am heimlich durchgegebenen Tag auf Sie warten wird. Nun züchtet Grimaud Brieftauben. Sie, Evaristo, gehen mit einem Transportkäfig an Bord des anderen Schiffs; sagen wir, im Käfig – es ist ein größerer, nicht wahr? – sind vielleicht fünfzig Tauben, vielleicht auch nur zehn – ich weiß es nicht, spielt auch keine Rolle. Sie nehmen ein Päckchen Heroin in Empfang, dann lassen Sie sich von einem Beiboot zur Bucht bringen. Das Beiboot setzt Sie ab und kehrt zum Schiff zurück. Grimaud schippert inzwischen in einer anderen Ecke des Meeres herum und irritiert die Polizei.«

Er machte eine Pause. Einer der Druiden trat neben den Kolumbianer.

»Was spielen wir hier eigentlich für ein Spiel?« fragte er.

Ariane hustete. »Jemand könnte mir mal Feuer geben«, sagte sie. Im Licht der Taschenlampe steckte sie sich eine Zigarette zwischen die Lippen.

Gaston Pennec fragte laut: »Baltasar, habe ich dir eigentlich schon erzählt, was aus deinem wundervollen Labyrinth geworden ist?«

Demlixh, der wie ein Häufchen Elend auf dem Grab hockte, blickte auf und rollte mit den Augen. »Ich werde gleich wahnsinnig«, versicherte er.

Ducros biß sich in den Daumen, um nicht loszuprusten. Bourgoing sog die Nachtluft zwischen den Zähnen ein und verzog das Gesicht, denn er hatte schadhafte Schneidezähne.

Deschamps hob einen Fladen hoch und sagte vernehmlich und mit einem durchaus echten Würgen in der Kehle: »Hier stinkt's. Hier liegen – zwei Leichen ...«

Baltasar behielt Evaristo und seine beiden Gardisten im Auge. »Und während das Boot Sie zum Strand bringt, stopfen Sie das bißchen Heroin in die kleinen Aluminiumröhrchen, die die Brieftauben tragen, und lassen eine nach der anderen aufsteigen. Sie fliegen alle nach Porquerolles, zum Stall bei Grimauds Villa. Natürlich können Tauben nur ein paar Gramm tragen, das Geschäft lohnt sich nicht besonders, aber es geht ja auch nur darum, einen vorwitzigen Kommissar zu foppen. Sie klettern also an Land, harmlos, unaufmerksam und angeblich unbewaffnet. Saintonges kommt aus seinem Versteck. Er ist leichtsinnig, weil er bei Ihnen weder Vorsicht noch eine Waffe bemerkt, und so erschießen Sie ihn. Sie brauchen sich nicht mal besonders vorzusehen, weil die Bucht so übersichtlich ist, daß Sie von See feststellen können, ob da noch jemand versteckt ist. Außerdem haben Sie mit dem Kommissar noch ein bißchen geplaudert, bis Sie sicher waren, daß er allein ist. Sie haben gewartet, bis er unaufmerksam war, und ihn dann mit einem kleinen gedämpften Feuerspeier erledigt. Den haben Sie ins Wasser geworfen. Und weil eine oder zwei von den Tauben Sie beim Abflug beschissen haben, behaupten Sie bei der Kontrolle, Sie hätten Ärger mit Möwen gehabt.«

Evaristo lachte. Es klang nicht sehr fröhlich, und die beiden Kommissare machten sich bereit.

»Schönes Märchen«, sagte Evaristo. »Und wie haben Sie sich das alles ausgedacht? Sie müssen eine blühende Phantasie haben.«

Baltasar packte die Pistole fester und brachte es fertig, dabei auch noch zu kichern. »Meine Phantasie geht Sie nichts an, Sie mieser kleiner Amateurkiller«, sagte er. »Was zählt, ist lediglich, daß Sie diesen Clochard übersehen haben, und den hat Bronner gefunden. Bevor dieser komische Autor ihn umgelegt hat, nachdem Bronner Sie nach Les Baux gelockt hatte, hat mein teurer verstorbener Freund mir noch in verschlüsselter Form den Namen und die Aufenthaltsgegend des Augenzeugen mitteilen können.

Ich habe ihn besucht und seine Aussagen niedergeschrieben, und er hat alles unterzeichnet. Übrigens, wenn es Sie interessiert: Er hat in dem Bunker genächtigt. Er hat Sie kommen sehen, mit dem Boot, und sich hinter dem Bunker versteckt, weil er nichts mit allem zu tun haben wollte. Saintonges hat ihn auch nicht gesehen. Als Sie dann an Land kamen und der Kommissar Sie in Empfang nahm, ist der Clochard auf den Bunker geklettert. Ich schätze, Sie haben, nachdem Saintonges tot war, im Bunker nachgesehen – aber nicht darauf, wie?«

Evaristo verzog keine Miene. »Seit wann wissen Sie das? Und wollen Sie das der Polizei erzählen, dieses Märchen?«

»Natürlich werde ich das der Polizei erzählen. Noch heute nacht. Und ich habe es endgültig herausgekriegt, als Sie im Verdon herumgeturnt sind.«

»Haben Sie die Aussage bei sich?«

Baltasar sagte: »Jaaa«; dann spielte er den Erschreckten. »Mein Gott, wie kann man nur so leichtsinnig sein«, sagte er.

Evaristo stieß einen kurzen Befehl aus und griff in seine Tasche. Sein stummer Begleiter sprang nach links, der Fahrer nach rechts, beide hielten plötzlich Waffen in den Händen. Baltasar ließ sich fallen, ohne die prospektiven Schützen aus dem Lichtkegel zu lassen. Sie feuerten dorthin, wo er eben noch mit der Lampe gestanden hatte.

Gleichzeitig feuerten Ducros, Bourgoing und die drei Gendarmen. Es ging sehr schnell.

Matzbach und Deschamps erhoben sich. Ducros kletterte über die Mauer, gefolgt von Bourgoing.

Demlixh saß kreidebleich und fassungslos auf dem Grab. Ducros ging an ihm vorbei und berührte Evaristos Leichnam mit der Schuhspitze.

Demlixhs Butler seufzte; die drei Druiden standen reglos wie marmorne Statuen.

»War das denn nötig?« Ariane ließ sich auf die nächste Grabumrandung sinken und musterte Ducros.

Der Kommissar hob die Brauen. Baltasar kam mit seiner Taschenlampe herbei und illuminierte das Mienenspiel.

»Wie hätten Sie es denn gern gehabt?« fragte Ducros. Er hustete, dann spuckte er auf den vor ihm liegenden Leichnam. »Was, glauben Sie, wäre passiert, wenn ich ›Hände hoch, hier ist der Sheriff‹ oder so was gerufen hätte?«

Baltasar klopfte ihm auf die Schulter und ging zu Ariane; er legte ihr eine breite Hand auf den gebeugten Scheitel. »Dann«, sagte er, »stünden wir jetzt hier, und du, liebe Ariane, die gute Sylvie und Pierrot, ihr wärt als Geiseln dieser drei Subjekte in einem Auto unterwegs. Und wir wären nur unwesentlich weiter als vorher.«

Ducros bedeutete den Druiden, sich zu setzen. »Ich möchte Sie gleich mitnehmen«, sagte er, »und daß Sie mir ja nicht im Schutz Ihrer Masken entwischen.«

Vom Dorf her näherten sich Schritte. Doktor Herbin kam eilig auf den Friedhof; er trug eine Arzttasche in der Rechten. »Hier ist geschossen worden«, sagte er. Er starrte in Baltasars Taschenlampenlicht. »Ich habe das gehört. Ist etwas zu tun? Ich bin Arzt.«

Gaston Pennec räusperte sich und trat neben Herbin; Baltasar schwenkte die Lampe, so daß Pennecs Gesicht eitel Wonne und Leuchten war.

Herbin wandte den Kopf und sah den alten, dicken Druiden an. Das Gesicht des Arztes befand sich noch im Lichtkreis, und alle sahen, wie er die Augen aufriß und den Mund verzerrte.

»Guten Abend, Phérex«, sagte Pierrot-le-Flonflon alias Gaston Pennec. »Ich dachte, ich kenne Sie nicht, aber Ihr Gesicht habe ich natürlich doch gesehen. Erinnern Sie sich an das Treffen bei Carnac vor drei Jahren? Wo wir ohne Namen und ohne Masken unser schönes Konklave hatten?«

Zwei Tage später holte Ariane Baltasar in Montpellier vom Bahnhof ab. In Sylvies Villa stärkte er sich ein wenig. Danach, vor dem Kamin, berichtete er, was noch zu berichten war.

»Im Prinzip ist alles ganz einfach«, behauptete er. Er sog an seiner Zigarre und nebelte den großen Raum ein. »Corvau, der Archäologe, gehört zu den Druiden. Er hat natürlich mit dem Testament sein Karrierespielchen spielen wollen, aber er hat es auch seinem Boß weitergegeben. Herbin alias Phérex wegen der von dem Karthager angedeuteten Druidensachen. Und Herbin hat den Wisch auf die blödsinnigste aller Arten verloren, durch einen Windstoß. – Übrigens weiß ich auch, weshalb er sich ausgerechnet Phérex genannt hat. Da gibt es, ich weiß nicht genau, von wem, könnte Marlowe sein, eine englische Tragödie über Ferrex und Porrex, miese Königssöhne und Aufrührer. Ferrex ist eine Variante, ein machthungriger Insurgent. In Phèrex steckt natürlich außerdem noch *fér*, das Eisen – Herbin wollte wohl so eine Art druidischer Stalin sein, wenn auch ohne die nötige Verfeinerung à la Bessemer.«

Ariane und Sylvie blickten einander an, dann den Dicken. »Hör mal«, sagte Ariane, »sei ehrlich – was von all dem hast du gewußt, als die Friedhofsbühne aufgemacht wurde?«

Baltasar kicherte. »So gut wie nichts. Ich habe mir gedacht, daß es so ungefähr abgelaufen sein muß und nicht viel anders gewesen sein kann, aber alles, was ich sicher wußte, war, daß Herbin Teile von Demlixhs Büchern geschrieben hat – weil ich gerade das neue Manuskript geklaut hatte. Alles andere war Bluff. Natürlich muß man zugeben, daß die Szenerie höchst intelligent gestaltet war, nicht?«

Pennec stand auf, kam zu ihm herüber, klopfte ihm stumm und lächelnd auf die Schulter und ging wieder zu seinem Sessel zurück.

Baltasar strahlte. »Das war meine Hoffnung – daß Demlixh auf dem Friedhof, bei Mond- und Lampenlicht, halboffenem Grab und, nicht zu vergessen, dem vorhergegangenen Verhör durch Ducros und Bourgoing die Nerven verliert … Immerhin ist er ja Phantastiker, und man kann ihn nicht gerade als Ausbund an Rationalismus bezeichnen.«

Ariane schüttelte sich ob der Reminiszenzen. »Das war ja aber auch gespenstisch«, sagte sie. »Liebe Güte – ich wäre gern fortgelaufen.«

Baltasar grinste. »Und ich hatte die ganze Zeit Angst, daß einer der Kommissare laut loslacht – die wußten ja beide, daß ich nichts in der Hand habe. Bourgoing hätte mich sowieso am liebsten ins Irrenhaus gesteckt. Jedenfalls vielen Dank an euch beide, Ariane und Pierrot, für die Kaltblütigkeit. Die Zigarette und das Labyrinth haben mir sehr gut gefallen.«

Pennec hob die Achseln. »Na ja, du hattest ja gesagt, wenn es unübersichtlich wird, sollten wir irgendwas erzählen, was nichts mit dem Thema zu tun hat. Ich gestehe, daß es mir schwergefallen ist, ausgerechnet in der Lage von deinem Labyrinth anzufangen.«

Ariane nickte. »Und ich habe selten so wenig Lust gehabt, eine Zigarette zu rauchen.«

Sylvie entschuldigte sich. »Baltasar, es tut mir leid, aber ich konnte in der Situation wirklich an nichts anderes denken als daran, wie wir alle und vor allem Sie da heil herauskommen.«

Matzbach winkte ab. »Macht nichts, Sylvie, Sie haben das schon gut gemacht.«

Pennec verschwand in der Küche und kam mit einer neuen Flasche Wein zurück. Er entkorkte sie geräuschlos. »Sag mal«, brummte er, als er die Runde machte und Gläser nachfüllte, »was ist das für eine Geschichte mit einem Clochard, den Bronner aufgetrieben haben soll, und diesen Brieftauben?«

»Das, mein Lieber, ist eine großartige Erfindung eines gewissen Baltasar Matzbach. Die Brieftauben habe ich mir ausgedacht, besser gesagt, ausgerechnet. Grimaud züchtet Brieftauben, und die Polizei behauptet, sie hätte an den fraglichen Tagen zu Wasser und zu Land alle Zugänge und Übergabemöglichkeiten kontrolliert. Blieb also nur die Luft. Der Rest über die überzeugendste aller in Frage kommenden Möglichkeiten – unter der Voraussetzung, daß Evaristo tatsächlich nicht wirklich Heroin schmuggeln, sondern Kommissare killen wollte.«

»Und wie bist du darauf gekommen?«

»Noch einfacher. Als ich anfing, mir meine ganzen Bluffs zurechtzulegen, die Spaziergänge und die falschen geometrischen

Lösungen und so, da dachte ich, wieso soll ich eigentlich der einzige Bösewicht sein, der verspielte Ablenkungsmanöver macht, die ganz anderen Zwecken als den offensichtlichen dienen?«

Sylvie sagte nachdenklich: »Und Demlixh war das schwächste Glied, nicht wahr? Sie wußten, daß Herbin samstags nicht zu erreichen ist ...«

Baltasar rümpfte die Nase. »Ehrlich gesagt, das wußte ich zuerst nicht, ich hatte es nur gehofft, nach dem, was der Wirt mir erzählte. Daß Herbin tatsächlich samstags Druidentreffen leitet, habe ich erst erfahren, als der Brief an Demlixh längst unterwegs war.«

»Aber«, sagte Ariane, »was haben denn nun eigentlich Grimauds Leute mit den Druiden und dem Testament zu tun? Und was hat Bronner tatsächlich herausgefunden?«

Baltasar stellte sein Glas ab, stand auf und begann, im Zimmer hin und her zu gehen. »Ich bedaure«, sagte er dabei. »Das wird ewig in undurchdringliches Dunkel gehüllt bleiben, fürchte ich. Aber auch ein lebender Evaristo hätte nichts darüber gesagt ... Ich halte mehrere Möglichkeiten für denkbar. Erstens: Grimaud hatte einen Mann oder eine Frau unter den Druiden – angeblich geschieht ja nicht einmal in der Polizeipräfektur etwas, ohne daß Grimaud davon erfährt. Auf diese Weise erfährt er auch etwas über das karthagische Testament, das ja, wegen der potentiellen Reichtümer, für niemanden uninteressant ist. Zweitens: Grimauds Leute wissen genug über Demlixh und Herbin, um beide zu erpressen, und Herbin versucht, sie mit dem Testament zufriedenzustellen. Drittens: Bronner hat wirklich etwas – durch Zufall oder gezielt – über Grimaud oder Evaristo erfahren, die kriegen das raus und erforschen ihrerseits Bronners Treiben, dabei stoßen sie auf die Druiden und schließen ein Zweckbündnis zur Entschärfung Bronners. Ich weiß nicht – wahrscheinlich gibt es noch mehr Möglichkeiten, aber das kriegen wir vermutlich nie raus. Grimaud weiß natürlich sowieso nie von etwas, Evaristo ist tot, Herbin wird den Mund halten, und ob Demlixh genug weiß?«

Er blieb vor dem Kamin stehen, starrte in die Flammen und gluckste leise. »Herbin hat Louise mit einem Gift umgebracht, das, wie die Obduktion ergab, in Wirkung und Substanz nicht von einer Fischvergiftung zu unterscheiden ist. Demlixh hätte also Louise gar nicht umzubetten brauchen. Aber er mißtraute den medizinischen Ausführungen seines Freundes. Bourgoing hat mir hinterher auf die Schulter geklopft und gesagt, wenn er jemals einen Pokerspieler braucht, will er an mich denken.«

Dann setzte er, nach einer kurzen Pause, hinzu: »Übrigens noch was. Ducros hatte einen weiteren Grund, auf Evaristo gleich scharf zu schießen. Er ist seit Jahren hinter ihm her und kann ihn nie erwischen. Evaristo hat mindestens zwei seiner Kollegen auf dem Gewissen – das heißt woanders, denn ein Gewissen hat er bestimmt nicht. Ich habe, neben den guten Argumenten, die Ducros schon auf dem Friedhof angebracht hat, noch ein Motiv bei ihm entdeckt – blanken Haß auf die Kolumbianer und Furcht davor, ihn nach einer Verhaftung möglicherweise schon wieder laufen lassen zu müssen. Wir hatten ja wirklich nichts. Kein Clochard, keine Aussage. Ich glaube auch, wenn wir nicht diese ganzen Provencewanderungen und die Szene auf dem Friedhof so schön arrangiert hätten, wäre Evaristo nie auf den Bluff hereingefallen. Er hätte ja nur zu kichern brauchen. Man sieht mal wieder, es kommt nicht nur auf den richtigen Mann am richtigen Platz an, sondern auch auf Mondlicht, halboffene Gräber und so. Die Vorbereitungen nicht zu vergessen. Für ein gutes Essen braucht man nicht nur gute Zutaten, man muß sie auch richtig mischen und zubereiten.

Und der Gast muß Hunger haben – und ich glaube, sowohl Demlixh als auch Evaristo waren durch – entschuldigen Sie die Unbescheidenheit – meine verwirrenden Maßnahmen ausreichend mürbe gemacht, so daß sie gewissermaßen gefoppt werden wollten.«

Nach einer weiteren Denkpause setzte er hinzu: »Herbin war natürlich den ganzen Tag dabei im Verdon. Er ist vor Lacaze ohne Maske ausgestiegen und brav nach Hause gegangen. Na ja. Jedenfalls ist dem Globus ein weiterer Maharishi, Mun, Hubbard oder Steiner erspart geblieben. Und der Kosmos kann sich bei Bourgoing, Ducros und den Gendarmen bedanken, daß drei Totschläger weniger herumlaufen.«

Er setzte sich wieder. Dann grinste er die sprachlose Ariane an. »Insgesamt ein sehr wirrer, aber sehr befriedigender Fall. Und zuerst wollte ja niemand auf mich hören. ›Du bildest dir das alles nur ein, Dicker; Bronner lebt bestimmt noch.‹ Ha, hm, rumpf.«

Sylvie und Pennec lächelten. Ariane nahm einen Schluck aus ihrem Glas. Um abzulenken, fragte sie: »Hast du eigentlich schon die Chinesen konsultiert, was sie zur Lösung deines, na ja, Falles sagen?«

Baltasar schwenkte die Zigarre. »Wer? Ach so, die Chinesen. Hör mal, wofür hältst du mich? Bin ich vielleicht abergläubisch, daß ich Orakel konsultieren soll, wo doch mein Verstand völlig ausreicht? Am Ende verlangst du auch noch, ich sollte mit einer Wünschelrute hantieren, was?«